新版 万葉のふるさと

——文芸と写真紀行

稲垣富夫著

吉野宮滝

網野にて

淡路・松帆の浦

高千穂峡・真名井滝

藤波神社（たぶの木）

黄金山神社歌碑

（山田孝雄氏筆）

吉野梅郷（石川博一撮影）

目　次

近畿（②近畿・北陸・東国西部付近図）

大和

① 大和・奈良付近

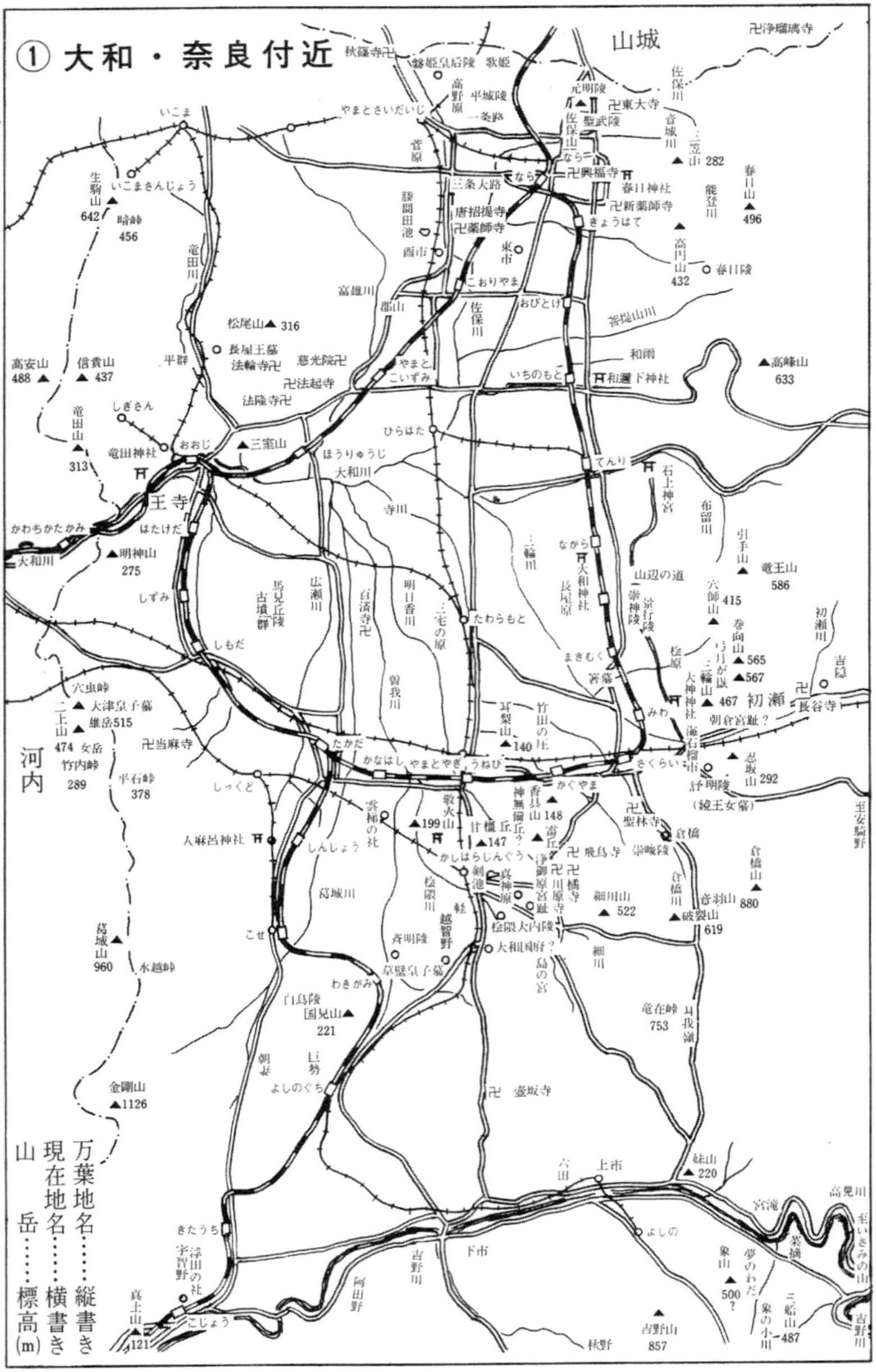

山城
卍浄瑠璃寺
秋篠寺卍
磐姫皇后陵
歌姫
高野原
平城陵
一条路
やまとさいだいじ
いこま
いこまさんじょう
生駒山
642
暗峠
456
元明陵
卍東大寺
聖武陵
佐保山
佐保川
音城川
三笠山
282
春日山
496
能登川
菅原
なら
卍興福寺
春日神社
卍新薬師寺
三条大路
勝間田池
唐招提寺
卍薬師寺
きょうはて
高円山
432
春日陵
西市
東市
竜田川
富雄川
こおりやま
郡山
佐保川
おびとけ
菩提山川
松尾山
316
長屋王墓
法輪寺卍
慈光院卍
卍法起寺
法隆寺卍
平群
高安山
488
信貴山
437
やまとこいずみ
いちのもと
和爾
和邇下神社
高峰山
633
しぎさん
竜田山
313
竜田神社
おおじ
三室山
ひらはた
ほうりゅうじ
大和川
てんり
石上神宮
王寺
かわちかたかみ
はたけだ
大和川
明神山
275
寺川
三輪川
布留川
ながら
大和神社
長屋原
山辺の道
崇神陵
景行陵
引手山
竜王山
586
六師山
415
初瀬川
しずみ
馬見丘陵古墳群
広瀬川
百済寺卍
明日香川
三宅の原
たわらもと
しもだ
まきむく
箸墓
桧原
巻向山
565
弓月が嶽
567
三輪山
467
大神神社
初瀬
吉隠
長谷寺
穴虫峠
二上山
474
大津皇子墓
雄岳515
女岳
竹内峠
289
曽我川
耳梨山
140
竹田の庄
みわ
朝倉宮趾？
海石榴市
卍当麻寺
たかだ
かなはし
やまとやぎ
うねび
さくらい
忍坂山
292
舒明陵
（鏡王女墓）
河内
平石峠
378
しゃくど
畝火山
199
香具山
148
かぐやま
雲梯の社
神無備丘？
甘檮丘
147
雷丘
卍聖林寺
倉橋
人麻呂神社
しんじょう
かしはらじんぐう
飛鳥寺
崇峻陵
室安騎野
剣池
真神原
浄御原宮趾
卍橘寺
卍川原寺
倉橋山
葛城川
桧隈川
軽
越智野
細川山
522
倉橋川
音羽山
880
破裂山
619
葛城山
960
こせ
斉明陵
桧隈大内陵
大和国府？
細川
水越峠
草壁皇子墓
島の宮
わきがみ
白鳥陵
国見山
221
竜在峠
753
耳我嶺
朝妻
巨勢
金剛山
1126
よしのぐち
卍 壺坂寺
六田
上市
妹山
220
高見川
宮滝
至いさみの山
きたうち
宇智野
浮田の社
下市
よしの
菜摘
夢のわだ
象山
500？
象の小川
三船山
487
吉野川
阿田野
吉野山
857
真土山
121
こじょう
秋野
吉野川
万葉地名……縦書き
現在地名……横書き
山岳……標高(m)

朝《あさ》倉《くらの》宮《みや》

籠《こ》もよ　み籠持ち　掘串《ふくし》もよ　み掘串持ち　この岡に　菜《な》摘ます子　家告《の》らせ　名告らさね　そらみつ　大和《やまと》の国は　おしなべて　我こそ居《を》れ　しきなべて　我こそ座《ま》せ　我こそは告らめ　家をも名をも（1・一）

雄《いう》略《りゃく》天《てん》皇《わう》

早春の岡辺に若菜を摘む少女がいる。しばらくその清純で律動的な姿に見入っていた男は、高まる情に、彼女に呼びかけた。「家告らせ名告らさね」と。当時、家を告げ名告りを求めることは求婚を意味したのである。少女は黙して答えない。そこで男は、自分が大和の国の王であることを繰り返し強調して、自ら「家をも名をも」名告ろうと言う。この率直で開放的な歌声に、今の人は、古代万葉人そのものの声を聞くかも知れない。だが、この登場人物二人という劇的構想を見せる作は、それだけのものだったろうか。

古く、わが国では天子の即位式に奉仕する聖処女がいた。その日彼女は、新酒を醸《か》み新生の菜を摘んで、新天子に仕えた。籠《こ》も掘串《ふくし》も神楽《かぐら》の採《と》り物に準ずるものだから、最初ことさらに、それらを讃美したのだ。即位儀礼の一環である新天子の求婚――おそらく所作や歌舞をともなった聖婚の場の詞章に発生源を持つのがこの歌だろう。「告る」は、単に「告げる」の意ではなく、「公開する」の意かも知れない。こうみると、この歌は即位にともなう立后儀礼の歌と見られ、先に記した王権を繰り返し高らかに主張しているのもうなずかれ、また、万葉集の編者がこの歌を巻一の巻頭にすえた理由もよくわかる。

『宋書倭国伝』にいう、上表文を奉って（四七八年）、勇武を誇り、安東将軍の号を求めた「倭王武」とは雄略天皇（大泊瀬《おほはつせ》稚武天皇《わかたけのすめらみこと》）らしい。古事記の伝える天皇は人間的、日本書紀のそれは政治的という違いはあるが、ともに支配欲がきわめて旺盛である。この歌を雄略天皇作とする伝承が生まれた、あるいはそう仮託されたのはその為であろうか。

早春というには遅い三月下旬の薄暮、工事中の泥道を「天の森」（朝倉宮伝承地）に登った。大和盆地が東に尽きて初瀬峡谷に入った北側の黒崎の地、白山比咩《ひめ》神社東の高みである。歌の「この岡」を此処と定めることは出来ないが、この谷の傾斜地はどこをとってもそれと呼ぶにふさわしい地形だ。足下には初瀬川が見え隠れに白く光る。向かいは「青幡の忍坂の山」だ。西を望むと、重く暮れてゆこうとする空のもと、大和三山の彼方遠く、大和と河内を限る葛城山のたわに夕雲がしきりに動いている。こういう景観の高みに古代の宮跡を想定するのは自然であろう。

朝倉宮伝承地から畝傍山を経て葛城山を望む

香《か》具《ぐ》山《やま》(1)

大和《やまと》には　群山《むらやま》あれど　とりよろふ　天《あめ》の香具山《かぐやま》　登り立ち　国見《くにみ》をすれば　国原《くにはら》は　煙《けぶり》立ち立つ　海原は　かまめ立ち立つ　うまし国そ　あきづ島　大和の国は

（1・二）

舒《じょ》明《めい》天皇

舒明天皇が香具山に登り、望国した時の御製と詞書にある。「望国」は漢風の記し方、和風なら「国見」で、早春にその年耕作すべき地を選定し、予祝（あらかじめその土地を讃えて豊作を祈る）する行事であった（折口信夫氏）。また、古代中国では、天子が、冬至と夏至の日とに、南郊に築いた円丘上で祈穀のため天帝を祭り、その燔肉《はんにく》を祖廟に献ずる「郊祀《こうし》の礼」が行われた。これと国見と何らかの関係があるかもしれない。

この場合、香具山が選ばれたのは、「とりよろふ」山だったからだろうが、この語には定解がない。「木々が繁り山として姿の整った」が通説、「周囲の群山で身を固めた」、「都に近い」などの解もある。今は通説に従い、香具山を讃えた言葉とみる。異説が生じたのは、通説によると山頂から眺望がきかないという理由からだが、「国原は煙立ち立つ海原はかまめ立ち立つ」は実景でなく、それこそ予祝表現とみれば、通説で一向にかまわない。今は陸地となった香具山麓の北西部平地はかつて埴安池《はにやすのいけ》、磐余池《いはれのいけ》などのひろがる湿地帯だったが、かもめの立ち立つ海原はそれではなく、「難波の海（大阪湾）などを頭においた表現だ」と中西進氏は説かれる。氏によれば、「国原」も、今の三山地方の平地ではなく、当時の大和政権の統治する範囲の耕作地をさすのである。とすれば、これは単なる「土地讃め」の歌ではない。明確に「国土讃歌」だ。巻頭に「王権の主張」をし、第二首にこの歌を置く。編者の意図もそこにあるのだろう。

　ところで、古事記、日本書紀、風土記などの「国見の歌」は、史家のいう応神王朝、『宋書倭国伝』の五王時代に集中し、その時代最後の雄略朝で終り、万葉のこの歌まで、天皇の代にして一二代、およそ一五〇年間の空白がある。しかもこの歌を最後に天皇の「国見歌」は終焉し、以後は行幸に従駕《じゅうが》した臣下の立場からのものとなる。万葉集の編者（正確にいえば巻一の）は、雄略の歌を巻頭におき、一二代の空白の後、その時代の継承を思わせるこの歌を、舒明作として何故配したのであろうか。この断絶と連続には何かがある。

　古事記は三三代の推古天皇で終り、万葉集の巻一は、それとは家系の異なる、三四代舒明天皇以後その皇統に連なる代々の歌を収めている。ここにも断絶と連続とがある。

　結論をいそごう。いつの頃か、万葉集は「舒明皇統に連なる天皇家の繁栄を祈念しての命名」（折口信夫氏）、編者であった。そしてこの歌は始祖舒明天皇に仮託した作とみるべきであろう。

香具山頂から西北に耳梨山を望む

香《か》具《ぐ》山《やま》(2)

春過ぎて　夏来《き》到《た》るらし　白妙《しろたへ》の　衣ほしたり　天の香具山（1・二八）

持《ぢ》統《とう》天皇

　この一首、春から夏へと季節の推移の確かさに驚く心が、下句の「白妙の衣ほしたり天の香具山」の写象により見事に定着されていると共に、木々の深い緑と対象的な夏物の白衣が陽光に一段と映える色彩感覚の鮮明さが、二句・四句切れという歯切れの良さと相まって、清爽な大和の初夏を的確に造形しているというのが一般の受取り方だろう。だが、はたしてこの一首はそれで充分理解されたと言ってよいのだろうか。

　上田正昭氏は、持統天皇を《高天原広野姫天皇》と記す日本書紀に注目され、「香山《かぐやま》が高天原に直結すると意識された時期が、持統天皇の代であった」からだと説かれた。これは天の香具山という歴史的風土の確立期を告げる重要な指摘である。事実、この時期の万葉人は、しきりに「天の」「神の」を冠して香具山を歌っている。持統のこの作も、その意図は、神聖な山として香具山を讃えることにあったのではないか。「白妙の衣」も、そうみると日常生活の衣服でなく、神祭りの聖衣だろう。

　持統天皇は天智《てんじ》天皇の皇女、母は蘇我遠智娘《そがおちのいらつめ》、生年は大化元年（六四五）説が有力である。初めの名は鸕野讃良皇女《うのさららのひめみこ》で、大海人皇子《おおあまのおうじ》（天武天皇）に嫁したのは一二歳、夫は三五歳（異説あり）だった。一七歳で皇子草壁を生む。壬申の乱（六七二）には夫と行動を共にし、天武即位と同時に皇后となり、「天皇を佐《たす》けて天下の政治を見た」（書紀）。天武の崩（六八六）後、皇后のまま称制、草壁を皇太子とした。姉太田皇女の子で、太子より一歳年少の大津皇子の存在を考えての計である。同年大津を自頸させて安堵したのもつかの間、六八九年草壁に先立たれ、翌年自ら即位、四五歳だった。高市皇子（腹ちがいの天武の皇子）を太政大臣としたが、その死（六九六・七・一〇）を待ちかねたように孫の軽皇子に譲位（文武天皇、六九七・八・一）し、自ら太上天皇として、崩するまで（七〇二）朝政を聴《き》いた。在位中の吉野行幸三一回、紀伊・伊勢・三河などへも行かれた。

崩じたのは一二月だが、これより先同年の二月に大宝律令が施行された。これによって神権的な皇親政治が終焉する。「やすみししわが大君神ながら神さびせすと」（人麻呂）のような、万葉集の表現もほぼこの時期で終る。意識の上でも法制的にも、新しい時代を迎えようとする時に持統は崩じたわけである。

さて、この一首の成立は、朱鳥八年（六九四）一二月の藤原宮遷都以後か、それともそれ以前飛鳥浄御原宮においてであろうか。その決定は困難で何とも言えぬが、やはり新都においての作とみるべきであろう。

浄御原宮（通説）跡から香具山を望む

藤《ふじ》原《わら》宮《ぐう》

やすみしし　わご大王《おほきみ》　高照《たかて》らす　日の皇子《みこ》　荒細《あらたへ》の　藤井《ふぢゐ》が原に　大御門《おほみかど》　始め給ひて　埴安《はにやす》の　堤の上に　在《あ》り立たし　見《め》し給へば　大和《やまと》の　青香具山《あをかぐやま》は　日の経《たて》の大御門に　春山と　繁《しみ》さび立てり　畝火《うねび》の　この瑞山《みづやま》は　日の緯《よこ》の　大御門に　瑞山と　山さびいます　耳梨の　青菅山《あをすがやま》は　背面《そとも》の　大御門に　よろしなへ　神さび立てり　名ぐはし　吉野の山は　影面《かげとも》の　大御門ゆ　雲居《くもゐ》にそ　遠くありける　高知《たかし》るや　天《あめ》の御蔭《みかげ》　天知るや　日の御影の　水こそは　永遠《とことは》ならめ　御井《みゐ》の清水《すみみづ》

藤原の　大宮仕《つか》へ　生《あ》れつくや　処女《をとめ》がともは　羨《とも》しきろかも（1・五二―三）

作者不明

推古朝（七世紀初）以来、皇居の多くが明日香近傍に置かれるようになって、この地方には、東西の横大路とともに南北に通ずる三道が整備されていった。東から記すと、第一は上ッ道で、奈良の転害門前を通り天理を経て、所々で山辺の道と交じわりながら桜井に出て、吉野に至るもの。第二は中ッ道で、平城京の東京極から東竹田を経、香具山麓を通って飛鳥寺の西に出て、飛鳥川添いに上って吉野の上市に達するもの。第三の下ッ道は、平城京朱雀大路の羅生門から、稗田・八木・軽を経て葦原峠を越え、吉野の大淀に出るものであった。

この中ッ道と下ッ道とに挾まれた、東西二一〇〇m、南北三一五〇m（北限は横大路――河内から竹内峠を越え当麻・八木を経、桜井で泊瀬路に入る官道。南限は軽から雷丘の南を通って山田寺に至る線上より一キロほど南まで）が藤原京の京域で、一二条八坊に整然と区劃されていたという。そして大内裏は、この北辺中央三条から六条、東西それぞれ二坊を占め、大極殿（大宮土壇）を囲む朝堂院の回廊中に、大安・小安・東西高殿、東西楼などが建ち、この院の南には東西六棟ずつの一二堂を含む回廊が、さらに南には二棟の朝集殿を含む回廊があった。唐制による、堂々として、整然たる京域、宮殿というべきであろう。

さて、以上の記述は、岸俊男・岸哲男両氏によったが、くだくだしいまでに歴史学・考古学の成果を記したのは、こういう整然たる姿がそのままに掲げた長歌に反映している、歌の側から見れば対応していると思われるからである。冒頭に、「やすみししわご大王」、「高照らす日の皇子」と同格の句を並べて持統を讃え、その天皇が藤井の原に宮殿造営を開始され、埴安の堤に立ってご覧になると歌ってその位置を明示し、東に香具山、西に畝火山、北に耳梨山が、「繁さび」、「山さび」、「神さび」て立ち、南には吉野山がはるかに望まれると、整然と四囲の様を構成的に叙述して、結びに高大悠久であるべき藤原の宮を、清水の永遠の沸出に託し、予祝してとじる。まこと「整然と作りなされた雄篇」（武田祐吉氏）としか評しようがあるまい。この「整然と作りなす」ところに、持統朝、ひいては万葉集第二期の、宮廷の姿勢ないし精神を見る。

藤原宮大極殿跡には、近鉄八木駅下車。東南ほぼ三キロの距離で、近くまでバスの便もある。

藤原宮趾大宮土壇（北から望む）

磐余池《いわれのいけ》

百伝《ももづた》ふ　磐余《いはれ》の池に　鳴く鴨を　今日のみ見てや　雲隠りなむ（3・四一六）

大津皇子《おほつのみこ》

天武の没（六八六）後一月足らず、鸕野皇后（持統）の称制に入った一〇月二日、大津皇子（六六二誕生）の謀反が発覚し、翌三日早くも訳語《おさ》田《だ》の舎《いえ》に死を賜るという事件が起きた。彼は天武の第三皇子、母は天智の娘で、持統とは同母姉にあたる大田皇女《おおたのひめみこ》である（六六七以前没）。この謀反が事実であったか持統側の策謀だったかは意見の分かれるところだが、当時二三歳になっていた皇子には一歳年長の草壁皇太子（母は持統）があり、母方の権威にも差のないこの二人の皇子は、何かにつけて競争相手と見られていたらしい。

万葉集には、

あしひきの　山の雫《しづく》に　妹待つと　われ立ち濡れぬ　山の雫に

（2・一〇七）大津皇子

吾《あ》を待つと　君が濡れけむ　あしひきの　山の雫に　ならましものを

（2・一〇八）石川郎女《いしかわのいらつめ》

の贈答、および皇子が密かに娘女と結ばれた時、津守《つもり》連通が占って明らかにしたとして大津皇子の作、

大船《おほふね》の　津守の占《うら》に　告らむとは　正しに知りて　わが二人寝し

（2・一〇九）

さらに、草壁皇太子が同じ郎女に贈った、

大名児《おほなこ》を　彼方野辺《をちかたのべ》に　刈る草の　束の間《つかのあひだ》も　われ忘れめや　（2・一一〇）

などという歌垣の場を思わせる作が記載されている。ここには両者の対立を恋の鉢合せが原因と見ようとする編者の意識が働いているようだが、あるいはこの《妻争い》が歌物語風に語られた時があったのかも知れない（久米常民氏による）。仮に万葉のそれが歌物語に過ぎぬとしても、祖父の天智に愛され、父天武在世中の一一年（六八三）二〇歳にして太政大臣の地位にあり、「容止墻岸、音辞俊朗」（書紀）、「状貌魁梧、器宇俊遠」（懐風藻）と記された大津皇子の存在は、当時の宮廷人が壬申の乱の経験を生々しく持っているだけに脅威だったに違いない。こうして皇子は、新羅僧行心の逆謀の勧めにのり、親友だったという河島（天智の皇子）に密告されて、賜死ということになったのである。

掲げた歌は、その時、磐余の池の堤で、涙を流して作ったという一首だが、同じ時の「五言臨終一絶」、

金烏臨西舎　鼓声催短命
泉路無賓主　此夕離家向（懐風藻）

と共に、「従容《しょうよう》」とも評されるが、一種気取ったポーズも感じられる。漢詩文の影響か、それとも、これらも歌物語中の作だからであろうか。

二上山雄岳山頂の大津皇子の墓

明日香《あすか》の里《さと》

采女《うねめ》の　袖吹きかへす　明日香風　都を遠み　いたづらに吹く（1・五一）

志《し》貴《きの》皇《み》子《こ》

空飛ぶ鳥のように長い旅をつづけた異国の流離の民がようやく安住することができたのが安宿であり、それを万葉集は形容詞的な枕詞に生かして「飛ぶ鳥の安宿《あすか》」といった、とロマンチックな推定をされたのは北島葭江氏である。説の当否はともあれ、百済の首都扶余や、新羅の慶州に山河のたたずまいが似ているという明日香の里には、古くこれらの国々の渡来人が相次いだ。先進中国文化は、多く彼等の手を経てもたらされたのである。

伝説時代は別として、万葉時代の始まる舒明天皇より元明天皇に至る約九〇年間、一〇代のうち、孝徳・天智・弘文を除く七代までが、この地およびその付近を皇居とし、歴代の皇陵も多く築かれた。

現在の明日香村と橿原市・桜井市の一部を含む東西およそ六キロ、南北八キロの山野が万葉集の明日香の里であるが、「畳なづく青垣山こもれる」（古事記・三一）この里は、文字通り「国のまほろば」（同上）、政治文化の中心地であった。

掲げた一首は、持統天皇が都を浄御原から藤原へ遷した後、異腹の兄弟（天智天皇第七皇子）の志貴皇子（七一六没）が詠んだものである。「采女」は郡の次官以上の身分の者の姉妹のうちから選ばれて宮中に仕える「形容端正」な女官であるが、一首は、かつてその袖を吹きかえした明日香風も、今は都が遠ざかり、虚しく吹いていると解くのが通説で、これだと、ひとり皇子はこの寂れた里に佇み、殷賑の日の明日香を偲んでいることになる。松田好夫氏は、これに異説を立てられ、「袖吹きかへす」は現在形であるからとして、皇子は、今采女を伴い明日香風に吹かれているのだ。「いたづら」なのは、その美しい采女の袖を見るべき都人が遠ざかっているからで、この作に哀調が感じられず、むしろ得意の趣さえ見えるのはそのためである、と説かれる。「袖吹きかへす」は所謂「歴史的現在」を示すごく普通の表現法であり、結句の「いたづらに吹く」という五・二音構成にはそれなりの哀調も覚えさせられるので、私は通説に従ってこの歌を味わっている。

「飛鳥川行き廻《み》る岳」（8・一五五七）とも詠まれた雷丘を背後に神奈備山（甘樫丘）に登ると、中腹に、犬養孝氏筆のこの歌碑が建っている。飛鳥坐神社の森を真東に望む手前の白壁の部落が明日香村大字飛鳥で、飛鳥寺も右手に見えている。明日香風は今も変わらず吹いている。だが万葉の里は大きく変貌しようとしている。本当に「いたづら」なのは何だろうか。

甘樫の丘・大養氏歌碑より明日香の里を望む

明日香川《あすかがわ》

三諸《みもろ》の　神名備山《かむなびやま》に　五百枝《いほえ》さし　繁《しじ》に生ひたる　栂《つが》の木の　いや継《つ》ぎつぎに　玉《たま》
葛《かづら》　絶ゆること無く　ありつつも　止《や》まず通はむ　明日香《あすか》の　古き都は　山高み
川とほしろし　春の日は　山し見がほし　秋の夜は　川し清《さやけ》し　朝雲に　鶴《たづ》は乱れ
夕霧に　河鹿《かはづ》はさわく　見るごとに　音《ね》のみし泣かゆ　古思《いにしへ》へば
明日香川　川淀《かはよど》さらず　立つ霧の　思ひ過ぐべき　恋にあらなくに（3・三二四―五）

山《やま》部《べの》赤《あか》人《ひと》

飛鳥（明日香）川は延長およそ二三・四キロ（徳永隆平氏）、源流を南淵山に発し、栢森・稲淵の谷間を下り、石舞台南の祝戸で、

ふさ手折り　多武《たむ》の山霧　繁《しげ》みかも　細川の瀬に　波のさわける

（9・一七〇四）柿本人麻呂歌集

と詠まれた今の冬野川を合わせ、里に出ては橘寺・川原寺の東から飛鳥寺の西を流れて「神名火山（甘樫丘）の帯にせる飛鳥の川」（13・三二六六）そのままの姿を見せ、浄御原宮跡（伝承地）の裾を北から西に転じ、雷丘の麓を今度は北に廻って、

明日香川　行き廻《み》る岳の　秋萩は　今日降る雨に　散りか過ぎなむ

（8・一五五七）丹比真人国人

の景観を偲ばせ、藤原京の西を西北に流れ、倉橋川下流の寺川と「真菅よし宗我の川原に鳴く千鳥」（12・三〇八七）と歌われた曽我川との間を北流して、法隆寺も近い広瀬神社の東で大和川にそそぐ。こう記してくると如何にも大河の趣だが、現在のそれは水量も少なく、飛鳥付近を流れる時は塵芥の散らばる見るかげもない川となってしまっていて、

明日香川　柵渡し《しがらみ》　塞か《せ》ませば　流るる水も　徐に《のど》かあらまし

（2・一九七）柿本人麻呂

の景観や、

今行きて　聞くものにもが　明日香川　春雨降りて　激つ《たぎ》瀬の音を

（10・一八七八）作者不明

の響きなどは、山中に入らなければ見聞すべくもない。

だが、この川、平安時代に入ってさえ、

世の中は　何か常なる　飛鳥川　昨日《きのふ》の淵ぞ　今日は瀬になる

（古今集、雑歌下）よみ人しらず

と歌われて変転極まりなく、万葉の頃には香具山麓にあった埴安《はにやす》池にまで、その流れの及ぶことがあったかもしれないと言われている（武田祐吉氏）。掲げた歌中の「川とほしろし」は「川が巨大であるの意」（橋本進吉氏）と説かれるが、実景であった可能性も充分にある。

この赤人の歌は、奈良遷都の後それも聖武朝（七二四以後）に入ってから、甘樫丘に登って古都に寄せる慕情を歌ったものであるが、後に述べる柿本人麻呂の近江の荒都を過ぎた時の歌（1・二九―三一）と比較すると、彼は「春日の霧れる」中に何も見ず、ひたすら過ぎた時を

思うのに対し、これは明日香の里の春秋・朝夕・山川・雲霧の景観を捉えて古を偲んでいる。作品価値の高低は問わず、両者の個性差を見せて興味深いものがある。

上流に掛かる豊穰を祈る呪物

甘樫丘より北流する明日香川を望む（右は耳梨山）

川《か》原《わら》寺《でら》

生き死にの　二つの海を　厭《いと》はしみ　潮干の山を　慕ひつるかも
世間《よのなか》の　繁き仮廬《かりほ》に　住み住みて　至らむ国の　たづき知らずも（16・三八四九―五〇）

作者不明

川原寺の仏堂のうちにあった倭琴の面に記されていたという二首である。

この寺は二度の大火に遭い、現在は、金堂跡の一部に建てられた仮宮を残すのみの姿となったが、創建は天智帝の頃（六六二―六七一）といわれ（昭和三二、三年の発掘調査の時、西金堂基壇と推定される下から古い敷石が出土し、二条の長大な暗渠遺構が発見された事から、さらに古い斉明朝の川原宮跡に建てられたのではないかと見られている）、文武朝（六九七―七〇六）には四大寺の一つに数えられたほどの、二町四方にわたる官の大寺であった。遺構から推定すると、南に中門を置き、北の金堂に達する回廊で囲んだ中庭には、塔を東に西金堂を配し、その北方に講堂を建て、それを囲む体で東西と北とに僧坊を置くという配置であったらしい。

掲げた歌の内第一首は、生死を二つの海に、それを解脱した世界を潮干の山と喩えて、仏教的な悟りの境地を求める心を詠んだもの。第二首は、人の世に住み尽くしたと思いながらなお悟りの開き難い心を歌ったのであるが、こういう思想を歌うという作の通弊か、または仏教が知的な受け入れに止まって真に身についたものとはなり難かった早い時代の故か、概念的で、深みのない歌になってしまっている。だが万葉人の中には、こういう種類の歌をも詠もうとする姿勢のあったことは注意しなければなるまい。

川原寺に向かい建つ橘寺（推古天皇の宮跡に聖徳太子が建立したといい、寺伝に太子誕生地とある）に関係のある「古き歌」として、

橘の　寺の長屋に　わが率寝《ゐね》し　童女放髪《うなゐはなり》
は　髪上《かみあ》げつらむか

（16・三八二二）作者不明

という一首がある。長屋であるにせよ寺に連れこんで、うら若い童女と共寝をしたというから穏やかでない。そこで左注でも、椎野連長年（帰化人系の医者）という人が脈をとって、「寺家の屋は俗人の寝処にあらず」とし、第二句を「光《て》れる長屋に」とあるべしと診断したと記している。僧坊の長屋であればそんな事もあったろうと見るのが自然だろう。ともあれ、二寺の歌は人間の心の対照を見せて面白い。川原寺で見るべきものは礎石の瑪瑙石。橘寺には人間の喜怒二面を象《かたど》ったという二面石や塔跡の礎石などが残っている。

〈追記〉昭和四九年、川原寺の裏山の板蓋神社から千数百点におよぶ塑像の断片や塼《せん》仏《ぶつ》が発掘された。現在、川原寺跡は南大門、中門、廻廊などの旧位置がわかるように整備されている。

川 原 寺

浄《きよ》御《みが》原《はら》宮《ぐう》

大君《おほきみ》は　神にしませば　赤駒《あかごま》の　腹ばふ田居《たゐ》を　都《みやこ》と成《な》しつ（19・四二六〇）

大《おほ》伴《ともの》御《み》行《ゆき》

大君は　神にしませば　水鳥《みづとり》の　集《すだ》く水《み》沼《ぬま》を　都と成しつ（19・四二六一）

作者不明

壬申の年（六七二）、近江朝挙兵の報に吉野にいた大海人皇子が、軍を発し（六月二四日）東国に向かって一月たらずで、兄天智天皇の子大友皇子（弘文天皇）を自尽させ（七月二三日）、飛鳥浄御原宮に入ったのが同年の冬、即位して天武天皇となったのは翌年二月二七日であった。

この二首は、それより八〇年後の天平勝宝四年（七五二）二月二日に、大伴家持が人から聞いて記したもので、「壬申の年の乱平定以後の歌」と詞書にある。歌の姿と、家持の日付から推して天武即位時の寿歌で、臣下の立場からする〈国見〉の賀歌としては最も古いものであろう。「大君は神にしませば」の発想はこれに始まり、

①大君は　神にしませば　天雲《あまぐも》の　雷《いかづち》の上に　庵《いほ》りせすかも　（3・二三五）柿本人麻呂

②大君は　神にしませば　真木《まき》の立つ　荒山《あらやま》中《なか》に　海をなすかも　（3・二四一）柿本人麻呂

③大君は　神にしませば　天雲の　五百重《いほへ》が

下に 隠《かく》りたまひぬ（2・二〇五）置始東人《おきそめのあずまと》と承けつがれて終る。すべてが、万葉時代の第二期（六七二—七一〇）、天武・持統・文武三朝のものだ。この発想は、「わが大君神ながら神さびせすと」、「天皇の神の命《みこと》」などといったものを含めて、この時期特有のものであるのは注目すべきだろう。

皇都となった浄御原は、「赤駒の腹ばふ田居」といい、「水鳥の集く水沼」という、かつての明日香川近辺の、湿田・水沼地帯を偲ばせ、実景そのものの表現と思われるが、継承された歌は漸次想念化されている。①は天皇（持統か）の御遊の時の作。「雷」は、今の明日香村雷の同名の小丘か、甘樫の丘（折口信夫説）であろう。古く蘇我氏の所領地であった。それを倒した天智の皇女にあたる持統帝の御遊である。人麻呂の想念にあった「天雲の雷の上」は、この重みをもつ歴史的風土だったかも知れない。②は長皇子《ながのみこ》の猟路池遊猟時の作。池は所在不明だが、「海をなす」には何か歴史があったのだろうか。③は弓削皇子《ゆげのみこ》が没した時、文武三年（六九九）七月二〇日の作。ここに至って〈寿歌〉は〈挽歌〉（死に関わる歌）に転じ、表現も人麻呂の模倣の域を出ない。

浄御原宮の故地は、雷の丘に近い飛鳥小学校の校地を含めてその東方一帯とするのが通説化していたが、明日香村役場北方の板蓋宮《いたぶきのみや》伝承地こそ、それであるという考えが有力になってきた。後説に従うべきであろうか。

〈追記〉大伴御行は、飛鳥時代中期から後期にかけての豪族で、姓は連、後に宿禰。右大臣・大伴長徳の子。『竹取物語』に登場する「大納言大伴のみゆき」のモデルといわれている。

板蓋宮伝承地の井戸

大《おお》原《はら》

吾が里に　大雪降れり　大原《おほはら》の　古《ふ》りにし里に　降らまくは後《のち》（2・一〇三）
天《てん》武《む》天皇

吾が岡の　おかみに言ひて　降らしめし　雪の砕けし　其処《そこ》に散りけむ（2・一〇四）
藤原夫人

明日香の里に大雪とは珍しい。昭和一七年以来戦中の空白はあるが、私は何度明日香の冬を訪ねたことであろう。殊更にその日を避けた覚えはなく、むしろ求めて行く事が多かったが、今だに私のアルバムに此処の雪景色はない。もっとも橿原測候所の統計によれば、年間降雪日数二〇・二とあり、東京の一三・一に比べれば倍に近い日降雪を見ることになるが、降雪量はぐっと少ない。

万葉集では、ここに掲げた一組のほか、この里には、

矢釣山《やつりやま》　木立《こだち》も見えず　降りまがひ　雪のさわける　朝楽《あしたたの》しも
（3・二六二）柿本人麻呂〈長歌を略す〉

大口の　真神原に　降る雪は　甚《いた》くな降りそ　家もあらなくに
（8・一六三六）舎人娘子《とねりのおとめ》

御食《みけ》むかふ　南淵山《みなぶち》の　巌には　降りし斑《はだ》雪《れ》か　消え残りたる
（9・一七〇九）柿本人麻呂歌集

と、都合四回雪が降っている。「矢釣山」は浄御原宮の東に近く、「南淵山」は南東にやや遠く望む。「大口の真神原」は、古く狼がいたのでその名のある、浄御原宮や飛鳥寺を含む一帯の平地である。

さて掲げた作は、天武天皇が、何かの事情で大原（今、小原。東方約一〇〇〇m）の里にいた愛人の藤原夫人に賜り、夫人が応えたものである。天皇の歌は「大雪」「大原」とオホの頭韻を踏み、「降れり」「古りにし」「降らまく」と重ねて、明るく艶めかしく、しかも弾む心を歌い上げている。一方、夫人の答は「……とおっしゃる。その雪は、私の里のおかみ（竜蛇の神、水を司ると信じられた）に命じて降らせた雪の砕け。先に降ったは如何。大雪などとは申せますまい」と天皇の歌に明るく反撥する。これも「岡の」「おかみ」とオカの音を重ね、「降らしめし」「砕けし」とシの音で引締め、意味の上では一捻りひねって、上代の才気ある、〈女歌〉の在り方を示している。

当時の令制では、天皇に侍する女性として、皇后一人、妃二人、夫人三人、嬪四人と定められていた。藤原夫人（鎌足の娘で、大原大刀自《おほとじ》と呼ばれた人か）の地位はこれで知られるが、それがこういうユーモラスな問答を可能にしたのであろうか。

奇祭で知られた飛鳥坐神社の西側を南に入ると、道は自然に小原（万葉時代《大原》）に通ずる。古く藤原氏の本貫地とされ、途中に鎌足の母大伴夫人の墓がある。すぐ東の大原神社境内は鎌足誕生の伝説地。明日香の賑をよそに、静寂がいつもこの里をとりまいている。

大原（小原）の里（北より望む）

檜隈大内陵《ひのくまのみささぎ》

やすみしし　わが大君の　夕されば　見《め》し給ふらし　明けくれば　問ひ給ふらし
神岳《かみをか》の　山の黄葉《もみち》を　今日もかも　訪ひ給はまし　明日《あす》もかも　見し給はまし　その山を　ふり放《さ》け見つつ　夕されば　あやに悲しみ　明けくれば　うらさび暮し
あらたへの　衣の袖は　乾《ふ》る時もなし（2・一五九）

鸕野讃良皇后《うののさららのおほきさき》

朱鳥《あかみとり》元年（六八六）九月九日（陽暦一四日）、五月以来病床にあった天武天皇が浄御原宮に没した。檜隈大内陵に葬ったのは持統二年（六八八）の一一月とあるから殯宮《もがりのみや》の事（仮葬中の祭葬行事）が二年二月に渡って続けられたわけである。草壁皇太子をはじめとする諸臣、外国王までが「発哭《みねたてまつ》り」（声を上げて哀情をあらわす礼）、誄《しのびごと》（皇位継承の次第をはじめ種々のことを奏する弔詞）をたてまつったと書紀は記す。だがその時のものとして残されているのは、掲げた長歌の他短歌二首（2・一六〇、一六一）と八回忌の御斎会の夜の夢中に得られたという長歌（2・一六二）があるのみで、作者はすべて持統天皇（天武皇后）である。

掲げた長歌。今は亡き大君が、生前と等しく朝夕見問されているに相違ない神岳（甘樫丘または雷丘）の黄葉に視点を集め、現身としてはもはやあり得ぬ天皇の見問を仮想しながら、「その山をふりさけ見つつ」と同じ山を帝の生前とは異なる念で繰り返し見ざるを得ない己が姿に転じ、朝夕悲傷に沈む心を強調して、喪服の袖が乾く時もないと結ぶ。二句対を三度用いるというのは単純な構成とも見えるが、確信的な「らし」を重ねて「神岳の山の黄葉」の修飾とし、次に「問ひ」、「見し」と先の対句とは順序を変え、「まし」という仮想の語を連ねて一旦止め、再び「その山を」と念を押す形で想起させ、立場を自己に転ずるとともに、対句も結語を「悲しみ」「暮し」と変え、最後を否定語の「なし」で止め、音韻上からも句末をイ段の音で統一して脚韻とし、ラ・マ・ナの流音を巧みに響かせて、纒綿たる悲哀感を整然と定着させているのは単純どころではない。まさに完璧な作品である。後に近江の章でいう倭姫王《やまとひめのおおきみ》（天智皇后）の挽歌と違う点は、その叙事的な表現に対するこの抒情的自己表出であるとともに、この整然たる姿であろう。ちなみに、天智没（六七一）から天武没（六八六）まで、一五年が経ち、その間の壬申の乱（六七二）を境として、現在の万葉学は、第一期と第二期とを分けているのである。

大内陵は、藤原宮の中心線を延長した真南、明日香村大字野口にある。藤原定家の明月記などによれば、文暦二年（一二三五）三月二〇日に盗掘された。土葬の男体骨と火葬の骨を納めた銀筥《ぎんきょ》とが出たことから天武持統陵とされるのだが、その位置からみて、天武在世中早くも藤原遷都が計画されたのではないかと説く人もある。

檜隈大内陵

軽《かる》の道《みち》

天《あま》飛ぶや　軽《かる》の路《みち》は　吾妹子《わぎもこ》が　里にしあれば　懇《ねもころ》に　見まく欲しけど　止まず行かば　人目を多み　数多《まね》く行かば　人知りぬべみ　さね葛《かづら》　後も逢はむと　大船の思ひ頼みて　玉かぎる　岩垣淵の　隠りのみ　恋ひつつあるに　渡る日の　暮れゆくがごと　照る月の　雲隠るごと　沖つ藻の　靡《なび》きし妹《いも》は　黄葉《もみちば》の　過ぎて去《い》にきと　玉梓《たまづさ》の　使《つかひ》の言へば　梓弓《あづさゆみ》　音に聞きて　言はむ術《すべ》　為む術知らに　音のみを　聞きてあり得ねば　わが恋ふる　千重《ちへ》の一重《ひとへ》も　慰むる　心もありやと　我妹子が　止まず出で見し　軽の市に　わが立ち聞けば　玉襷《たまだすき》　畝火《うねび》の山に　鳴く鳥の声も聞《きこ》えず　玉桙《たまぼこ》の　道行く人も　ひとりだに　似てし行かねば　術をなみ　妹が名呼びて　袖そ振りつる

秋山の　黄葉を茂み　迷《まと》ひぬる　妹を求めむ　山道《やまぢ》知らずも

黄葉の　散りゆくなべに　玉梓の　使を見れば　逢ひし日思ほゆ（2・二〇七—九）

柿本人麻呂

古くは天武持統陵といわれ、今また欽明陵かと説かれる、丸山古墳に立って見下す。北方大軽の台地付近から、国道一六九号線に沿う見瀬、西にまわってすぐ下の近鉄・岡寺駅方面におよぶあたりが万葉時代の「軽」であった。

此処に「市」の置かれたのは、早く顕宗・仁賢の代（四八四―四九七）ともいわれ、天武一〇年（六八一）頃には大路（下ッ道）が南北に通じ、交易売買が盛んで殷賑《いんしん》を極めていた。

掲げた人麻呂の作は、その里にいた〈隠し妻〉の死を嘆く長歌二首短歌四首をもって一組とする作品の前半部である。長歌は、事の推移の自然に従い、「天飛ぶや」以下全句の二割を越える一二の枕詞を用いて主題を展開している。この繁雑とも見える枕詞の聴覚的効果がかえって綿々尽きざる作者の悲傷を感じさせ、「軽の市に」以下終末部の激情的な行為をまさに必然的なものとして納得させる力となっているのだ。ところで、「袖をふり」「名を呼ぶ」のは死者の魂を鎮める行為だと説かれているが、愛する者を失った情念の激しさが生む自然の行為の固定化と見てよいであろう。さて反歌の第一首、転じて死者が自ら山に入ったとし、帰路を求めているであろう妻を捜そうにも捜しようがないと嘆き、第二首では時を逆転させて使の来た日を念い、遡って生前の妻との出会いの日々を回想している。この作について、人麻呂自身の妻の死を悼んだものではなく、自己の体験は基盤にあるかも知れないものの、宮廷サロンの求めに応じて仮託創作した歌であるという金井清一氏の注目すべき見解があるが、それはともあれ、この時間的遡行はかえって妻を失った人間の思念の自然を見せ、ただならぬ情念を見事に定着させている。私共はこういうところに人麻呂作品の構成技術の巧みさを見なければならない。彼はただ生まれながらの情念の人ではなく、作歌を通してそれを作り出す芸術家だった。

国道を西にはずれて見瀬の中街道を歩いてみる。むろん此処にも「軽の市」を幻想させるものが残っているわけはない。「天飛ぶや軽の社」（11・二六五六）を求めて大軽字北垣内の春日社まで足をのばした。孝元天皇の軽島豊明宮跡と伝える処。此処はさすがに静かだ。男女の秘石の上で、近所の子供がお手玉遊びをしていた。

春日社の豊穣を祈る咒物

佐《さ》太《た》の岡《おか》

朝日照る　佐太の岡辺に　群れ居つつ　わが哭《な》く涙　止《や》む時もなし（2・一七七）

草壁皇子尊舎人《くさかべのみこそんとねり》

草壁皇子尊（日並皇子尊《ひなしのみこ》）は天武天皇の第二皇子、母の持統にとっては只一人の皇子であった。一〇歳にして壬申の乱（六七二）に従軍、天武一〇年（六八一）一九歳で皇子尊（皇太子）となったが、父の没した時（六八六）は、皇位継承者として有力な競争対手の大津皇子のあることなどから、母持統の称制となり、その後三年皇太子のままで没した。時に舎人等の慟傷《どうしょう》しての作歌二三首（2・一七一―一九三）中の一首が掲げた作である。

「佐太の岡辺」は皇子の墳墓の地で高市郡高取町森。近鉄・壺坂駅から西へ二キロ足らず、森の県道から北へ入ったその名も佐田に、南面して岡宮天皇（草壁）真弓丘陵がある。それに冠するに「朝日照る」の句をもってしたのは、古く宮や岡に冠してきた風儀に従ったままでの事とする説もあるが、ここでは実景と見てよかろう。付近の地形は「いま、墓の森につづいて牛頭天王社の森となっているから、木がみっちり茂って小暗いが、墓の前は、下の平地の民家を見とおせる傾斜地になって南面しているので、日をいっぱいうけて開いた感じだ」と犬養孝氏が指摘しておられるとおりであり、皇子の没したのは四月一三日（陽暦六月一日）で、雨天の日を除けば一年中で一番陽光の強い時期である。そういう場（地形と時期）を背景にしての「朝日照る」なのである。そういう中でこそ「わが哭く涙止む時もなし」の嘆きは、まさに〈慟傷〉であろう。

だが〈慟傷〉は、そこからだけ出るのではない。「群れ居つつわが哭く」という集団の慟哭、「舎人の生態」に注目しなければならないのではないか。令制の舎人は豪族出身の下級役人で、内舎人・大舎人・東宮舎人・中宮舎人などとして官人組織の中に編入されたが、それ以前はもっと天皇・皇族の近侍者的性格が濃厚で、主従関係は極めて緊密なものがあったといわれている。

ところで、これら二三首には類似の語句が多い。それは彼らが同じ場で、共通の嘆きをもって次から次へと歌い上げていったからであろう。〈慟傷〉はそういう集団の中で生まれたのである。

そして掲げた作は、この歌群中で、〈集団で〉と共に〈集団を〉歌っている。つまり、この歌群二三首の成立の地盤を証する一首であり、万葉集の舎人とは何であったかを示すものでもあると言えるのではなかろうか。

真弓丘岡宮天皇陵

倉《くら》橋《はし》

橋立《はしだ》ての　倉橋山《くらはしやま》に　立てる白雲　見まく欲《ほ》り　わがするなべに　立てる白雲
橋立ての　倉橋川の　石走《いしはしり》はも　男《を》盛《ざか》りに　わが渡りてし　石走はも
橋立ての　倉橋川の　河のしづ菅《すげ》　われ刈りて　笠にも編まず　河のしづ菅

（7・一二八二—四）柿本人麻呂歌集

秋が深まった。収穫も終えた。どこと定められぬが、倉橋山（音羽山か、八五一ｍ）を望む川辺の一角の平地である。期待に胸弾ませる若者たちの前に、きらきらしい白雲を思わせる少女が姿を見せた。若者は歌う（第一首）。だが青年期特有のはにかみに、彼はそれ以上の何もできない。そこで見かねた老人が歌う。「倉橋川の踏石さ。男盛りには、わしもよく越えた飛び石だったよ。若い時は二度とない、勇気を出すんだ」（第二首）、「正直なところはね。わしは刈って笠に編みもしなかった。やさしそうな菅、じゃない娘《こ》だったのにさ」（第三首）。

三首の旋頭歌（五七七、五七七。六句型式）、今は同じ場のものとみて解釈してみた。想像したのは「歌垣」——春秋の好季に人々が野山や市（多く水辺）に集まり歌をやりとりし、若者は良縁をもとめる集団の行事——の場である。旋頭歌など偶数句型式の歌は、本来そんな場で歌いつがれた民謡ないし歌謡であった。著作権などまったく無い時代の事、似た場では、同じ歌、地名だけを変えたような歌が歌われた。若者が歌い少女も和える。むろん彼等が主役である。老人は愚痴を繰り返して彼等に笑われながらも若者を励ます。

旋頭歌は、

住吉《すみのえ》の　小田《をた》を刈らす子　奴《やつこ》かも無き　奴
あれど　妹《いも》がみ為《ため》に　私田《わたくしだ》刈る
（7・一二七五）

水門《みなと》の　葦の末葉《うらば》を　誰《たれ》か手《た》折りし　わが
背子《せこ》が　振る手を見むと　われぞ手折り
し　（7・一二八八）

など上下二句の、問答とも自問自答ともとれるものから推量すると、問答体から発して、掲げたもののような繰り返し型式となり、

春日《かすが》なる　三笠《みかさ》の山に　月の船出づ　遊士《みやびを》
の　飲む坏《さかづき》に　影に見えつつ
（7・一二九五）

といった、中国詩文に魅せられた古代貴族の、風雅な遊宴の作をも生んだが、

愛《うつし》くと　わが念《おも》ふ妹《いも》は　早も死なぬか　生
けりとも　我に寄るべしと　人の言はなく
に　（11・二三五五）

などの独詠歌に発展し、やがて亡び去ったらしい。

桜井から多武峰の談山《たんざん》神社を目指して登る。途中に天平期乾漆像の傑作といわれる十一面観音を蔵する聖林寺があるが、このあたり多武峰に向かう街道ぞいの南側を流れるのが倉橋川（今の寺川）で、右に多武峰、左に倉橋山を望むところ。桜井駅南口から奈良交通のバスがある。

聖林寺付近を流れる倉橋川

小倉《おぐら》の山《やま》

夕されば　小倉《をぐら》の山に　鳴く鹿は　今宵《こよひ》は鳴かず　い寝にけらしも（8・一五一一）

岡《をか》本《もと》天皇

万葉集中に斉明天皇の作歌と確定出来るものは一首もない。掲げた歌も「岡本天皇御製歌一首」と詞書にあり、舒明作ともその后であった斉明女帝のものとも解される。さらに第三句を「臥す鹿の」とし作者を雄略とする異伝（9・一六六四）もある。

「臥す鹿」の方がすっと瞑想的であり、歌としても勝れていると説く人（折口信夫氏）もあるが、「鳴く鹿は今宵は鳴かす」の単純、古朴な味も捨て難い。

土屋文明氏の「感情濃やかに行き届いて居るので、寧ろ女性の作」を引いて斉明作とする人が多いが、私は、同氏の「自然に対する心持が実に濃やかに細い所まで到って居って、作者は声を収めてひそまりかへった小倉山のことを歌って居るのであるが、其処には自らに作者自身の感情の流れが表出されて居るのである」によって、作者を確定出来ないままに、万葉歌風の出発点と見たいと思う。

小倉山を、奈良県桜井市今井谷付近とする説もあるが、私は忍坂《おつさか》の舒明陵の裏山とする説により、この春さき舒明陵を訪ねた。陵の右側の小道を登ってゆくと、山に囲まれて、中大兄に愛され（関係歌2・九一、九二）、藤原鎌足と結ばれた（同2・九三、九四）鏡王女《かがみのおおきみ》の墓が荒れて、しかし慎しくあり、さらに登ると欽明の皇女大伴のものと伝える墓を望む高みに、梅が清楚に咲いていた。桜井駅への帰途石井寺に立ち寄り、白鳳期または奈良後期作と伝える石造の三尊仏に接することもできた。

　斉明陵は国鉄・掖上駅の北、高取町車木《くるまぎ》の天皇山の山頂にある。私は御所《ごぜ》から車を走らせた。石段を登ってゆくと、中腹に、斉明の孫で、悲劇の皇子大津を生んだ大田皇女の墓があり、陵には間人《はしひと》皇女（孝徳后）と建王が合葬されている。

今城なる　小山《をむれ》が上に　雲だにも　著《しる》くし
立たば　何か嘆かむ
明日香川　漲《みなぎら》ひつつ　行く水の　間《あひだ》もなく
も　思ほゆるかも
山越えて　海渡るとも　おもしろき　今城《いまき》
の中は　忘らゆましじ

は、斉明四年（六五八）八歳で死んだ孫建王《たけるのおうじ》を偲んだ斉明天皇の作と書紀の伝えるものだ。歌に出る「今城なる小山」も、恐らく此処だろう。私が尋ねた日にもくっきり雲が立っていた。

鏡 王 女 墓

談《たん》山《ざん》神《じん》社《じゃ》

我《われ》はもや　安見児《やすみこえ》得たり　皆人《みなひと》の　得かてにすとふ　安見児得たり（2・九五）

藤《ふぢ》原《はらの》鎌《かま》足《たり》

西の「日光」、いやその「日光」はこれを模倣したのだという談山神社で、もっとも注目すべき建物は本殿と権殿（重文）の間の平地にある十三重塔（重文）である。これが木造の十三重塔として日本に唯一の物だという理由からだけではない。現在のそれは享禄五年（一五三二）の再建だが、本来は、唐から帰朝した鎌足の子定慧《じょうえ》が、天智八年（六六九）に近江で没した鎌足の遺骸を、摂州三島阿威山からここに改葬した墳墓上に建てた石塔であるとされているのだ。この塔の南に講堂を造り「妙楽寺」といったのが当社の起源である（ただし鎌足の遺骨改葬のことは史書に見えず、ここに埋葬されているのは不比等だという説もある）。

鎌足（六一四生）は、神と人との間をとりつぐ祭祀の家（中臣《なかとみ》家）の出で、鎌といった。皇極三年（六四四）神祇伯に拝したが受けず病と称して三島にいた。政治家として世に立つ姿勢を明らかにしたのであろう。翌四年、中大兄皇子（天智天皇）に接近して蘇我氏を倒し、孝徳朝の大化改新（六四五）、天智朝の近江令制定などに功をあげ、天智八年一〇月一六日に五五歳で没した。帝は一〇日に鎌足邸に行幸、一五日には大海人皇子（天武天皇）を派遣し、大織冠の位と藤原朝臣の姓とを与えた。後、鎌足直系外のものは中臣姓に戻ったが、この祭祀の家からの独立が藤原氏の将来を決定的なものとしたのである。鎌足の人柄について日本書紀は「竟氣高逸容止難犯」と記す。

この歌は、鎌足が采女《うねめ》の安見児を賜り、妻とした時の作である。采女は、地方豪族の娘や妹が宮廷に仕え、主にその祭祀に従った女性で、神聖視されていたから天皇周辺の貴族でも一指も触れることの出来ないものとされていた。それを手に入れることができたのだから鎌足が勝鬨を上げたのも当然であろう。が、門脇禎二氏は、天智天皇が、人望のある大海人皇太弟（母は皇極天皇）ならぬ、自分の子の大友皇子（母は伊賀采女宅子娘）を皇嗣とする不自然さを、鎌足ほどの人でもこれを得て歓喜するのだと見せて、正当化しようとしたのがこの一首ではないかと、穿った推量をしておられる。

十三重塔背後の山腹の小径を登ると「談所が森」。中大兄と鎌足が、蘇我氏誅伐を策した所と伝える。さらに五〇ｍほど登った所が「御破裂山」で、木々の亀裂が目につく。その奥に「鎌足廟」がある。

談山神社の森

三輪山《みわやま》

味酒《うまさけ》　三輪《みわ》の山　あをによし　奈良の山の　山の際《ま》に　い隠《かく》るまで　道の隈《くま》　い積もるまでに　委細《つばら》にも　見つつ行かむを　しばしばも　見放《さ》けむ山を　心なく　雲の隠さふべしや

三輪山を　然《しか》も隠すか　雲だにも　心あらなも　隠さふべしや（1・一七―八）

額《ぬか》田《たの》王《おほきみ》

雨もよいの空を案じながら二上山登頂を志して心急ぐ名古屋――八木の近鉄車中、五月初めの朝であった。長谷寺を過ぎる頃には、その円かな姿に接する期待に三輪山（四六七ｍ）を望むのがいつもの習いになっているのだが、今日はその山が見えない。車中、ふり返ると、山裾をわずかに見せて、雲がわき立ち巻き上がりして山頂を覆っているのだ。穏やかだといわれる大和の、しかも五月の、この気象の激しさには眼も眩む思いがした。

天智天皇の近江遷都は、称制六年（六六七）三月一九日（太陽暦四月二〇日）だが、この歌、当日のものとも決まるまい。ただ、私は、書紀の記す「是の時に天下の百姓、都遷ることを願はずして諷へ諫く者多し。童謡《わざうた》（諷刺する歌）また衆し。日日夜夜失火の処多し」というなかで、神の山として恐れられた三輪山が、どういう姿で、「心なく雲の隠さふ」という応じかたをしたのかを想わずにはいられないのである。

　この一首は、額田王が大和に残る大海人皇太弟との別離を惜しんで心を雲に託したとも、三輪山の神威を畏れての鎮魂歌であるとも解されている。大海人の大和残留は確証がないから前者には従い難く、一首に公的な応詔歌らしい匂いも濃いから後者によるとして、この時の天智を筆頭とする宮廷人の心には、後に人麻呂が歌う「天離《あまさか》る夷《ひな》」（1・二九）の近江に遷る不安が、したがって住みなれた大和に対する郷愁が、なかったとはいえまい。当時の都人士にとって奈良山を北に越えることは、大げさにいえば、異境に出る思いを持たせたかも知れない。この歌も「奈良の山」とことさらにその名をあげ、人麻呂もこの歌のあることを念頭においたか、後に、「あをによし奈良山を越え」と歌っている。誦詠の形で発表されただろうこの歌に聴きいる人々も、その思いは胸を去らなかったのではないか。大和の旧勢力から離れ、近江の経済力、東国の軍事力に期待した遷都であったとみてもである。前記、書紀の状況下の強行ならなおのことだ。

　三輪山は、大和盆地のどこからでも、その山らしい姿が望まれる。「国中《くんなか》」といわれる地方ではこの山から陽が昇る。山は大神《おおみわ》神社の御神体として尊崇され、登頂のためにはこの神社から すこし北へ行った狭井《さい》神社で御祓を受け、許可を得なければならない。狭井神社に向かう道の大神神社すぐ西に、千田憲氏筆の、この歌の碑が建っている。

山辺の道（狭井川付近の池より望む）

三《み》輪《わ》川《がわ》

夕さらず　河蝦《かはづ》鳴くなる　三輪川の　清き瀬の音を　聞かくしよしも（10・二二二二）

作者不明

道は秋の光にあふれていた。大和盆地に波うつ稲穂の上を吹きわたってくる風さえも、黄金のにおいにみちているようであったと、印象的な序章を冒頭に、山辺の道を、三輪山南麓の初瀬川のほとりから北上して、奈良春日の伊邪河の坂の上（開化陵のある地）に至るおよそ二二キロと推定し、この道の上に、天武・持統の頃、「効果的な古代的歴史空間」が創造されたと説かれるのは田中日佐夫氏である。氏によれば、天武朝の修史に際し、崇神天皇より以前九代の天皇を創案し、かつて一列に並んでいた天皇と大豪族の遠祖の上につけ加え、九代の陵墓を大和盆地の周辺に配置して大和の有力な豪族層を背景にした天皇家の存在を強調するとともに飛鳥地方の外壁とし、都周辺東方地域に強力な信仰圏となっていた三輪から石上にかけての山辺に天皇家の「ひつぎ」の中で結節点をなす天皇たち（崇神・景行）、そして継体の后である手《た》白香皇女《しらかのおうじょ》の陵墓を治定したのではなかろうかということにもしこれが事実ならば、記紀の記載の真実性を現証しようとする、歴史的ならぬ政治的な空間が、この道の上には現示されているということになろう。

さて、標高七〇m前後の、大和盆地山添いの東麓を南北に貫くこの細道は、万葉集では、そういう政治的なものとは何の関わりもない、愛と死と自然の風土、相聞歌・挽歌・叙景歌という「抒情詩のふるさと」である。

歌の「三輪川」は、源を奈良県桜井市（旧磯城郡上之郷大字小夫）に発して、泊瀬峡谷を流れ、大三輪町に出て西北に向かい、穴師川・布留川を合わせ、さらに北流して佐保川を合流させて末には大和川となる初瀬川が三輪付近を流れる時の呼び名で、万葉の頃には、「上《かみ》つ瀬に鵜《う》を八つ潜《かづ》け下《しも》つ瀬に鵜を八つ潜け上つ瀬の年《あ》魚《ゆ》を咋《く》はしめ」（13・三三三〇）とも、「隠口《こもりく》の泊瀬の川に船浮《う》けて吾が行く河の」（1・七九）とも歌われた川である。今では河蝦も鳴かず、清き瀬の音を聞くこともほとんど絶えたけれども、場所によっては常に杉皮が乾され芳香を放っている。私は、この香をあとに川を渡り、天理市北部「櫟本」の柿本人麻呂の歌塚を目処にして、「山の辺の道」を、古の「海石榴市《つばいち》」から歩きはじめることにしよう。

三 輪 川

海石榴市《つばいち》

紫《むらさき》は　灰さすものそ　海石榴市《つばいち》の　八十《やそ》の街《ちまた》に　逢へる子や誰《たれ》
たらちねの　母が呼ぶ名を　申《まを》さめど　路《みち》ゆく人を　誰《たれ》と知りてか

（12・三一〇一―二）

作者不明

三輪山（四六七ｍ）の南西麓「金屋」は「海石榴市」の故地である。海石榴《つばき》（山茶花）を街路樹としたことからその名が出たのであろう。「八十の街」と歌われたように古代交通の要地であった。明日香からの「山田道」、藤原からの「磐余道」（横大路）、奈良からの「山の辺の道」、伊賀からの「初瀬道」など陸路が、ここで交差するばかりでなく、難波から大和川を遡行して大和に入った船が、盆地の河川合流点である郡山の額田付近から初瀬川を経て、ここに船泊するという舟運の要地でもあったのである。だからこの市は国内の産物ばかりでなく、異国の産物の交易も行われ殷賑をきわめた。

海石榴市で古くから歌垣（「倉橋」参照）のあったことは、武烈天皇の即位前紀に、皇太子が平群《へぐり》鮪《のしび》と影媛《かげひめ》を奪いあい、「海石榴市の巷《ちまた》に待ち奉らむ」という媛の求めに応じ、歌垣の衆《ひとなか》に立って、鮪と激しい歌の口論をしたと記して七首の歌を載せていることなどから察せられる。これらに、闘争的姿勢をあらわに見せた、

大君《おほきみ》の　八重《やへ》の組垣《くみかき》　掛《か》かめども　汝《な》をあましじみ　掛かぬ組垣（日本書紀・90）鮪臣《おみ》の子の　八節《やふ》の柴垣　下動《したとよ》み　地震《なゐ》が揺《よ》り来《こ》ば　破《や》れむ柴垣　（同・91）皇太子

などが見えるのは、歌垣本来の抗争的・劇的様態を示すものとして注目すべきだろう。

　掲げた二首も、同じく歌垣の場の、男女の問答歌であろうが、書紀のそれとはことなり、「歌垣の歴史では末の時代のもので」（折口信夫氏）、抒情的に傾斜した日の様態をみせている。「紫は灰さすものぞ」が海石榴市にかかるのは、古代染色法で、紫草を染色に用いる時媒材としてその灰を入れたのによるとされるが、これを序詞としたのは、賀茂真淵がいうように、「風流《みやび》ておもしろく」、答えた歌も、拒絶のポーズの裏に媚びる心を秘めた少女の姿をうかがわせ、両首とも「調《しらべ》うるはしき」ものとなっている。真淵の万葉論を見直し、それを通して文学としての万葉集の再検討を説かれたのは久米常民氏だが、誦詠されたに違いないこの二首と真淵の評とはまさにその適例といってよかろう。

　「金屋」へは、近鉄・桜井駅から大神《おおみわ》神社に向かうバス途中の三輪河畔で下車し河を東へ渡るとよい。里の小径に《海石榴市観音道》の石標を残し、お堂内には、元亀二年（一五七二）の銘ある、黒焦げ二体の石仏を祀っている。

三輪川左岸より海石榴市を望む（山は三輪山）

三輪山麓《みわさんろく》

美酒《うまさけ》を　三輪《みわ》の祝《はふり》が　斎《いは》ふ杉　手ふりし罪か　君に逢ひ難《がた》き（4・七一二）

丹波大女娘子《たにはのおほめをとめ》

　金屋の里の西北隅、今は建物を失った志貴御《しきのみ》県座《あがたいます》神社の境内に《崇神天皇磯城瑞籬宮址《しきのみずかきのみや》》の石柱がある。そこから東へ一〇〇mたらずに《金屋の石仏》と呼ばれる白皙の石仏像二体が祀られている。鎌倉時代の作だが、古代を思わせるおおらかな釈迦・弥勒像だ。これを後にした私どもは大神《おおみわ》神社に南側から入ることになる。

　この社は、三輪山を御神体とし拝殿だけで神殿を欠くという、古風を止《とど》めた社だ。古代政権にとってこの山がどんなものであったかは『三輪山』の項で触れたとおりだが、庶民にとっては恋の出逢いを妨げる神でしかなかった。かかげた一首など、作者名からみて、この付近にいた遊行女婦の、客の誘いを拒む気持ちからでた、諧謔の歌声とすべきだろう。「斎杉」の許には、御神体を蛇とみて、数多くの玉子が供えてある。狭井《さい》神社に向かう石段を上った左側の木陰に、（1・一七）の歌碑があることも同じ項に記した。

　狭井神社の鳥居に向かう手前に《山辺の道》の道標がある。これによって左に折れ、今は見るかげもないが、

狭井川よ　雲立ちわたり　畝傍山《うねびやま》　木の葉
　さやぎぬ　風吹かむとす
（古事記・21）伊須気余理比売

の川だという小川を渡り左に入って、《神武天皇聖蹟狭井河上顕彰碑》の前に立つと、西に遠く葛城連峰が霞み、平野部には、南から香具・畝火・耳梨の三山が一望のうちだ。

　道に戻って北に一降《ひと》り、ふたたび登った高みに、「我が庵《いほ》は　三輪の山本《やまもと》　恋しくは　訪《とぶら》ひ来ませ　杉立てる門《かど》」（能『三輪』）と、女神が歌いかけたという話で知られた玄賓庵《げんぴんあん》がある。「秋寒き窓のうち　軒の松風うちしぐれ　木《こ》の葉かき敷く庭の面《おも》　門《かど》は葎《むぐら》や閉《と》ぢつらん　下樋《したひ》の水音《みづおと》も苔《こけ》に聞えて静かなる　この山住《やまずみ》ぞ淋しき」（同）とは、神仏分離以前にはもっと山深くにあったという、中世の庵の様だが、塀の白壁に影を落とす花木のたたずまいは、今なお聖者の住み家を思わせる。玄賓は奈良朝末の人だ。

　道は庵の裏手を過ぎ、薄暗い谷の木の間を通り迂回して登り坂になる。登りきったところが檜原《ひばら》神社で、天照大神が伊勢に遷るまで鎮座した笠縫《かさぬい》の宮の故地と伝える。

　行く川の　過《す》ぎにし人の　手《た》折らねば　う
　らぶれ立てり　三輪の檜原は
　　　　（7・一一一九）柿本人麻呂歌集

はここだというが、今は一面の赤松林となっている。

檜原神社付近から穴師山を望む

弓《ゆ》月《づき》が嶽《たけ》

あしひきの　山川《やまがは》の瀬の　響《な》るなへに　弓月《ゆつき》が嶽《たけ》に　雲立ちわたる（7・一〇八八）

柿本人麻呂歌集

檜原社をあとに山麓にそって東北へ廻ると、「弓月が嶽」かともいわれる巻向山《まきむく》（五六五m）が見えてくる。

巻向の　山辺《やまべ》響《とよ》みて　行く水の　水泡《みなわ》のごとし　世の人《ひと》われは

（7・一二六九）人麻呂歌集

の山はこれだろうが、弓月が嶽（由槻が嶽）は、このすぐ南に続く標高五六七・一mの「リョウサン」と呼ぶ山だろうとも説かれている。

山麓北の小橋を渡り、山辺の道から逸《そ》れて上之郷に通ずる車谷の道を穴師川に沿って遡ること二キロの宮古谷を赤檜原という。この辺が

巻向の　檜原もいまだ　雲ゐねば　小松が末《うれ》ゆ　淡《あは》雪流る

（10・二三一四）人麻呂歌集

の「巻向の檜原」であろうか。この歌の伝承過程で、古今六帖・新古今和歌集など、この結句を「あは雪そふる」としているのは、そこに「あはれ」を見ようとするのだろうが、「流る」の自然さに及ぶべくもない。これはかかげた作とならぶ、人麻呂歌集中の傑作である。

さて、かかげた作について森重敏氏は、同じ歌集中の、

痛足河《あなしがは》　河波立ちぬ　巻向の　由槻《ゆつき》が嶽に

雲ゐ立てるらし　（7・一〇八七）

と比較し、「らしによる一方的な理由帰結関係が自身を失ふことなくなべにに含まれつつ、しかもなべに本来の前後継起関係の意味にまで深められる形となったのである」と説き、「二事象の理由帰結による推論的整理よりも、前後継起としてあるがままに受入れることが、ことに自然現象に対する抒情の人間であるいまの場合の人麻呂にとっては、本然のあるべき態度であることもいふをまたない」と解説された。「淡雪流る」の場合と合わせ、細心・的確な評とすべきであろう。

　もとの小橋まで引き返し今はすっかり舗装された坂道を北西に下る。春浅い頃の右手の山は果樹に寒風よけのビニールが被せられ異様な光景だ。道のほとりに棟方志功氏の万葉歌碑（画碑？）がある。この里が、

巻向の　穴師《あなし》の山の　山人《やまびと》と　人も見るがに　山かづらせよ

（古今集、20・一〇七六、大歌所御歌）

と、古今集にも歌われた穴師の里で、背後が穴師山である。「山かづら」するのはむろん神事に奉仕するためだ。この付近の人々が、神に扮して、宮廷の神事に参加するならわしになっていたことから歌われた一首であろう。

巻向山麓

引《ひき》手《て》の山《やま》

衾道《ふすまち》を　引手《ひきて》の山に　妹を置きて　山路を行けば　生けりともなし（2・二一二）

柿本人麻呂

付近に、真実の、あるいは架空の、愛人がいたのだろう。

巻向の　穴師の川ゆ　行く水の　絶ゆることなく　また帰り見む

ぬば玉の　夜さり来れば　巻向の　川音高しも　嵐かも疾《と》き

（7・一一〇〇―一）柿本人麻呂歌集

と人麻呂らしい人が詠んだ穴師川をあとに道を北に登ると、果樹畠を隔てた左手前に《山辺道上陵》（景行陵）を、やや離れて《山辺道勾岡《まがりのおかの》上陵《うえのみささぎ》》（崇神陵）を望み、遠く右手、山ぞいに手白香皇女《たしらかのひめみこ》（継体皇后）の《衾田陵》を、後方右手には《箸墓》（倭迹迹日百襲姫命《やまとととひももそひめのみこと》墓）を見渡す高所に出る。春の桃花、秋の色づく蜜柑が季節の陽に映えて美しい場所である。箸墓は「卑弥乎」の墓だとも言う。

「大兵主《だいひょうず》神社」に立ち寄ろうと、山裾の鳥居を目当てに、道を右に折れてゆくことおよそ五〇〇m、「宮古の浦」と呼ばれる蜜柑畠に《纒向日代宮趾》の標柱がある。事実なら景行天皇の宮跡なのだ。大兵主神社は、一つの拝殿奥に、左から若御魂（御食津神《みけつかみ》の父神）、兵主（御食津神）、大兵主（天細女命《あめのうずめのみこと》）を祭る三社殿が並ぶという特異な様式を持つ神社で、祭神が京都の伏見稲荷と同じであるところから、秦の始皇帝の子孫を自称した融通王一族を祭ったのではないかと考えられ、融通王を弓月の君と呼んだことと「弓月が嶽」の山名を結びつけられぬことはないと出雲路敬和氏は説かれる。

　さて、掲げた一首は、「軽」の項で述べた一組の長歌二首中の後の長歌（2・二一〇）に付された第二首目の短歌である。いま長歌は省略にしたがうが、人の死は世の掟であるという認識をもとに、だが父でもある彼は、形見の緑児が乳を乞い求めるので、生ある者の宿命とすましても居れず、男らしくもなくわが子を抱きしめて、妻屋の内に昼夜嘆息しながら明け暮らし、術のないまま、「大鳥《おほとり》の羽易《はがひ》の山」に妻がいると聞き、岩根を踏み分け難渋しながら尋ねてみたが何の甲斐もない、「うつせみと　思ひし妹が　玉かぎる　ほのかにだにも」姿を見せないと訴えた作だ。前長歌の音楽的にかえて、視覚的形象をとった、よりリアルな表現法によった作品である。

　この「羽易山」＝「引手の山」は、衾田陵の東にそびえる竜王山（五八八ｍ）だという説がある。竜王は無数の横穴墳墓を持った山だ。このいずれかに人麻呂の妻も眠っているのだろうか。あるいはまた、墳墓の山から生まれた伝承によって、人麻呂の虚構したのがこの作であろうか。

竜　王　山

石上神宮《いそのかみじんぐう》

石《いそ》の上《かみ》　布留《ふる》の神杉　神さびし　恋をも我は　さらにするかも（11・二四一七）

作者不明

竜王山を背に、山上憶良が「好去好来の歌」（5・八九四）に「……大和の　大国霊《おほくにたま》　久方の　天の御空ゆ　天翔り　見渡したまひ……」と詠んだ大和神社を左に望んで大和古墳群を過ぎ、環濠集落で有名な竹之内集落を右に見て、夜都岐神社をあとに北東に向かうと、道は内山・永久寺跡を過ぎ、おのずからに石上神宮（布留社）の境内に入る。

この神社の祭神は三体、第一は「布都御魂《ふつみたまの》剣《つるぎ》」で、神話時代高皇産霊尊《たかみむすびのみこと》の命をうけ、高天原から下って葦原中国を平定した武甕槌神《たけみかづちのかみ》が用いた十握《とつか》の剣《つるぎ》だ。人代に入って神武東征時、熊野の荒坂で悪神の毒気にあたり進軍不能になった折、一旦天上に還っていた剣が再び地に下された。これを崇神の代に、物部氏の祖伊香色雄《いかがしこお》に命じてこの地に祭らせたと伝える。第二は「天羽羽斬《あまつははぎり》」または「鹿正《あらまさ》」という、素戔嗚尊が出雲で八岐大蛇を退治した時に用いた、これも十握剣で仁徳の代に祭神に加わった。第三は「天璽瑞宝十種《あめのしるしみつたからとくさ》」。鏡・剣・玉の類で、この神宝を「一二三四五六七八九十《ひとふたみよいつむななやここのたり》」と称《とな》えてふるへ。ゆらゆららとふるへ。かくの如くすれば死者も生き返るべし。即ち布留の語源なり」と伝えている。これらの祭神といい、祭主が武をつかさどる物部氏である点からみても、ここが大和朝廷の北、ないし東へ向かう前進基地であり、武器庫だったとみられる。

さて、わが万葉人は、人麻呂をはじめとして、神社の性格とはかかわりなく、恋歌をうたい続ける。

をとめらが　袖《そで》布留山の　瑞垣《みづがき》の　久しき
時ゆ　思ひきわれは
（4・五〇一）柿本人麻呂

との曇り　雨《あめ》布留川の　さざれ波　間《ま》なく
も君は　思ほゆるか
（12・三〇一二）作者不明

かかげた一首、「神さびし」の「さぶ」は、物がその本体を顕《あら》わすことを示す動詞だ。ここでは「年経て老体となった」の意味、つまりこの一首は、老人の恋の嘆きを歌っているのである。恋は「壮男《おざかり》（男盛り）」のものとするのが通念だが、「神さびし恋」と意識しながら、その「恋をも我は　さらにするかも」と歌う万葉人の若さを思うことは楽しい。

石上神宮・柿本人麻呂歌碑（４・五〇一）

歌《うた》塚《づか》

珠衣《たまぎぬ》の　さゐさゐしづみ　家の妹に　物言はず来にて　思ひかねつも（4・五〇三）

柿本人麻呂

桜井・奈良間の県道を北上し天理を過ぎて櫟《いち》本《のもと》に向かうと道は名阪高速道路の高架に直交する。その手前を左にとり高速道路ぞいに行けば、能『井筒』で名高い在原寺も間近だ。能の恋愛といえば、人々は直ちに怨恨を思い、仏教的理念によるその否定を口にするが、『井筒』は、珍しく待つことを通して得た愛の讃歌を深々と謡い、男女一体となった歓喜の舞姿を現出する。恋愛の肯定がその主題だ。伊勢物語などにみえる業平の情念が作者世阿弥の心をゆさぶり、理念を突き抜けたところに芸術を実現させたのであろう。

業平に似て情念の歌人柿本人麻呂の〈歌塚〉が同じ櫟本の地内にある。先の道を左に折れず直進して高架を潜ったすぐ右側がその所在地和《わ》邇下《にした》神社である。一ｍにも足らぬ盛土の塚をその墓と伝え、傍に後西天皇の皇女宝鏡尼の筆になるという〈歌塚〉の文字を記した堂々たる碑石が建っている。

平安末の歌人藤原清輔が墓標をたて鴨長明などが参ったりしたものを享保年間に再興し、宝暦一二年（一七六二）に前記皇女の手になる歌塚の碑を建てたと伝えている。もっとも人麻呂の墓と伝えるものは各地に多く（新庄町柿本神社境内、吉野山中西尊寺跡、大阪府南河内郡錦郡村聖音寺境内など)、〈火止る〉信仰と結びついてしまったというから所詮真実の所在は不明とする外はない。私共がこの付近に注目するのは、和邇下神社が柿本氏とその同族である小野、春日、櫟井、布留などの本貫という和邇氏の祖天押帯日子命を祭り、和邇の地名を残す集落もこの東方真近の丘を占めているからである。和邇氏は海人の一族で、日本海沿岸各地に勢力を持ち、近江から南下して奈良の北方春日山から佐紀に至る地域、さらに下ってこの和邇の付近までその勢力下にあったらしい。今、日本海沿岸各地に同族諸氏の活躍を伝え(石見国の小野氏など)、琵琶湖西岸とこの地とに地名を残している。現在和邇の里は一面の柿畠で、敏達天皇の御世、家の門前に柿の木があったので柿本氏となった(新撰姓氏録)という伝承そのままに、今となっては知る由もない、人麻呂生誕の地の風土を現証してみせてくれている。

掲げた歌はこの地と関係のあるものではないが、「珠衣のさゐさゐしづみ」が、妻の衣摺れの音を偲ばせて、やるせない、別離の情をつたえ、人麻呂生涯の私的情念を象徴するような一首となっている。東歌に、結句を「思ひ苦しむ」としただけの類歌(14・三四八一)が見えるのは、これも伝承歌の誦詠だったことを示すのだろうか。

和邇下神社歌塚

葛城山《かつらきやま》

春柳《はるやなぎ》　葛城山《かづらきやま》に　立つ雲の　立ちても坐《ゐ》ても　妹をしぞ思ふ（11・二四五三）

作者不明

春の頃、万葉展望台などといわれる甘樫丘《あまかしのおか》に立って西を望むと、大和盆地と河内平野とを限って南から金剛（一一二五m）、葛城（九五九m）、二上（四七四m）の三山（但し二上山は山頂が雄岳、女岳の二峰に分かれる）の遠霞む連なりを見ることが出来る。

　掲げた歌の「葛城山」はこの内、金剛山か葛城山のことであろうが、いずれにしてもその高さの故に恐れられもし、眺望の美しさの故に愛されてもきた。「春柳」は古く神事の場で柳を鬘としたことから「葛」にも冠するようになった枕詞だとされるが、この山の稜線が美人の形容に慣用される柳眉の語そのままの形を望みながら、「妹をしぞ思ふ」との接続を思うとき、いかにもふさわしい枕詞と見えてくる。「立つ雲の立ちても坐ても」という詩句は似たものがあって類型的だが、

　しもといふ　葛城山に　降る雪の　間なく時なく　思ほゆるかな

（古今集、20・一〇七〇）大歌所御歌

　外《よそ》にのみ　見てや止みなん　葛城や　高間の山の　嶺の白雲

（新古今集、11・九九〇）読人知らず

への展開は、比喩から象徴へと深化する姿勢を

見せながら、変わらぬ恋歌の血脈を示して興味深い。

ところでこの山麓付近も、泊瀬や檜前地方と同じく、墳墓の地で、柿本人麻呂が臨終の床にあって歌ったという、

鴨山の　岩根し枕《ま》ける　吾をかも　知らに
と妹が　待ちつつあらむ　（2・二二三）

の「鴨山」もこの地に求めるべきだとされる（土屋文明、堀内民一氏など）にいたっては、三度、恋と死との親近さを見せて不気味な感さえ覚えさせるものがある。

なお、掲げた一首は、

春柳　葛山　発雲　立坐　妹念

とわずか十字で表記され、活用語の語尾も付属語も省略されている。漢詩文を思わせるこの表記法は、柿本人麻呂歌集中の他の歌にも彼の作歌にも見出され、略体表記法として研究の対象となっている。

葛城山へは近鉄・五条駅からバスがある。ロープウェーで山頂に立って河内を望むことも出来る。葛城の山容は大和側からだけ望まれたのではない。丹比《たじひの》真人《まひと》笠麻呂《かさまろ》は、筑紫に下るに際し、難波にいて「……家のあたり　わが立ち見れば　青旗の　葛城山に　棚引ける　白雲隠る……」（4・五〇九）と大和の見えぬ嘆きを託《かこ》っている。

当麻里から葛城山を望む

二《ふた》上《かみ》山《やま》

うつそみの　人にある吾《われ》や　明日《あす》よりは　二上山《ふたかみやま》を　弟背《いろせ》とわが見む（2・一六五）

大《おほ》伯《くの》皇《ひめ》女《みこ》

大津皇子には父母を同じくする二歳年長の姉、大伯皇女《おおくのひめみこ》があった。天武三年（六七五）一四歳で斎宮（『斎王宮』参照）となり、父没年（六八六）の一一月（二五歳）まで伊勢神宮に奉仕した。少女期から青春期まで一二年間を男子禁制の処に暮らしたわけである。

万葉集には皇女の作歌として次の三群、すべて弟大津皇子関係の作、六首が載せられている。

大津皇子、密かに伊勢神宮に下りて上り来ませる時、大伯皇女の御作歌二首

わが背子《せこ》を　大和へ遣ると　さ夜ふけて　暁露《あかときつゆ》に　わが立ち濡れし

二人行けど　行き過ぎ難き　秋山を　如何にか君が　一人越ゆらむ（2・一〇五、六）

大津皇子の薨じ給ひし後、大伯皇女の伊勢の斎宮より京に上り給ひし時の御作歌二首

神風《かむかぜ》の　伊勢の国にも　あらましを　何《なに》しか来けむ　君もあらなくに

見まく欲《ほ》り　わがする君も　あらなくに　何しか来けむ　馬疲るるに

（2・一六三、四）

大津皇子の屍を葛城の二上山に移し葬りし時、大伯皇女の哀傷して御作歌二首（一

首は掲示の歌）

磯の上に　生《お》ふる馬酔木《あしび》を　手折《たを》らめど
見すべき君が　ありといはなくに
（2・一六六）

第一首、「大和へ遣る」という語気には立ち渋る弟を無理にも送り出す厳しさが見られ、それを受けた「さ夜ふけて暁露に」には長い時間の経過を凝縮した簡潔さがあり、結句を「立ち濡れし」と連体形で止めて余情を持たせるなど、古語による表現の粋を尽くしている。第二首、山を越えるは、（2・二〇八）などの例をあげ、死の世界を見ているのだと説く人がある。一般的な場合は別として、この作の場合には納得出来るものがある。第三首、彼女が斎宮解任となり都に還り着いたのは一一月一六日、大津の賜死（一〇月三日）より四〇余日を経ている。弟の賜死はむろん知っていただろう。解任の身の伊勢に止まる術もない筈だ。この仮定に皇女の嘆きをありありと見せている。第四首、結句「馬疲るるに」は注目すべきだ。顧みて他を言う表現が、一層に彼女自身の疲れを窺わせる。第五首、掲げた一首、二上山は訳語田《おさだ》から真正面に望まれ、雄岳（五一五ｍ）、女岳（四七四ｍ）の二峰からなる。雄岳の頂に皇子の墓があるが、移葬は何時とも知られない。「二上山を弟背と吾が見む」は、亡き弟への鎮魂だが、同時に「現身の人なる」己が心に向ける鎮魂ともなっている。一連中の頂点に立つ作だ。第六首、馬酔木を折ろうというのは、遠い幼年の日の追憶であろうか。ほの白い花の群がりが綿綿の皇女の嘆きを漂白して行く。妃であった山辺皇女は、皇子賜死の日、髪を振り乱し素足して追死したという。皇子は女人の愛に囲まれていた。

二上山登頂には、大阪側からは近鉄・上の太子駅、大和からは同・当麻寺駅で下車する。当麻寺から徒歩約一時間で山頂に立てる。

島の庄石舞台古墳より二上山を望む

平《へ》群《ぐり》

愛子《いと》　汝背《なせ》の君　居《を》り居りて　物にい行くとは　韓国《からくに》の　虎とふ神を　生取《いけどり》に　八《や》頭《つ》取持ち来　その皮を　畳に刺《さ》し　八重畳《やへだたみ》　平群《へぐり》の山に　四月《うづき》と　五月《さつき》の間《ほと》に　薬《くすり》猟《がり》　仕ふる時に　あしひきの　この片山に　二つ立つ　櫟《いちひ》がもとに　梓弓《あづさゆみ》　八つ手《た》挟《ばさ》み　ひめ鏑《かぶら》　八つ手挟み　鹿《しし》待つと　吾が居《を》る時に　さを鹿の　来立《きた》ち嘆《なげ》かく　たちまちに　吾は死ぬべし　大君に　吾は仕へむ　吾が角《つの》は　御笠《みかさ》のはやし　吾が耳は　御墨《みすみ》の坩《つぼ》　吾が目らは　真澄《ますみ》の鏡　吾が爪は　御弓の弓弭《ゆはず》　吾が毛らは　御《み》筆《ふで》はやし　吾が皮は　御箱《みはこ》の皮に　吾が肉《しし》は　御鱠《みなます》はやし　吾が肝《きも》も　御鱠はやし　吾が胃袋《みげ》は　御塩《みしほ》のはやし　老いはてぬ　吾が身一つに　七重花咲く　八重花咲くと　申《まを》し賞《はや》さね　申し賞さね（16・三八八五）

作者不明

乞食者《ほかひびと》というのは、家々の門口に立って祝言を述べ、物まね芸をして暮らしを立てる者（門付け）の意味である。この歌なども、鹿の皮ないしはそれらしく見える服装をし、作り物を被って、鹿舞をして歩く芸能者の歌から出たものであろう。「愛子汝背の君」は観客に対する挨拶。「さを鹿の来立ち嘆かく」までは鹿使いの立場での詞句だ。後世の万才のように二人一組で歩いているとすれば、ここまでが才蔵（脇役）の歌ということになる。後は鹿に扮した太夫（主役）の歌。わが身の無用の部分はないという点を具体的に言い、「年老いた奴のわが身が、七重にも八重にもお役に立つことをお賞め下さい」と結んでいる。

ところで、この歌について、素直に〈祝い歌〉だと見る人と、それは表面だけで、内容は〈諷刺〉〈怨嗟〉であると考える人とがある。真相はどうか。よく引かれる例だが古事記上巻に海幸彦・山幸彦の説話がある。今細説している紙面がないが、結びは降服した兄海幸彦の一族が「今に至るまで、其の溺れし時の種々の態、絶えず仕へ奉るなり」と古事記は伝え、日本書紀の一書はその子孫が隼人だという。隼人舞の芸能の起源を語る話である。敗者は芸能によって勝利者を祝福しなければならなかった事情を説明している。この鹿の歌もその辺に発生因があったのではなかろうか。もう一つ、この鹿が「老いはてぬ吾が身」と歌っていることに注目したい。〈老〉が敗亡を意味したことは多く例がある。それを言って若者の讃美とすることも芸能の常だ。この歌声に自嘲の響きはあるかも知れないが、諷刺、怨嗟まではどうだろう。ただ、「こうした古い寿詞を奏すること自体、無自覚な抵抗となっていた」（酒井貞三氏）という発言には聞くべきものがあろう。

平群へは国鉄・王子駅で下車する。この付近が平群野の南端だ。此処から北へおよそ一〇キロ、西側信貴山（四三七m）・生駒山（六四二m）

と、東側矢田山系の低い丘陵の連なりに囲まれた一帯が平群谷である。初瀬峡谷に似ていて、それよりもっと明るい地帯だ。王寺から出て生駒に至る電鉄・平群駅の東北四〇〇mに、長屋王墓とその妃吉備内親王の墓とがある。

美夫君志会の平群野踏査・解説する人は久米常民氏（手前が著者、昭37）

平群野・左の森は長屋王の墓

泊《はつ》瀬《せ》小《お》国《ぐに》

泊《はつ》瀬《せ》河《がは》　夕渡り来て　我《わぎ》妹《も》子《こ》が　家の門《かなど》に　近づきにけり（9・一七七五）

柿本人麻呂歌集

藤原宮大極殿跡から東に望む初瀬峡谷は、南に鳥見山（二四四m）を隔てて忍坂山《おさかやま》（二九二m）が、北側は三輪（四六七m）巻向、（五六七m）、泊瀬（五四八m）の山々が重なり、奥が狭まって行き止まりと見える。事実は「常滑《とこなめ》のかしこき路」（11・二五一一）と詠まれた「豊泊瀬路」（同）が伊賀・伊勢に通じていたが、万葉人が「隠口《こもりく》の泊瀬《はつせ》小国《をぐに》」（13・三三一一）と言ったのはそのせいであろう。

春には梅が咲き、やがて桃、桜も咲いて意外に明るい。山が高くなく、西に開いているからだ。「さざれ浪浮きて流るる」（13・三二二六）、「流るる水脈《みを》の瀬を早み」（7・一一〇八）などと歌われた泊瀬川が流れ、今は水も汚れ塵芥も浮き、騒音にかき消されがちだが「堰堤《ゐで》越す波の音の清《さや》けく」（同）も聞き得る。五月初旬は、王朝以来観音の霊場として聞こえ、土佐日記・源氏物語などにも出る長谷寺の牡丹に賑わう。

秋の情趣は、

隠口《こもりく》の　泊瀬の山は　色づきぬ　しぐれの
雨は　降りにけらしも
（8・一五九三）大伴坂上娘女

に見える。もうすこし細かい描写を中世に求めれば、

ほの見えて　色づく木々の初瀬山　風もうつろふ薄雲に　日影も匂ふ一入《ひとしほ》の　さぞな気色もかく川の　浦曲《うらわ》の眺めまで　げに類《たぐひ》なや　面白や　川音聞えて里つづき　奥もの深き谷の戸に　連なる軒を　絶え絶えの
霧間に残す夕べかな（能『玉鬘』の一節）

に見ることが出来よう。

玉を手に纒《ま》く泊瀬少女（3・四二四）は万葉人の憧れだった。掲げた作は柿本人麻呂歌集中の一首だが、

泊瀬風　かく吹く夜は　いつ迄か　衣片敷き　我が独り寝む　（10・二二六一）作者不明

泊瀬川　跡見《とみ》の早瀬を　掬《むす》び上げて　飽かずや妹と　問ひし君はも　（11・二七〇六）作者不明

泊瀬の　斎槻《ゆつき》が下に　吾が隠せる妻　茜《あかね》さす　照れる月夜に　人見てむかも　（11・二三五三）作者不明

といった歌が多い。賀茂真淵をして「身もわななかれて恐し」と言わしめた、天皇の「さよばひ」の歌（13・三三一〇―三）も伝えられていた。

一方、此処は死者の埋葬地でもあった。

隠口の　泊瀬の山の　山の際《ま》に　いさよふ雲は　妹にかもあらむ　（3・四二八）柿本人麻呂

は、土形処女《ひじかたのおとめ》を泊瀬山で火葬した時の一首である。

泊 瀬 河 夕 景

吉《よ》隠《なばり》

降る雪は　あはにな降りそ　吉隠《よなばり》の　猪養《ゐかひ》の岡の　塞《せき》なさまくに（2・二〇三）

穂《ほ》積《づみの》皇《み》子《こ》

但馬皇女《たじまのひめみこ》が没した（七〇八・六・二五）後、雪降る中でその墓を遙望し、悲傷流涕して詠んだ一首である。穂積皇子は、天武の第五皇子、但馬皇女は異母妹であった。彼女は早く高市皇子（天武の第一皇子か）の宮にあったが、穂積とわりなき仲となり人目を恐れながら忍び逢いを続けていたらしい。

秋の田の　穂向《ほむき》のよれる　片寄りに　君に寄りなな　言痛《こちた》くありとも

（2・一一四）但馬皇女は、世間がどう非難しようとも、ひたすらあなたに靡ぎたいという一途の念を稲穂の傾きに寄せて訴えた作。

後《おく》れゐて　恋ひつつあらずは　追ひ及《し》かむ　道の隈回《くまみ》に　標結《しめゆ》へわが背

（2・一一五）同は皇子が近江の志賀の山寺〈天智七年（六六八）創建の崇福寺か〉に遣わされた時の作。賀茂真淵はその事情を推定し、「事顕れたるに依て、此寺へうつして法師にし給はんとにやあらん」と説く。ともあれ、慕情の激しさはこうした急迫の歌声となった。さらに、

人言を　繁《しげ》み言痛《こちた》み　己《おの》が世に　未《いま》だ渡らぬ　朝川渡る

（2・一一六）同

は皇女の方から皇子を訪ねた翌朝の作であろうか。人の口を恐れ、帰宅すべく早朝川を渡るという、女性としては異常な経験を歌った一首だ。

次のような贈答もある。

今朝《けさ》の朝け　雁が音《ね》聞きつ　春日《かすが》山　黄葉《もみち》にけらし　吾が情《こころ》痛し

（8・一五一三）穂積皇子

言繁《ことしげ》き　里に住まずは　今朝鳴きし　雁に副《たぐ》ひて　往《い》なましものを

（8・一五一五）但馬皇女

高市皇子の没（六九六）後は、「幸に二人は天下晴れて御夫婦となられ（中略）、十年以上も連れ添ふて、愛の美酒に酔ふことは十分出来たわけであった」と想像する人（金子元臣氏）もあるが、宴飲の日、酒酣《たけなわ》となるや好んで誦詠したという一首、

家にありし　櫃《ひつ》に鍵《かぎ》さし　蔵《おさ》めてし　恋の奴《やっこ》の　摑《つか》みかかりて

（16・三八一六）穂積皇子

は、ついに満たされることのなかった遺り場のない悲嘆を諧謔に託した、知識人らしい心の表白と見るべきではなかろうか。しかし、これらも歌物語中の歌かも知れない。

「吉隠」は、大和・伊賀間の街道、初瀬から榛原《はいばら》に至る峠の登り中腹の地だが、「猪養《いかい》の岡」の所在は、いま、まったく知られない。

吉隠付近・旧道

安騎《あき》の大野《おおの》

やすみしし　わが大王《おほきみ》　高照らす　日の皇子《みこ》　神ながら　神さびせすと　太敷《ふとし》かす
京《みやこ》を置きて　隠口《こもりく》の　泊瀬《はつせ》の山は　真木《まき》立つ　荒山道《あらやまみち》を　岩が根の　禁樹《しもと》おしな
べ　坂鳥《ごかどり》の　朝越えまして　玉かぎる　夕さり来れば　み雪ふる　安騎《あき》の大野に
旗薄《はたすすき》　小竹《しの》をおしなべ　草枕　旅宿りせす　古思《いにしへ》ひて
安騎の野に　宿る旅人　うちなびき　寝《い》も宿《ね》らめやも　古思《いにしへ》ふに
真草《まくさ》刈る　荒野にはあれど　黄葉《もみちば》の　過ぎにし君が　形見とぞ来し
東の　野に陽光《かぎろひ》の　立つ見えて　かへり見すれば　月西渡《かたぶ》きぬ
日並《ひなみ》しの　皇子《みこ》の尊《みこと》の　馬並《な》めて　御猟《みかり》立たしし　時は来向《きむか》ふ（1・四五―九）

柿本人麻呂

軽皇子《かるのみこ》が安騎野に宿った時の作である。最後の短歌からみてこの旅の目的は猟であろう。

持統女帝は後継者に恵まれなかった天皇で、わが子の草壁皇太子は三年（六八九）の四月、二八歳で没し、その後太政大臣とした異腹の高市皇子も一〇年（六九六）七月、四二歳で世を去った。

軽皇子は、草壁皇太子と後に元明女帝となる安閑皇女（持統の異母妹）との間に、天武一一年（六八三）に生まれた。その皇子が高市皇子《たけちのみこ》の死を待ちかねたように即位するのは一四歳、六九七年八月一日である。

さて、掲げた歌が成立したのはいつであろうか。沢瀉久孝氏は、巻一の配列からして「持統六年五月には草壁の喪も明けていることだから、六年の冬のことであろう」とされ、中山正実氏によって、「東の野に陽光の立つ」時を、その年の一一月一七日（六九二年、陽暦一二月三一日）午前六時前後と説かれるのは犬養孝氏である。中山氏のは「中央気象台に問合せ、実地に攷究した」という細密さだが、年代には問題がないではない。人麻呂の作を見よう。彼はまず歌の冒頭で「やすみしし　わご大王　高照らす日の皇子　神ながら　神さびせすと」と軽皇子を皇太子（皇位継承者）として皇統に組み入れて讃えている（彼が皇子に対しこういう表現をしたのは、草壁と軽、父子の皇太子だけで、高市皇子の場合には「天の下申し給へば」としかいっていない）。「真木立つ荒山道を岩が根の禁樹おしなべ」、「み雪ふる安騎の大野に旗薄　小竹をおしなべ」の詞句は実景でもあったろうが、同時に皇位継承者の威容をみせたものととれなくもない。そしてこの一連の作、長歌は昼から夕へ、短歌は夜から黎明を経て朝におよぶ連作の構造を持つとともに、作者の代表する安騎野行参加者の心情も、明から暗に、ふたたび明にと転する構成を見せながら、最後の短歌では、軽皇子が皇太子であった亡父草壁の後に続くことを明確に言いきっている。これらは皇位継承者が軽皇子以外にはない。有力な候補者の太政大臣高市皇子が亡くなった後という時点での従猟であったことを示すのではなかろうか。何故

か「書紀」は軽皇子立太子の事を記さないから
こんな想像も成り立つのである。
安（阿）騎野は宇陀郡大宇陀町。西方には北

から音羽山・熊が岳・竜門岳が連なり、東に高
見山・国見山を望む、丘陵の起伏の多い山野だ。
近鉄・榛原駅からバスがある。

安騎野人麻呂歌碑（1・四八）〈佐佐木信綱博士筆〉

耳我《みみが》の嶺《みね》

み吉野の　耳我《みみが》の嶺《みね》に　時なくそ　雪は降りける　間《ま》なくそ　雨は降りける　その雪の　時なきがごと　その雨の　間なきがごと　隈《くま》もおちず　思ひつつそ来る　その山道を（1・二五）

天武天皇

天智一〇年（六七一）一〇月一七日、天皇の病は重かった。蘇我臣安麻呂を遣わして東宮（大海人皇太子）を召す。むろん譲位の趣である。安麻呂は「御返事は心して」と囁く。陰謀あることを思ってである。大海人の奏上は「臣は多病、出家して吉野に入らむ。皇位は后に、御子大友を東宮に立て給へ」であった。知っていたのである。この兄は、皇太子の頃に蘇我氏を滅し古人大兄皇子《ふるひとのおおえのみこ》を倒し石川麻呂を自殺せしめ有間皇子を葬っていることを。しかも今、天智の子大友は二四歳に達し太政大臣に任じている。私は天智だけを悪人に仕立てる積もりはない。この後天武もその在位中に麻続王《おみのおう》（麻績王）およびその子らを配流しているし、ついで立った持統も大津皇子を自刎せしめているのだ。政治とは本来そういう非情なものなのか、それとも時代が特にそれを要求したのか。ともあれ、皇太弟は即日出家、法衣を着け武器を納めて、一日おいた一九日（陽暦一一月二八日）吉野に向かう。時の人は「虎に翼を着けて放てり」と評したという。明日香の島の宮に一泊、翌二〇日竜門・高取山系（五〇〇m―七五〇m）を越えて吉野に到った。

掲げた作を、この時のものとする説と天武として即位後の八年（六七九）五月の吉野行幸時の作とする説の二説があり、「思ひつつそ来る」（後者と考えて「来し」と読む人もある）の「思」もその内実は何かについて説が分かれているが、「来る（来し）」は前者の時、ないしはそれを思っての語と見るべきであろう。八年の行幸時に天武は、皇后（後の持統）および六皇子を集め、「相扶けて忤《さから》ふこと無けむ」と盟《ちか》わしめている。血の抗争が胸に応えていたのだ。この歌のもつ沈痛の姿態は、何時のものとみても、「天下の治乱をも心にかけたまへるなるべし」（荷田春満《かだのあずままろ》）には相違ないのである。

ところで、この歌には或本の歌（1・二六）、類歌（13・三二六〇、13・三二九三）があり、成立順序などについても諸説があるが、私は以下の歌を原型ないしそれに近いものとみたい。

小治田《をはりだ》の　年魚道《あゆち》の水を　間《ま》無くそ　人は
汲むとふ　時じくそ　人は飲むとふ　汲む
人の　間無きが如《ごと》　飲む人の　時じきが如
吾妹子《わぎもこ》に　吾が恋ふらくは　止む時もな
し　　（13・三二六〇）作者不明

「小治田の年魚道」の故地としては、大和説（明日香域内で山田道に沿う付近）もあるが、尾張（愛知県）に求めるべく名古屋市瑞穂区師長町あたりとする説に従いたい。現在、瑞穂運動場東側の松林の中に古井戸があり、江戸時代のものと思われる年経た石の井桁に一面一字あて「あゆち水」と刻まれていたという（松田好夫氏）。その傍に高さ三mほどの細長い根府川石の歌碑（昭和一一年四月建立）が建ち、上半に大きく「あゆち水」の文字を、下半にこの歌を刻んである。「年魚道の水」の故地を此処と指定することは出来ぬが、古道に臨むこの付近は候補地の一つではあろう。

さて、壬申の年の吉野入の際、舎人を集めた大海人皇子は「修行を共にしようとする者は留まれ。名を為そうとするものは還って司に仕えよ」と呼びかけた。初めは退く者なく、再度詔りすると半ば留まり、半ばは退出したと書紀は記すが、この舎人達の中には尾張あるいはその付近の出身者もいた筈である。とすれば彼等の唱う類歌を聞き、それを踏まえて、大海人が心中の苦悩を表白する一首（掲げた歌）を作ったとも、さらに想像を逞しくすれば、そういう舎人達の伝える《壬申の乱》中の抒情部分が掲げた一首だったとも考えることが出来る。ともあれ、そういう舎人集団の力に支えられて、壬申の乱は天武側の勝利となったのだし、掲げた作も成立し得たのではあるまいか。

ところで、日本一の豪雪地帯大台が原も近い吉野は、事実上も、観念的にも雪の多い処であった。大海人の吉野入りの日（陽暦一一月二八日）にも雪か雨が降っていたかも知れない。が、そうでなくとも明日香付近に住み馴れた人々からみれば、「時無くそ雪は降りける間無くそ雨は降りける」は、真実として共感される吉野の風土であった。

「耳我の嶺」は、吉野の奥の金峰山（八七五・七m）とする旧説と、竜門・高取山系に求めて「竜在峠（七五二m）を中心として細峠（七〇〇m）、冬野、滝畑を含む一帯の嶺つづき、即ち横嶺と見るを穏当とする」説（土屋文明氏）、「耳我は自我の誤りではなかろうか」として、今の〈志賀〉と考える説（北島葭江氏）があって決まらない。

吉野山上から蔵王堂を経て明日香の山を望む

吉野《よしの》の宮《みや》

やすみしし　わが大王《おほきみ》　神ながら　神さびせすと　吉野川　激《たぎ》つ河内《かふち》に　高殿を
高知りまして　登り立ち　国見を為《せ》せば　畳《たたな》はる　青垣山　山神《やまつみ》の　奉《まつ》る御調《みつき》と
春べには　花挿頭《かざ》し持ち　秋立てば　黄葉《もみち》かざせり　ゆきそふ　川の神も　大御食《おほみけ》
に　仕へ奉ると　上つ瀬に　鵜《う》川《かは》を立ち　下つ瀬に　小《さ》網《で》さし渡す　山川も　寄り
て仕ふる　神の御代かも
山川も　寄りて仕ふる　神ながら　激つ河内に　船出《ふなで》せすかも（1・三八―九）

柿本人麻呂

持統天皇が、吉野川の水たぎつ河添いの地に高殿を構え、登臨して国見をするという、舒明天皇の作歌（1・二）と同じ〈国見の歌〉型のものである。だが、それとこれとを比較してみると、注目すべき相違点のあることに気付く。前者は国見の当事者、つまり天皇の作（仮託、代作の問題は別として）であるのに対して、後者は第三者である仕え奉る臣下の立場のものとなっている。この相違が「やすみししわご大王神ながら神さびせすと」以下の表現を生んで、「うまし国そ蜻蛉島《あきつしま》大和の国は」の主題を「山川も寄りて仕ふる神の御代かも」という奉仕の姿勢に変える。舒明の歌と型は似ていても、人麻呂の作はもはや〈国土讃歌〉ではなく、〈天皇讃歌〉に変質しているのだ。以後はこの立場が〈国見の歌〉の伝統となる。その意味で、彼は新しい伝統の樹立者なのである。第二に、彼は天皇登臨の場所を自然の「香具山」から人工物の「高殿」に変えている。事実はむろん香具山にも宮殿は建てられていたであろうが、人麻呂がわざわざ「高殿を高知りまして」と歌うとき、人民はもとより「山川も」支配する、神ながらなる大王の権威の確立を保証する歌声となったのである。人麻呂の作歌意図はそこにあった。

持統天皇はその在位の間、三年（六八九）正月から一一年（六九七）四月にかけて、三一回吉野に行幸している。だからこの人麻呂の作を何時のものと決定的なことは言えぬが、万葉集の配列からみて持統五年（六九一）頃のものと見てよい（中西進氏）とすれば、天皇は大化元年（六四五）の誕生だからこの時四六歳、人麻呂の生年の推定については諸説あるが、吉田義孝氏に従って大化三年ごろとすれば、四四・五歳であったろうか。とすれば彼は斉明の西征時（六六一）一六・七歳、近江遷都時（六六七）二一・二歳、壬申の乱時（六七二）二六・七歳、持統称制時（六八六）三八・九歳・そして人麻呂作歌として年代の知られる最古のもの「日並皇子の殯宮の時の作歌（2・一六七―七〇）」の成立は持統三年（六八九）で、四一・二歳の時ということになる。

さて持統の高殿の故地を何処と見るかについては、下市付近（恐らく右岸）の川に近い平野説（土屋文明氏）、丹生川上中社付近説（森口奈良吉氏）もあるが、やはり通説に従って大和上市から五キロほど遡った吉野町宮滝付近とすべきであろう。離宮跡は河畔の小学校の裏手あたりだと伝える。今「激つ河内」の景観は見るべくもないが「吉野の川の常滑《とこなめ》の」（1・三七）と歌われた巨岩のたたずまいは偲ぶことが出来る。

人麻呂歌碑（1・三六一七）〈武田祐吉氏筆〉

吉野川宮滝付近

象山《きさやま》の際《ま》

やすみしし　わご大君の　高知らす　芳野の宮は　たたなづく　青垣ごもり　河なみの
清き河内《かふち》そ　春辺は　花咲き撓《をを》り　秋されば　霧立ちわたる　その山の　いや益々《しくしく》に
この歌の　絶ゆることなく　ももしきの　大宮人は　常に通はむ
み吉野の　象山《きさやま》の際《ま》の　木末《こぬれ》には　ここだもさわぐ　鳥の声かも
ぬば玉の　夜の更けぬれば　久木《ひさぎ》生ふる　清き河原に　千鳥しば鳴く（6・九二三―五）

山部赤人

前項の柿本人麻呂の歌を持統五年（六九一）のものとすれば、それより三五年後の神亀二年（七二五）、この度は聖武天皇の行幸に従駕した笠金村が、

あしひきの　御山も清《さや》に　落ち激《たぎ》つ　芳野の河の　河の瀬の　浄《きよ》きを見れば　上辺《かみべ》には　千鳥数鳴《しばな》き　下辺には　かはづ妻呼ぶ　百敷《ももしき》の　大宮人も　遠近《をちこち》に　繁《しじ》にしあれば　見る毎に　あやに羡《とも》しみ　玉葛《たまかづら》　絶ゆることなく　万代《よろづよ》に　かくしもがもと　天《あめ》地《つち》の　神をぞ祈る　恐《かしこ》かれども
万代に　見とも飽かめや　み芳野の　激つ河内の　大宮《おほみやどころ》処
皆人の　命も吾も　み吉野の　滝の床磐《ときは》の

常ならぬかも　　（6・九二〇―二二）

なる長短歌を詠んだ。掲げた山部赤人の歌の作歌年代は明らかではないが、その配列からみて同時かそれに近い後年の詠と思われるので、一括して人麻呂の歌と比較してみる。

まず注目すべきは、人麻呂作の主題にかかわるとみえた「神ながら神さびせすと」の句が金村と赤人作歌から消えている点である。大宝令の制定（七〇一）をみた後ではそう歌わねばならぬ条件ないし意欲が消滅してしまっているのだ。それにともなって花黄葉をかざし、「鵜川を立て小網さし渡す」と擬人化されて奉仕するものと歌われた自然も、「春辺は花咲き撓り秋されば霧立ちわたる」「上辺には千鳥数《しば》鳴き下辺にはかはづ妻呼ぶ」と景観そのものとして歌われることになった。金村は、長歌に「天地の神をぞ祈る恐かれども」と歌って現人神ならぬ抽象神を祈る姿勢をとり、短歌では長歌の延長として「万代に見とも飽かめや」と歌った後、それとは対照的な無常な人間の命に対する認識を、滝の床磐の不変に対比して嘆く、あるいはその認識をもって逆に吉野の宮の永遠性を讃えるといった屈折した想念をあらわす。いっぽう赤人の短歌は、長歌が持っていた叙景的傾向を純化して、ひたすら「象山の際」「清き河原」に数多くさわぐ、あるいは「しば鳴く」鳥の声に耳を澄ます。金村のそれを神仏へのとすれば、赤人の場合は自然へのと言えようが、いずれにしても現人神ならぬものに傾斜する心の姿勢を見せている。赤人作には高木市之助氏の「創造した清なる自然」があり、同時に島木赤彦氏の「天地の寂寥所」が定着されている。それはまた彼自身の心の寂寥でもあった。

吉野山上から象谷《きさだに》を下って宮滝に出る間道は、

春さき、野の雉などに出逢う、徒歩およそ一時間の小径で、今も深い山の気が感じられる。

大和・象山の際

菜《な》摘《つみ》の河《かわ》

吉野なる　菜摘《つみ》の河の　川淀《かはよど》に　鴨そ鳴くなる　山蔭にして（3・三七五）

湯《ゆ》原《はら》王《わう》

「気が付いてみると、いつの間にか私たちの行く手には高い峰が眉近く聳えてゐた。空の領分は一層狭くちぢめられて、吉野川の流れも、人家も、道も、ついもうそこで行き止まりさうな渓谷であるが、人里と云ふものは挟間《はざま》があれば何処までも伸びて行くものと見えて、その三方を峰のあらしに囲まれた、袋の奥のやうな凹地の、せせこましい川べりの斜面に段を築き、草屋根を構へ、畑を作つてゐる所が菜摘の里であると云ふ。」

〈谷崎潤一郎氏の名作『吉野葛』の一説を引いた。さすがに的確精緻な描写で、菜摘の里の様態を描いて余すところがない。

ところで、掲げた一首の作者湯原王は、先に記した、

采女の　袖　ふきかへす　明日香風　都を遠み　いたづらにふく　（1・五一）

の歌人志貴皇子の第二子である。生没の年は知られないが、父皇子の没年（七一六）から考えて、赤人らと同時代、奈良中期の人と推定されている。父の資質を承け、短歌のみではあるが一九首の作を万葉集にとどめている。ナ行の頭韻、ラ行の脚韻（ともに流音）を巧みに響かせ、その間にカの頭韻を挟んで優艶に流れがちな声

音を緊め、四句切りの「鴨そ鳴くなる」で一旦重くとどめ、倒置した結句は「山蔭にして」と余韻ある表現でおさめている。菜摘の里の幽寂をうかがわせること、谷崎のそれといずれ勝れりとすべきであろうか。

湯原王の作歌で心に残るものとしては、

月《つく》よみの　光に来ませ　あしひきの　山き隔《へな》りて　遠からなくに　（4・六七〇）

夕月夜　心もしのに　白露の　置くこの庭に　こほろぎ鳴くも　（8・一五五二）

などがある。江戸時代の清僧良寛が前者を本歌にして、

月よみの　光に来ませ　あしひきの　山路は栗の　いがの多きに

と詠んだことは有名である。

さて菜摘の里はまた源義経が秘蔵していたという初音の鼓を家宝とする大谷家の所在地としても知られている。この家は壬申の乱に天武天皇に従った村国《むらくに》男依《おより》の後裔だという伝承もある。

菜摘の河（右は象山、左は三船山）

天皇社《てんのうしゃ》

淑《よ》き人の　良《よ》しと吉《よ》く見て　好《よ》しと言ひし　芳野《よしの》吉く見よ　良き人よく見（1・二七）

天武天皇

奈良県吉野郡、その名も吉野川と高見川とが合流する付近は、紙漉きと割箸、それに古い芸能の《国栖奏《くずもうし》》で知られた国栖《くず》村である（上市からバスでおよそ三〇分）。

この芸能は、応神天皇の一九年一〇月の行幸時に、醴酒《こさけ》（一夜造りの酒）を献じた里人が、

橿《かし》の生《ふ》に　横臼《よくす》を作り　横臼に　醸《か》める大《おほ》御酒《みき》　甘《うま》らに　聞しもち食《を》せ　まろがち

（古事記・四九）

と歌い、口鼓を打ち、笑ったのに始まると伝え、今も浄御原《きよみはら》神社（旧正月一四日）と橿原神宮（四月三日）とに奉納されている。渡会恵介の明治二一年の記録によると、「天皇が開口『国栖』と求められると、笛翁が白木の笛を口にあて、謡翁の唱える『鈴の音《ね》に　白木の笛の音するは　国栖の翁《おきな》が　まいるものかは』に合せて調べ、続いて舞翁が榊を肩に鈴を右手に進み出て『正月』といえば謡翁が続け、舞翁は三方に舞いわけ、以下一二月まで繰り返す。終ると天皇が声高らかに笑い、国栖人も、左手を後に突き右手を口にあてて、高々と笑った」という。現行のものは、大正一五年宮内省雅楽寮多《おおの》氏の改定といい、舞翁二人、笛翁四人、鼓翁一人、謡翁五人の構成（松田平一郎氏）である。もと《隼人《はやと》

舞》などと同じく、先住の国栖人が朝廷に従属することを誓った、祝言芸から出た芸能であろう。

浄御原神社（土地人は《天皇社》と呼ぶ）は、前記二川の合流点からさらに山中に入った南国栖の、吉野川の碧潭《へきたん》に臨む岸壁の洞に祭られた小社で、祭神はむろん天武天皇、壬申の乱（六七二）に際し天皇が潜んだという伝承によって、安徳天皇の寿永年間（一一八二―五）に建立されたといい、《国栖奏》が奉納されるのは、この芸能の宮中参内が天武の代に始まるという伝えによるらしい。

ところで掲げた一首、柔らかい準母音「ら」の頭韻とそれを引き緊める「き」「し」の硬音が利き、主題も単純明解で、軽快でありながら、浮薄にはなっていない。沢瀉久孝氏は、「淑」「良」「吉」「好」「芳」と文字をかえたのも作者の意識した用字ではないかと思う。こうした用字や明るい調子を思っても、この作が左注にいう八年五月、皇后、諸皇子御同行の行事の折であろうという推定が認められよう、と説いておられるが、この作は、そんな機会の饗宴の席上などで口唱されたという一面を持つと共に、意識的な創作性をも持った一首とも見られる一面も持っている。

南国栖・天皇社

長屋《ながや》の原《はら》

飛ぶ鳥の　明日香《あすか》の里を　置きて去《い》なば　君があたりは　見えずかもあらむ（1・七八）

元明《げんめい》天皇

阿閉皇女《あべのひめみこ》（六六一―七二一）は、持統天皇（天智皇女）からみれば一七歳の開きを持つ異腹の妹で、祖父はともに蘇我石川麻呂であった。皇女が持統の一人子の草壁皇子に嫁すことになったのはその縁であろう。草壁との間に長女氷高皇女《ひだかのひめみこ》（元正天皇）を生んだのは天武九年（六八〇）、軽皇子（文武天皇）は天武一二年（六八三）の誕生である。持統三年（六八九）二九歳で夫と死別、七〇七年（四七歳）には文武にも先立たれ、文武と藤原宮子（不比等の娘）との間に生まれた首皇子《おびとのおうじ》（聖武天皇）が未成年（七歳）のため、自ら即位（七〇七）して元明天皇となった。

掲げた歌は、「和銅三年（七一〇）の春二月、藤原宮から奈良宮に遷都の時、御輿《みこし》を長屋の原（奈良県天理市永原あたりか）に停めて、古郷を廻望《かへり》みて作られた歌」と詞書はいい、「一書に云ふ、太上天皇御製」と細字で注している。これについて久米常民氏は、作の原型は「一に云ふ」とある別伝の「見ずてかもあらむ」で、持統女帝の飛鳥浄御原宮《あすかきよみはら》から藤原宮への遷都の折（六九四）の感慨によるものとし、「それを今、奈良遷都に際して元明女帝が口吟されたものであろう」と説かれ、「子に縁が薄く、孫の生長を待って即位するという姉宮持統との運命の酷似を思い、わが遷都の折姉宮のそれを思い起こして口吟されたのだ」とされ、「万葉集の歌が、古代和歌として考えられずに、実感・実景の『文字《もじ》』による創作歌だと考える長い習慣が、この一首の解釈に、多くの手間をかけさせたと言うことが出来るであろう」と指摘し、古代和歌の性格について的確な見解を示された。

大夫《ますらを》の　鞆《とも》の音《おと》すなり　物部《もののふ》の　大臣《おほまへつきみ》　楯立つらしも　（1・七六）元明天皇

を、詞書は和銅元年（七〇八）の御製とし、御《み》名部皇女《なべのひめみこ》（元明と同母姉、高市皇子との間に長屋王を生む）の、

わご大君　物な思ほし　皇神《すめかみ》の　継《つ》ぎて賜へる　我が無けなくに　（1・七七）

を「和へ奉る御歌」としている。大臣が楯を立てるのは即位時の儀式だが、和える歌の存在を考えると、単なる儀式のための御製とは考えられない。そこで賀茂真淵は、「蝦夷征伐の手ならしのため」とみ、上田正昭氏は、「元明を支持する右大臣藤原不比等と左大臣物部石川麻呂との暗黙の葛藤を意識してのもの」と説かれた。遠い蝦夷征討より、後者の不安と見るのがより適切であろう。

永原付近

百済野《くだらの》

百済野《くだらの》の　萩の古枝《ふるえ》に　春待つと　居《を》りし鶯《うぐひす》　鳴きにけむかも（8・一四三一）

山部赤人

「日本列島凍る」の大見出しで、「上越線マヒ、新幹線はベタ遅れ」と、豪雪が新聞に報ぜられた三月上旬、こんな日にこそ明日香路の雪をと車を走らせたものの、桑名——四日市は猛吹雪。よほど引き返そうかと迷ったが、運転を頼んだ子の「行ける処までは」という言葉に励まされて東名阪道路に入ると、嘘のように空は晴れ、強い風の中にも、風花の舞う日和になった。案じたごとく明日香に雪は無かったが、《百済野》を行くにふさわしかろうと、国道二四号線を北上して百済寺を訪ねた。

この寺は、聖徳太子の頃の熊凝精舎《くまごりしょうじゃ》を舒明朝に移したもので、天武朝には大官大寺、平安遷都後は大安寺となったのだという。

何度も人に尋ねて、鎌倉期のものと聞く三重塔を目当てに車を走らせると、うち続く田地はただ黒々と広がり、萩の古枝も何もない。大和《やまと》国中《くんなか》も寒い風が吹きすさぶばかりだった。

さて、掲げた歌の第三・四句を、私は「春かけて来居る鶯」と記憶ちがいをしていた。それは古今集の、

梅が枝に　来ゐる鶯　春かけて　鳴けども　いまだ　雪は降りつつ

（古今集・春歌上、1・五）読人知らず

との混乱だったが、この混乱は、私の記憶力の弱さはむろんとして、赤人の作そのものが早くも古今集の調べに近いものを持っているからなのである。折口信夫氏は、「来棲《ゐ》しと言ふのは、全く空想である。優美のために立てた趣向である。冬の中百済野で鶯を見て知つてゐたのではない。棲むだらうと思はれる鶯なのである。歌はさのみ悪いとは言へぬが、調子がすでに平安朝を斜聴させてゐる」と述べられた。なお、赤人の春野の歌には、

春の野に　菫《すみれ》摘みにと　来《こ》しわれそ　野を
なつかしみ　一夜《ひとよ》寝《ね》にける
（8・一四二四）

明日《あす》よりは　春菜《はるな》摘まむと　標《し》めし野に
昨日《きのふ》も今日も　雪は降りつつ
（8・一四二七）

など、掲げた作よりは勝れているものがある。

なお、この人の歌、年代のわかる最古のものは神亀元年（七二四）三月聖武天皇の難波宮行幸従駕の作（6・一〇〇一）で、最新作は同じ天皇の天平八年（七三六）六月の吉野行幸に従駕した応詔の長短歌（6・一〇〇五、六）である。この間一三年。旅の足跡は、紀伊・吉野・摂津・播磨の西から、東海道は下総にまでおよんでいる。

百済寺三重塔

奈良《なら》の都《みやこ》(1)

やすみしし　わが大君の　高敷《たかし》かす　日本《やまと》の国は　皇祖《すめろき》の　神の御代《みよ》より　敷きま
せる　国にしあれば　生《あ》れまさむ　御子のつぎつぎ　天《あめ》の下《した》　知らしいませと
八百万《やほよろづ》　千年《ちとせ》をかねて　定めけむ　平城《なら》の京師《みやこ》は　かぎろひの　春にしなれば　春《かす》
日山《がやま》　三笠《みかさ》の野辺に　桜花　木の闇《くれ》がくり　貌鳥《かほどり》は　間なく数《しば》鳴き　露霜の　秋さ
り来れば　生駒《いこま》山　飛火《とぶひ》が嶽《たけ》に　萩の枝を　しがらみ散らし　さを鹿は　妻呼び響《とよ》
む　山見れば　山も見が欲《ほ》し　里見れば　里も住みよし　もののふの　八十伴《やそとも》の緒《を》
の　うちはへて　思へりしくは　天地の　寄り合ひの限《きはみ》　万世《よろづよ》に　栄えゆかむと
思へりし　大宮すらを　たのめりし　奈良の京《みやこ》を　新世《あらたよ》の　事にしあれば　大君の
引きのまにまに　春花の　うつろひかはり　群鳥《むらとり》の　朝立ち行けば　さす竹の
大宮人の　踏みならし　通ひし道は　馬も行かず　人も往《ゆ》かねば　荒れにけるかも
立ちかはり　古き京と　なりぬれば　道の芝草　長く生《お》ひにけり
懐《なつ》きにし　奈良の京の　荒れゆけば　出で立つごとに　歎《なげ》きまさる

（6・一〇四七―九）　田辺福麻呂《たなべのさきまろ》歌集

藤原京西辺の下ッ道（国道二四号線、正確にはこれよりすこし西寄り）を北上すると、国鉄・郡山駅の東北にあった羅生門跡につきあたる。これを南辺中央として北へ四・八キロ、東西にそれぞれ二・一キロ、面積にして二〇平方キロ余り（藤原京の三倍）が唐の長安城（平城京は面積にしてこの三分の一）を模したといわれ、あるいは洛陽城を参考にしたとされる平城京の京域であった。羅生門から宮域の中央南門に至るのが道幅八〇mはあったという朱雀大路で、この大路を中心に、東を左京、西を右京とし、東西一一条、南北九条に区切る縦横の道が整然と通じていた。人口は約二〇万人と推定されている。

宮域は京域の北辺中央に、東西一・三キロ、南北一キロを占め、即位、朝賀などの儀式を行う大極殿を北辺中央とし、正面（南）に朝堂、朝集殿をはじめとする一二の殿舎がならび、回廊がめぐらされ、四門をかまえて大内裏を構成していたのである。この跡は、昭和三四年以来、奈良文化財研究所によって、二一世紀まで続くという大規模な発掘調査がおこなわれ、すっかり整備された。参考館で平城京の模型やおびただしい出土品を見ることが出来る。奈良駅または西大寺駅からバスがあり、下車して南の一面の芝生の中に一本の松が見え、標柱が立っている。そこが大極殿のあった位置だ。

この京は、元明女帝の和銅三年（七一〇）三月一〇日藤原宮より遷都、桓武帝の延暦六年（七八七）一一月一一日の長岡宮遷都まで、八代七七年の帝都となったが、この間、聖武天皇の天平一三年（七四一）から同一七年（七四五）までの三年五ヶ月は、恭仁・信楽・難波遷都のため、一時廃都と化した。掲げた歌はその時のものである。

長歌は二段構成。第一段の「さを鹿は妻呼び響む」までで都を讃え、後段はその荒廃を叙し、反歌の第二首に至って嘆きの主情をうち出している。柿本人麻呂の近江の荒都を過ぎる時の作の力感にはおよばないが、整然と都の興亡の様を述べ、その風光も春秋にわたって一応とらえている。福麻呂（歌集中の歌を含め、長歌一〇、短歌三三首の作者）の歌としては佳作といってよいだろう。

平城宮跡から平城山・三笠山・春日山を望む（昭 31）

奈良《なら》の都《みやこ》(2)

あをによし　奈良の都は　咲く花の　薫《にほ》ふがごとく　今盛《さか》りなり（3・三二八）

小《を》野《のの》老《おゆ》

この歌、天平の奈良の都の繁栄を讃美し、その気持ちを明快に真っ直ぐに詠み下しているというのが一般的な評価だが、高木市之助氏は《今》の語に注目され、衰退に向かう繁栄の頂点を示しているのだと、文芸論的な解釈をされた。

小野老がこの歌の詞書にいう大宰少弐（三等官）だったのは、天平二年（七三〇）頃のことらしく、長官の大宰帥は大伴旅人、筑前国守は山上憶良だった。この旅人あたりから、「都の様子はどうか」と尋ねられた、その返答がこれであったのかも知れない。天平二年といえば、奈良遷都後二〇年、聖武天皇即位後七年であるが、この頃になると廟堂にも種々の行詰りが見えてきた。養老四年（七二〇）右大臣藤原不比等が死に、翌年天武の皇孫で、高市皇子を父とする長屋王が右大臣となり、聖武即位の年（七二四）左大臣の職についた。この後神亀六年（七二九）に、左道を学び宮室を傾けようとしたという廉《かど》で王が自尽させられるまでの一〇年間が世にいう《長屋王時代》であるが、養老四年（七二〇）には早くも逃亡農民が増加し、ために政府は帰郷を望む者の罪は問わず、一ヶ年間の課役を免除している。養老律令の制定（七一八）

と実施は、精神はともあれ、実状は民衆に対して次第に苛酷なものとなっていった。下級官吏はとかく法令を厳しく解釈したがる。山上憶良が、「いとのきて　短き物を　端切ると　いへるが如く　楚《しもと》取る　里長が声は　寝屋処まで　来立ち呼ばひぬ」（5・八九二「貧窮問答歌」）と詠む「里長」などその最たるものだった。女性がいても調庸などの税物は増えぬが口分田は増加する。「七〇二年の戸籍にくらべ、七二一年のそれにはすでに、男を女として届け出ているものがあるらしい」と青木和夫氏は指摘される。民衆は、逃亡するか、それでなくとも戸籍をいつわろうとしたのである。政府はこれに対して、良田一百万町の開墾を計画（七二二）し、三世一身の法（七二三）によって対処しようとするが、前者など全く現実味がない。古代国家の基礎である班田制崩壊の兆ははっきり見えている。小野老の《今》はともあれ、時代の〈今〉は高木氏の説かれるとおりだった。これを思うと、有名な、

　御民《みたみ》われ　生ける験《しるし》あり　天地の　栄ゆる
　時に　逢へらく思へば

（6・九九六）海犬養《あまのいぬかいの》岡麻呂

は、老の歌の後三年のもので、応詔歌の故ではあろうが、この張りすぎた調べは、何とも空虚なものに見えてくる。万葉集はこういうことも考えさせる歌集なのだ。

平城宮大極殿跡の黄昏（背後に見えるのは平城天皇陵）

佐《さ》保《ほ》川《がわ》

佐《さ》保《ほ》川の　小石ふみ渡り　ぬば玉の　黒馬《くろま》の来る夜は　年にもあらぬか（4・五二五）

大伴坂上郎女《おほとものさかのうへのいらつめ》

大伴坂上郎女は、集中に、短歌七七首・長歌六首・旋頭歌一首と、女流としては最も多くの作を止めた人である。父は兄の旅人と同じ壬申の功臣で佐保大納言安麻呂、母は内命婦《ないみょうぶ》石川邑《おお》婆《ば》である。穂積親王から「寵せらるることたぐひ無し」（4・五二八左注）だったが、親王の亡き後（七一五年七月以降）は不比等の第四子藤原麻呂と交渉があった。

掲げた歌は、左京職（都を治め、戸口・租調・雑徭などを司る長官。左右両京職があった）の麻呂から贈られた、

乙女らが　たまくし笥《げ》なる　玉櫛《ぐし》の　神さびけむも　妹に逢はずあれば

よく渡る　人は年にも　ありといふを　いつの間にぞも　わが恋ひにける

（4・五二二—三）

他一首に和《こた》えたもので、麻呂が「よく耐えて月日を過ごす人は一年でも妻に逢わすに暮らしているそうだが、私は逢ったばかりなのにもう耐え難い思いですよ」というのに、「佐保川の小石を踏み渡り、あなたが乗られた黒馬の来る夜は、年の内に一度でもあってほしいものですわ」と怨じて和したのである。麻呂が「神さびけむも」といったのは彼女を佐保大納言家の祭祀を

司る娘と意識してのもので、娘女の「黒馬」も来訪する神の乗馬を念頭に和したのであろう。ともに作者不明の古歌、

年渡る　までにも人は　ありとふを　いつの間にそも　わが恋ひにける
（13・三二六四）

川の瀬の　石踏み渡り　ぬば玉の　黒馬の来る夜は　常にあらぬかも
（13・三三一三）

を粉本としたのである。古代和歌の場合、こうしたことは一般だが、かくべつ娘女はこれが得意だった。この場合も「川の瀬の」を「佐保川の」とし、「石」を「小石」に、「常に」を「年に」と改める当意即妙の力量、即興的な詞句連合の手腕は麻呂の遠く及ぶところではない。

奈良市北郊の「佐保」の地は、背後に低い丘陵をひかえ、奈良時代には貴族顕官の住宅が並んでいた。「佐保川」は春日山から流れ出て北方の山麓を西にまわり、法蓮で吉城《よしき》川（宜寸川、12・三〇一一）を合わせ、佐保の地を西流して法華寺の南で南流に転じ、初瀬川と合流する。佐保路（一条大路）や河原には「柳」が植えられ（8・一四三三）、川には「かはづ」が鳴き（7・一一二三ほか）、「千鳥」の声も聞かれた（7・一二五一ほか）。

大仏殿を経て三笠山を望む

奈《な》良《ら》山《やま》

君に恋ひ　甚《いた》も術《すべ》なみ　奈良山の　小松が下に　立ち嘆くかも（4・五九三）

笠《かさの》女《いら》郎《つめ》

平城京の北辺を限って標高一二〇m前後の丘陵が東西に延びている。このうち、東は奈良坂（上ッ道の延長）から西へ山陵《みささぎ》町に至るあたりが奈良山だといわれている。大和から山城に出て北に向かうのにはどうしてもこの山を越えねばならない。道は、前記の奈良坂越えのほか、いま、国鉄関西線の走る比較的平坦な中ッ道の延長と、もう一つ、下ッ道の延長で、平城宮跡真裏の佐紀から北に向かう歌姫越えの三道があった。

笠金村と何らかの関係があるかと想像させる以外は系統も何もわからぬ女郎だが、彼女は集中に二九首の短歌をとどめている。すべて大伴家持に贈ったものばかりで、掲げた歌のほか、

わが屋戸《やど》の　夕影草《ゆふかげぐさ》の　白露の　消ぬがに
もとな　思ほゆるかも　（4・五九四）

夕《ゆふ》されば　物《もの》思ひまさる　見し人の　言問《ことと》
ふ姿　面影にして　（4・六〇二）

など、繊細純心の女心をうかがわせる佳作もみえるが、

伊勢の海の　磯もとどろに　寄する波　恐《かしこ》
き人に　恋ひわたるかも　（4・六〇〇）

思ふにし　死にするものに　あらませば
千度《ちたび》そ我は　死にかへらまし（4・六〇三）

相思《あひ》はぬ　人を思ふは　大寺の　餓鬼《がき》の後《しりへ》に　額《ぬか》つくごとし　（4・六〇八）

の如く、激情と才気とを見せた作もある。さらに面白いのは二首並んだ、

託馬野《たくまの》に　生《お》ふる紫草《むらさき》　衣《きぬ》に染め　いまだ着ずして　色に出にけり　（3・三九五）

陸奥《みちのく》の　真野《まの》の草原《かやはら》　遠けども　面影にして　見ゆとふものを　（3・三九六）

の作で、託馬野を、山田孝雄《よしお》・瀬古確《かたし》両氏の説かれる、能本県飽託郡とするなら（ツクマノと訓み、滋賀県坂田郡米原町筑摩とする説あり）、真野は福島県相馬郡だから、彼女は万葉集の南北両極限に近い地を対称的にあげて比喩としているわけで、偶然かも知れないが、このロマン精神は、その才気とともに注目される。大伴家持はこれに対して、

今更《いまさら》に　妹に逢はめやと　思へかも　ここだわが胸　おほほしからむ　（4・六一一）

なかなかに　黙《もだ》もあらましを　何すとか　相見《あひ》そめけむ　遂《と》げずあらなくに　（4・六一二）

と弱気に答えるのみであった。

奈良山の秋

興福《こうふく》・東大寺《とうだいじ》

わが背子《せこ》と　二人《ふたり》見ませば　いくばくか　この降る雪の　嬉しからまし

（8・一六五八）

光《くわう》　明《みやう》　皇　后

光明皇后（安宿媛《あすかべひめ》）は、天武から聖武に至る六代の女官となり、美努王《みののおおきみ》に嫁して葛城王（橘諸兄）佐為王らを、のち不比等の室となっては光明子のほか諸兄の夫人となった多比能を生み、天平五年（七三三）の死後、正一位大夫人を追贈された県犬養橘三千代（19・四二三五の作者）を母として、夫の聖武天皇と同年の大宝元年（七〇一）に生まれた。首皇子（聖武）立太子（七一四）後二年め一五歳でその妃となり、一七歳の折、阿部内親王（孝謙天皇）を、二六歳で基《もとい》皇太子（二歳で早生）を生んだ。天武の孫で、高市皇子皇親政治の砦だったとみられる左大臣長屋王が、謀叛の讒言によって自尽した（七二九年二月）後の八月一〇日、人臣としては最初（仁徳皇后の磐姫《いわいのひめ》を事実とすれば二人目）の皇后となる。以来三〇余年、娘の孝謙に譲位して太上天皇となった夫の聖武（七五六崩）より長生して、天平宝字四年（七六〇）六月七日、天平応真仁正皇太后と呼ばれ、六〇歳で世を去った。自筆と伝える「楽毅論」が正倉院に伝存、その筆蹟からは、積極的な、男性的とさえ見える、堂々たる人柄を思わせるものがあるといわれている。仏教尊崇は時代の要求（長屋王以前の儒教的政治に対し、仏教によるイメージ転換をはかったか）もあろう、母からの影響もあろうが、ともあれ、その興隆は皇后の力によるところが大きいとされている。立后の翌年には皇后宮職に施薬院をおき、鎌足の妻鏡女王（2・九二、九三、4・四八九、18・一四一九の歌の作者）が創立し、山階から飛鳥に移し、さらに平城遷都に際して不比等が左京三条七坊に移建したと伝える興福寺に行啓しては、自ら土を運んで五重塔の基壇をつくり（立后の年）、天平六年（七三四）には興福寺西金堂を建て、天平一九年（七四七）には、天皇不予のため新薬師寺建立を発願している。こうした動き（むろん前記した如く時代の要求が大きい）が天平一三年（七四一）の国分寺発願となり、総国分寺として東大寺の造立、本尊盧舎那仏の鋳造となり、同二一年（七四九）二月二一日陸奥の小田郡から発見された黄金九百両（二七・六七五キロ）を得て（関係歌18・四〇九四――七）開眼、天平勝宝四年四月九日には大仏殿も完成し、天皇自ら文武百官をひきいて盛大な開眼会が催されるという結実をみることになるのである。

掲げた歌は皇后が天皇に奉ったもの。光明子にしてこの素直さあり、文芸とは良きかなである。

東大寺大仏殿正面

高《たか》円《まと》山《やま》

梓弓《あづさゆみ》　手に取り持ちて　ますらをの　さつ矢手挟《たばさ》み　立ち向かふ　高円山《たかまとやま》に　春野焼く　野火《のび》と見るまで　燃ゆる火を　何かと問へば　玉桙《たまほこ》の　道来る人の　泣く涙《なみだ》　小雨《こさめ》に降り　白たへの　衣湿《ひづ》ちて　立ち止まり　われに語らく　何しかも　もとなとぶらふ　聞けば　音《ね》のみし泣かゆ　語れば　心そ痛き　天皇《すめろき》の　神の皇子《みこ》の　御駕《いでまし》の　手火《たひ》の光そ　ここだ照りたる

高円の　野辺の秋萩　いたづらに　咲きか散るらむ　見る人なしに

三笠《みかさ》山　野辺ゆく道は　許多《こきだく》も　茂く荒れたるか　久にあらなくに（2・二三〇—二）

笠金村《かさのかなむら》歌集

霊亀二年（七一六）八月一一日（陽歴九月五日）、天智天皇の第七皇子で二品《にほん》の志貴皇子が亡くなられた（この年代について、万葉集は霊亀元年九月というが、いま続日本紀による）。天武系皇統のもとでは敬して遠ざけられたひとりで、その作歌には本書既出の「明日香風」（1・五一）のほか、

葦辺ゆく　鴨の羽交《はがひ》に　霜降りて　寒き夕は　大和し思ほゆ（1・六四）

石激《いはばし》る　垂水《たるみ》の上の　さわらびの　萌え出

づる春に　なりにけるかも
(8・一四一八)

など、叙景的抒情詩に勝れたものが多い。

掲げた歌は、その没時の作で、左注に「右の歌は笠金村の歌集に出づ」とある。金村の活躍期（七二三―七三三）からすると早すぎて不安も残るが、今のところ彼の作と見るほかはない。

長歌、「ますらをのさつ矢手挾み」と慣用句(舎人娘子、1・六一。伊勢風土記など）を用い、「梓弓……立ち向かふ」と序して「高円山」を起こし、「野火と見るまで燃ゆる火を何か」と問うたところ、道来る人は泣く涙を雨と降らせ、着物をぬらして立ち止まり、私に語り続けたとし、「どうして平気でお尋ねなのですか。聞かれると声を出して泣かずにはおれません。申すと胸が痛みます。あれは亡くなられた神の皇子の御葬儀の松明の光。それが沢山照っているのですよ」と、その返答で作を止めた。構成は舌足らずで、細かく見ると類句も多いが、内に問答をとり入れ、人の歎きを客観的・印象的に描き出す、その手法には斬新なものがあり、字足らずの句も構成の舌足らずとあいまって、むしろ急迫した感情の巧みな表現となっている。

一体、金村という人は、山部赤人と活躍がほぼ重なったために競詠のような形となって比較され、「赤人に似て更に動的に、爽かなる韻律に富めど、一点に澄み入る力に乏し」（森本治吉氏）などと評される。その原因は、律令施行後貴族階級をおそった無力感から来る中途半端な仏教思想に誘《おび》かれたためでもあったのだろう。ともあれ、彼の歌は、「その後退転の一途を辿り、創作意欲において涸渇し、類型以上に一歩も出ない、形骸だけの間伸びのしたりずむのだらしなさ」（高崎正秀氏）といわれるに近いものとなってしまった。だが、集中彼の作四五首（長歌一一、短歌三四）は、赤人の五〇首に比して少ないとはいえまい。もって当時の評価を知りうる。

高円山

勝間田《かつまた》の池《いけ》

勝間田《かつまた》の　池は我《われ》知る　蓮《はちす》なし　然《しか》言ふ君が　鬚《ひげ》なきごとし（16・三八三五）

新田部親王《にひたべのみこ》の婦人

新田部親王——天武天皇の第七皇子。母は五百重娘。宮廷で重んぜられて天平三年（七三一）畿内大惣管となり、同七年一品《いっぽん》で没した——が、〈唐招提寺〉の位置にあったという邸から都外に出、勝間田の池を見て帰り、日頃寵愛の婦人に、「今日遊行して勝間田池を見る。水影濤々として蓮花灼々たり。可怜断腸、言ふを得べからず」と語ったところ、婦人がこの戯歌を作り、しきりに吟詠したのがこの一首だと、左注は、また聞きだとことわって記している。

「勝間田の池は埋没されて今は無い」（大井重二郎氏）というのが真相らしいが、今の薬師寺がその故地といい、また薬師寺寺伝では、当寺の西、七条大池がそれだともいう。この池畔の高みに立つと、和辻哲郎氏が《氷れる音楽》と讃えた薬師寺東塔（この寺の建物の内、藤原京から遷移された当時のものはこれだけだという）が水に影を映し、遠く背後に春日・高円の山々も霞んで、天平の昔を偲ばせる。

ところで、この一首何を戯れての作だろうか。「蓮花灼々」と言ったのに対して「蓮無し」とし、「そういうあなたに鬚が無いのと同じですわ」というだけでは芸がなさ過ぎる。そこで、岩波の古典大系本『万葉集』は「池の蓮の美しさをいって、この歌の作者に対する愛情をほのめかしたのに対し、大げさに否定したのであろう」と注し、伊藤博氏は〈可憐可憐とおっしゃるけれど、あなたは、お池に憐愛の情なんかいだいたのではありません。蓮は蓮でも、ちがう方でしょう〉と解し、この部分にこそ満座をかたむけさせた笑いがあったものと考えると説かれた。「蓮」は「憐（恋）」をかけたものとされるのである。

　巻一六には、こうした戯歌がその前半に置かれ、集の持つ文芸性の一面を見せている。

　この頃の　わが恋力《こひぢから》　記《しる》し集め　功《くう》に申さば　五位の冠《かがふり》　（16・三八五八）作者不明

　近頃の私が、恋に費やす労力は大変なものだ。文書に集め記して、その功績を官に申し出たら五位の冠がいただけるほどだ、と戯れているわけだ。武田祐吉氏は「思いあまって、自分の行動にも滑稽を感じて、かような表現に出たのだろう」と説いておられる。そう解すれば抒情詩にもつらなる一首だ。

七条大池から薬師寺の塔を望む

生《い》駒《こま》山《やま》

夕されば　ひぐらし来鳴く　生駒山《いこまやま》　越えてそ吾が来る　妹が目を欲《ほ》り

（15・三五八九）

遣新羅使秦間満《けんしらぎしはだのはしまろ》

大和から河内へ出ようとする旅人は、南からあげて、水越（葛城山南）、竹内（二上山南）、穴虫（同北）、竜田（竜田山南）、暗《くらがり》（生駒山南）、善根寺（同北）などの峠道を越えなければならなかった。このうち、明日香・藤原朝では二上山を越える竹内・穴虫越えが、奈良朝に入っては竜田山麓を行く大津道が主要な街道とされていたらしい。もっとも奈良朝に入ってからの急ぎの旅人は、暗越えか善根寺越えの道を選ばねばならなかった。

直越《ただごえ》の　この道にして　押し照るや　難波の海と　名付けけらしも

（6・九七七）神社忌寸老麻呂《かみこそのいみきおゆまろ》

の一首は陽光の反射を望んだ古人が「押し照るや難波の海と」名付けたのであろうと回想している歌だが、この「直越」というのは恐らく暗越えで、平城京域の南端三条大路を西に直行して生駒山の鞍部（暗峠、四五五m）を越え、枚岡神社付近に出る道であったらしく、今も信貴生駒スカイラインと出会う頂上付近に「出迎地蔵尊」の祠を残している。天平八年（七三六）遣新羅使の一人であった秦間満《はだのはしまろ》が、出船の遅れをよいことに、「ひぐらし」を聞きつつ、難波から奈良の都へ急いだのもこの道か、北方の善根寺越えであろう。

万葉時代の公的な対外交渉は新羅との間のものが最も多く、正史に見えるものだけで遣新羅使二八回、来朝新羅使三〇回の多きを数える（遣隋使五回、遣唐使一一回）。ただ、天平八年の遣新羅使は散々だった。二月二八日に大使阿部朝臣継麿任命、四月一七日拝朝と続日本紀は記すが、出発の記事はなく、難波に至っても、

　潮待つと　ありける船を　知らずして　悔
　しく妹を　別れ来にけり
（15・三五九四）作者不明

といった有様で、途中早くも瀬戸内の周防灘で逆風漲浪にあって漂流の憂き目を見、新羅国に至っては《常礼使》の旨さえ受け入れてもらえず、帰途、大使は対島で、雪連宅麿《ゆきのむらじやかまろ》は壱岐で、それぞれ病死、翌年正月に帰着はしたものの、副使の大伴三中《おおとものみなか》も病気のため入京出来なかった。そのためか彼等の作歌（長歌五首、旋頭歌三首、短歌一三七首）の意気は揚がらず、過剰に寂寥憂鬱なものとなってしまっている。この事は後に追々言うが、秦間満らの旅は、

　妹に逢はす　あらば術《すべ》なみ　岩根ふむ　生
　駒の山を　越えてそわが来る
（15・三五九〇）

程度の苦痛ではなかった筈なのである。

東大寺二月堂から生駒山を望む

近畿

② 近畿・北陸・東国西部付近

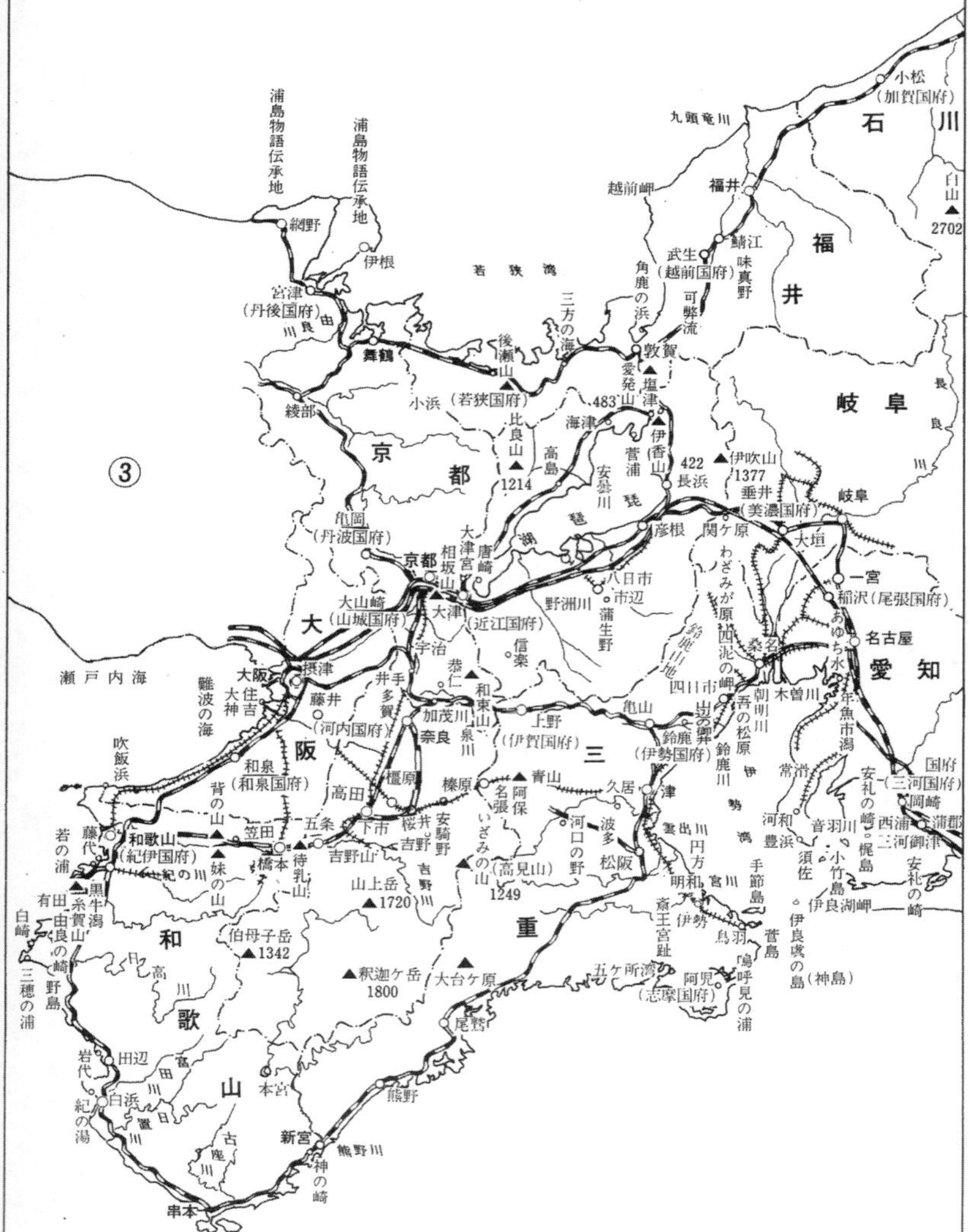

難《なに》波《わの》宮《みや》

鉗《かなき》つけ　わが飼《か》ふ駒《こま》は　引出《ひきで》せず　わが飼ふ駒を　人見つらむか（日本書紀・一一五）

孝《かう》徳《とく》天《てん》皇《わう》

孝徳天皇の史書への登場は異様である。皇極三年（六四四）六月一二日、かねて蘇我氏誅滅を策していた中大兄は、三韓進調といつわり、朝参した入鹿を大極殿に斬った。「是の日、雨降り潦水庭に溢めり。席障子を以て鞍作(入鹿)の屍に覆ふ」と書紀は記す。越えて一四日、皇極は責をおって譲位を決意、中大兄《なかのおおえ》を召す。中大兄、時に二〇歳。中臣鎌足と計った大兄は「密に奏聞」、天皇の弟軽皇子を推す。内命をうけた軽は、古人大兄皇子《ふるひとのおおえのみこ》（舒明の子）がおり、年長でもあることを理由に譲ろうとするが、古人は座を避《さ》り、承けようとしない。固辞し得ず軽皇子が即位し、孝徳天皇となる。時に五〇歳であった。完全に中大兄政権のロボットである。

同じ一九日、皇祖母尊（皇極）、皇太子（中大兄）と共に法興寺（現在の飛鳥寺）の大槻の樹の下に群臣を召し集めて誓わしめる。「君に二つの政《まつりごと》なく、臣は朝に弐《ふたごころ》あること無し」と。一二月、難波長柄豊碕に遷都。明けて大化二年正月一日、改新之詔を発する。孝徳栄光の日である。

だが、即位後九年（六五三）、突然、中大兄は大和への還都を進言、承服せぬ天皇を後に、皇祖母尊・皇后（間人《はしひと》）・皇太弟（後の天武天皇）

と共に群臣を率いて明日香行宮に還都してしまった。その時天皇が皇后に贈ったと書紀の伝えるのが掲げた一首である。皇后を駒になずらえ、秘蔵の妻を他人に奪われた嘆きを歌う。「人見つらむか」には、妻を奪われた男の怨念のようなものが見え、中大兄と間人皇后との、同母兄妹の不倫な関係をさえ想像する説を生んだ。

ところで、万葉集もまた孝徳を置き去りにした。その作品が集中に見えないだけでなく、巻一の配列からして当然あるべき、「難波長柄豊碕宮御宇天皇代」の項もない。だが、それは、この稿で述べた理由からではないかも知れない。彼は舒明皇統の人ではなかったのである。

大阪市東区法円坂町一帯（大阪城南）の「難波宮跡」の実態は、山根徳太郎氏らの努力によって、昭和三六年に大極殿を発見し次第に明らかにされつつある。それは、今の大阪の地形からは想像もつかない湖といってよい大きな入江と、大阪湾とに挟まれた上町台地の東北端に位置し、

ありがよふ　難波の宮は　海近み　海人処《あまをと》
女《め》らが　乗れる船見ゆ
（6・一〇六三）田辺福麻呂歌集

の景観そのものの地だったのである。

難波宮跡・遠景は大阪城

紀《き》伊《い》路《じ》

わが妹子《もこ》に　わが恋ひ行けば　羨《とも》しくも　並び居《を》るかも　妹《いも》と背《せ》の山（7・一二一〇）

作者不明

このごろは道もよくなり、国・私鉄のバス路線も発達して、日本全国バス旅行も不可能ではなくなってきた。万葉の遺跡を訪ねようとする私どもにも、これは大変ありがたい。今日は、近鉄電車で八木に出、あと、そのバスで国道二四号線を和歌山まで下ろうということになった。

名古屋駅発七時三〇分、八木に九時四〇分。一〇時発五条行きバスの客となる。バスは大きく西へ迂回、大和高田市に出て南に折れ、人麻呂墳墓の地ともいわれる柿本神社（新庄町）を左に見て御所市に入り、これも人麻呂の鴨山（2・二二三）はこの付近と一説にある高鴨神社の標柱を左に五条市に着く（一〇時五〇分）。すぐ橋本行きに乗り「真土山《まつちやま》」下車、この間およそ一五分。坂道をすこし戻ると、右手の高みに《万葉の道》の道標と、「こぬ人を　真土の山の　郭公　おなじ心に　音こそ流れ」の歌碑が立っている。これが大和・紀伊往来の万葉人がかならず越えた山、

あさもよし　紀人《きひと》羨《とも》しも　真土山《まつちやま》　行き来と見らむ　紀人羨しも

（1・五五）調首淡海《つきのおびとおうみ》

と弾むあこがれを歌わせ、

しろたへに　匂ふ信土《まつち》の　山川《やまがは》に　わが馬

悩《なづ》む　家恋ふらしも
（7・一一九二）作者不明

の慕情を生み、さらに、

いでわが駒《こま》　早く行きこそ　真土山　待つらむ妹を　行きて早見む
（12・三一五四）同

のように、催馬楽にとりあげられて『我駒』の詞章ともなる歌を詠ませた山である。

バスの都合が悪く国鉄の隅田《すだ》駅までは徒歩、昼食とする。疲れた身体にはにぎり飯が一番うまい。これからずっと道を同じくする吉野川（紀の川）へ御挨拶に河辺に出る。河辺といってもこのあたりは深い峡谷、高所から水流をのぞむだけである。一二時三九分発車、一時頃笠田《かせだ》駅に着く。山を写すによい位置を求めてふたたび河畔に出、右岸に背山、中の島の船岡山、左岸に妹山を望みながら河辺（このあたりは文字通りの）を下る。この山々が掲げた歌のほか、

勢《せ》の山に　直《ただ》に向へる　妹の山　事許せやも　打橋《うちはし》渡す（7・一一九三）作者不明

人ならば　母の最愛子《まなご》そ　あさもよし　紀の川の辺の　妹と背の山
（7・一二〇九）同

と、人事に託されて親しまれた山である。

三度バスの客となり和歌山着三時。新和歌浦へ向かう。万葉人の何日分の旅をしたことになるのだろう。

隅田付近の紀の川（左端が真土山）

笠田村付近から見た妹背山

近畿

若《わか》の浦《うら》

やすみしし　わご大君の　常宮《とこみや》と　仕《つか》へまつれる　雑賀野《さひがの》ゆ　背向《そがひ》に見ゆる　沖つ島　清き渚《なぎさ》に　風吹けば　白波さはぎ　潮干《しほふ》れば　玉藻《たまも》刈りつつ　神代《かみよ》より　然《しか》ぞ尊《たふと》き　玉つ島山

沖つ島　荒磯《ありそ》の玉藻　潮干《しほひ》満ちて　隠《かく》らひゆかば　思ほえむかも

若《わか》の浦に　潮みちくれば　潟《かた》を無み　葦辺を指《さ》して　鶴《たづ》鳴きわたる（6・九一七―九）

山部赤人

聖武天皇は、即位の年の神亀元年（七二四）一〇月五日（陽暦同三〇日）、都を出て紀伊の国に行幸、二三日に帰京された。時に帝二三歳。元明の即位時には六歳の弱年故とみても、元《げん》正《しょう》の即位した霊亀元年（七一五）には十四歳で父文武の即位年齢に達していたはず、何のための遅延であろうか。ともあれ、二女帝の後を承けて、行き詰まった国政を一新するためにも、藤原一族にとってはなおのこと（聖武の母は、不比等の娘宮子《みやこ》。妃も同じく安宿媛、後の光明皇后である）期待された若い男帝の出現であった。

この行幸は即位後第二回目（第一回は三月一日――五日の吉野行幸で、皇霊の天武・持統などに即位を告げる祭典的なものであったろう)。これもまた即位後の祝典的性格を持っていたらしい。帝はこの旅で、旧来の「弱浜《わかはま》」を「明光浦《あかのうら》」と改名、離宮を岡の東に営んだという。

掲げた歌の「雑賀野の常宮」がそれだろう。故地は、どこと決定的なことは言えぬが、現在の権現山東麓説が有力で、「玉つ島山」は、いま、妹背山だけを入江の島として残し、すべて陸地の小丘となった船頭山・妙見山・雲蓋山《うんかいさん》・奠供山《てんぐやま》・鏡山などがそれであろうという(犬養孝氏)。今の観光地は新和歌浦、赤人の「若の浦」はもっと奥の陸地と化したところである。

さて、赤人作歌のこの一連、長歌、冒頭で帝威を頌美し、ついで海景を讃え、玉藻刈る人事、というよりは神事にふれ、雑賀野の背後に望まれる玉つ島山の尊厳を歌って地霊讃美の形を整え、人麻呂以後の、臣下の立場でする「国見歌」の伝統を踏まえた作となっている。前にこの旅の祝典的性格を指摘したのはこの歌の故だ。短歌第一首は、長歌の「潮干れば」から「潮満ちくれば」に転じ、神聖な玉藻が「隠らひゆかば思ほえむかも」と、身近な景物をとらえて地霊鎮魂の延長とし、第二首では、空の大景に移して、満ち潮に鳴き渡る鶴を歌う。長歌と二つの短歌とによって、干潮と満潮との空間的対比と時間的推移とを同時に表現し、短歌の二首では小景(景物)から大景(景観)へと視点の動きを自然なものとしながら、長歌の大景と呼応させている。ここに赤人の構想力がはっきり形を見せているのだ。

高津子山《たかつしやま》展望台付近から片男波海岸を経て名草山
（7・一二一三）紀三井寺を望む

藤白《ふじしろ》

磐白《いはしろ》の　浜松が枝を　引き結び　真幸《まさき》くあらば　また還《かへ》り見む
家にあれば　笥《け》に盛《も》る飯《いひ》を　草枕　旅にしあれば　椎《しひ》の葉に盛る（2・一四一―二）

有間皇子《ありまのみこ》

孝徳天皇は、即位の年（六四六）七月二日、舒明の皇女（母は天智・天武と同母の斎明女帝）間人《はしひと》を皇后とし、二人の妃《みめ》をたてた。妃の一人で、阿倍倉梯麻呂《あべのくらはしまろ》の娘の小足媛《おたらしひめ》を母として生まれたのが孝徳の一人息子、有間皇子である。白雉四年（六五三）父帝が中大兄らによって難波宮に置き去られた時には一三歳、翌年父帝は難波長柄豊碕宮で没し、伯母の皇極前帝が斎明として重祚した元年（六五五）は、皇子一五歳であった。

その名が正史にみえる最初は、日本書紀斎明天皇三年（六五七）九月の条、「有間皇子、性黠《さと》くして陽狂すと、云云。牟婁《むろ》の温湯に往きて病を療《をさ》むる偽《まね》して来、国の体勢を讃めて曰はく『彼の地を観るに病自づからのぞはりぬ』と、云云。天皇、聞しめし悦びたまひて、往《おは》しまして観《みそなは》さむと思ほす」の記事である。これは狂気をよそおい、「牟婁の湯を過大に誇張して讃め、天皇を温泉に行幸させ、その留守に謀叛を企てようとしてこの嘘を云ったといふ意味の書き方」（増田四郎氏）だが、事実はどうだったろうか。福田恆存氏は戯曲『有間皇子』の一節に、皇子自身の口をして「日嗣皇子（中大兄）が恐しかつたのでございませう。それよりも山背大兄、古人大兄の後を追つて、いつ捕れ絞られるかと、この有間の上に注がれるあたりの人の目が何より恐しうございました。有間はその目の中に、己の死んで横たはる姿を常に眺めてをらなければならなかつたのだ、どうして狂はずにをられませう」と言わせているが、山背、古人の例より何より、父帝孝徳の無惨な姿を、感性の強い時期、しかも直接に見せつけられた有間であって見れば、中大兄の恐ろしさは知り過ぎる程に知っていたはずで、よそおった狂気ばかりではなかったろう。

翌四年一〇月一五日、斎明天皇は中大兄らを伴い紀の温湯（湯の崎温泉）に行幸。留守官として都にあった蘇我赤兄《そがのあかえ》が天皇の失政三ヶ条をあげて謀叛をすすめる。三ヶ条は皆斎明の建設欲にかかわるもので、時人の批難の的だったから、一八歳の青年皇子としては、この謀叛にわが運命を賭けてみようと思ったかもしれない。欣然として、「わが年始めて兵を用うべき時なり」と叛意を示したと書紀は記す。赤兄にしても、この謀事を「中大兄に近づくための手土産」（土橋寛氏）としか考えなかったであろうか。結果からみれば事はあまりに明白だが、謀叛をすすめる赤兄の目に、瞬間的にもせよ、ギラギラ輝く野望が見られなかったかどうか。前記福田氏は「赤兄だけだつた。たばかりにもせよ、その目に生きた有間を映してゐたのは……」と言わせている。時に一一月三日。五日、赤兄邸で謀議、皇子の脇息が折れたのを不祥として計画が中止になると、赤兄は皇子を市経の家に囲み、急遽使者を派して紀の湯にいる斎明に事件を奏上。九日、皇子を捕らえ紀の湯に護送する。

中大兄の直接訊問に、皇子は、「天と赤兄と知る、吾はもはら解らず」と答える。一一日、都へ向かう途次藤白坂で皇子は絞殺され、共に斬られた者二名。配流者も出たが、赤兄には何の咎もなく、後に中大兄の即位した天智天皇の下で左大臣を勤めたのが彼であった。こうみてくれば、この事件、赤兄の策ないし中大兄と結んだ謀略であったことは明白である。

掲げた有間皇子の二作は、異説もあるが、護送途次（往路）のものだろう。第一首の浜松が枝を引き結ぶのは命の無事を祈る信仰行事だったらしい。それにしても、当然「真幸く」などあらぬことを領知していたはずの皇子の、この祈りに込められた心はどうだったろう。第二首は、「家におればきまって食器に盛る飯を、旅中だから、椎の葉に盛ることだ」という。一般にこれを皇子の食事のためにと解しているが、高崎正秀氏は神に捧げるのだと説かれた。第一首とのつながりからみてもそうとるのが自然だろう。椎の葉では、人間の食事の飯を盛るには小さ過ぎることも事実だが、「枝を折り重ねた上に盛ったのだ」とする説明（岩波版、古典文学大系『万葉集』）はくるしい。神に盛るのでは深みがないとするなら、それは古代信仰の深さを知らないからだ。ともあれ、この歌は古代の旅の苦難を示す例歌などではない。非常事態を背景に見るべき作である。

バスを藤白神社前で下車、神社に至り、二〇〇mほど西に登ると、地蔵尊を祭った狭い平地に、有間皇子墓という石碑があり、佐佐木信綱氏筆の歌碑が建っている。

有間皇子の墓と歌碑（藤白）

浜木綿《はまゆう》

み熊野《くまの》の　浦の浜木綿《はまゆふ》　百重《ももへ》なす　心は思《おも》へど　直《ただ》に逢はぬかも（4・四九六）

柿本人麻呂

浜木綿は、彼岸花科の多年生草本で、暖地の海岸に自生している。夏に花茎を出し、純白六弁の花を群がり咲かす。だが、「百重なす」のは花ばかりではない。肉太に逞しくのびる葉も茎を巻きながら百重なし、花茎も、「縦に切って見ると、その中には全く茎軸はなく、ただ驚く程多くの白い薄紙状に脱げる葉鞘部が中心まで恰も筍の皮の様に幾重ともなく重なり合って詰っている」（小清水卓二氏）という。そこで掲げた歌の「百重なす」を、「花」、「葉」、「茎」とする諸説が生まれたのだが、本来この草を「木綿」といったのは、神事に用いる木綿幣《しで》（楮の細かい繊維を幾条にも垂らした幣帛《ぬさ》）とこの花の姿とが似ていたことから出たのである。そこで葉鞘部を幣に用いたことが証されぬ限り（あり得ない事ではないが）花としておくべきであろう。

ところで、人麻呂はみ熊野の地を本当に踏んでいるのだろうか。人麻呂がこの歌を浜木綿につけて贈った対手を想像し、伊勢国行幸のとき、京に留まった柿本人麻呂（1・四〇―二）とは逆に、紀伊行幸などの折（持統の紀伊行幸の記録はない）、この度は京に留まった妹の許へ届けたのだとする想像は不可能ではない。しかし、

「み熊野の」と歌い出すのは現地にいるらしくない。それに、この作のあと、

古《いにしへ》に　ありけむ人も　わが如《ごと》か、　妹に恋ひつつ　宿《い》ねがてずけむ
今のみの　わざにはあらず　古の　人そまさりて　哭《ね》にさへ泣きし
百重にも　来《き》しかぬかもと　思へかも　君が使ひの　見れど飽かざらむ
（4・四九七—九）

と続いて、「柿本朝臣人麻呂の歌四首」という詞書を持つのだが、終りの二首はあきらかに妹の立場のものだ。これを妹の歌が混じったのだとするのは、他の例から考えても詞書の普通ではない。やはり人麻呂が夫と妻との立場になって創作したと見るべきだろう。ひょっとすると、これも、前記持統六年（六九二）三月の伊勢行幸の時、京に留まったのではなく、事実は従駕していた人麻呂が作って女官たちに呈し、喝采を得た歌だったのではなかろうか。とまれ、集中に浜木綿を歌った作はこれ一首のみ。その姿態と、効果的なマ行音の多用、四・五句の字余りがもつ重量感など人麻呂恋歌の傑作である。

浜木綿（篠島にて）

九邇《くに》の都《みやこ》

三香《みか》の原　久邇《くに》の都は　山高み　河の瀬清み　住み良しと　人は言へども　あり良しと　我は思へど　古《ふ》りにし　里にしあれば　国見れど　人も通はず　里見れば　家も荒れたり　はしけやし　かくありけるか　三諸《みもろ》つく　鹿背《かせ》山の間《ま》に　咲く花の　色めづらしく　百鳥《ももとり》の　声なつかしき　ありが欲《ほ》し　住み良き里の　荒るらく惜しも

三香の原　久邇の都は　荒れにけり　大宮人の　移ろひぬれば

咲く花の　色は変はらず　百敷の　大宮人ぞ　立ちかはりける（6・一〇五九—六一）

田辺福麻呂《たなべのさきまろ》歌集

天平一二年（七四〇）大宰少弐藤原広嗣《ひろつぐ》が九州で叛乱を起こし（九月三日）、事変落着の報もまだ入らぬ一〇月二六日、聖武天皇は突然勅を発し、二九日に関東行幸に出発、伊賀・伊勢・美濃・近江とまわって三香の原の久邇の宮に着いたのは一二月一五日であった。以後天平一七年五月一一日に至るまでの四年半、奈良には還らず久邇・紫香楽《しがらき》・難波と宮を移していた。この行幸ないし遷都について万葉集は、大伴家持の歌（6・一〇二九）の詞書に、「広嗣の謀反により軍を発して伊勢国に幸す」と記すが、それにしては不審な行幸であり、そのままの遷都であった。広嗣逮捕の報が入ったのは一一月三日、天皇らが三重県河口の宮（後出）にいた時である。行幸の方は広嗣の乱が原因としても、遷都は藤原四兄弟の死（七三七）後、宮廷の要職、右大臣となった橘諸兄《たちばなのもろえ》の進言によったのであろうか。三香の原の山紫水明、要害がその口実か。事実はこの付近が彼の縁故地で別邸も近くにあったのである。

ところで後世の作だが、小倉百人一首に入っていて良く知られた、

みかの原　分きて流るる　泉川　いつ見き
とてか　恋しかるらん
（新古今集、恋　九九六）藤原兼輔

の上句は、よくこの地の地形を言い当てている。まさしく此処は北東から南西に流れる泉川（木津川）によって盆地を二分された山間の狭地で、この中央に立ってコンパスを廻せば半径一キロで四方山につきあたってしまう程である。奈良の都とは「一重山」（6・一〇三八）―佐保山または奈良山―を間に、直線距離で一〇キロほど離れている地点に久邇の宮はあった。後、天平一八年（七四六）九月に、大極殿が国分寺に施入されたので、今は、その跡に「山城国国分寺阯」、「恭仁宮《くにのみや》大極殿阯」両方の碑を建てている。

さて、福麻呂歌集の歌（おそらく本人の作）は、冒頭、山川の景観を歌い、「住み良し」、「あり良し」と讃えたあと「国見れど　人も通はす里見れば　家も荒れたり」と荒廃の様を描いて一旦止め、「はしけやし　かくありけるか」と詠嘆して、ふたたび南西に見える鹿背山（二〇二m）の間の、花鳥の「めづらしさ」、「なつかしさ」を歌って、「ありが欲し」「住みよき里」を繰り返し、その荒廃を惜しんで作を閉じている。この構造は当時の新風であろう。

恭仁宮大極殿阯

宇《う》治《じ》河《がわ》

もののふの　八十宇治河《やそうぢがは》の　網代木《あじろぎ》に　いさよふ波の　行く方《へ》知らずも（3・二六四）

柿本人麻呂

万葉の頃、いま大津宮跡と推定される梵釈寺跡付近から大和へ上るには、志賀越えをして、京都の北白川から東山の麓を通り、山科の天智陵のあるあたりを過ぎて宇治河に出たらしい(松田好夫氏)。詞書に「近江の国より上り来し時、宇治河の辺に至りて作る」とあるこの歌の旅もそれによった。再説すれば、荒都——天智陵——宇治河へと上ってきたとみてよいであろう。とすれば、その項で細説する「近江の荒都を過る時の歌」（1・二九—三一）を作り、これも別項をたてた一首（3・二六六）を詠んで、壬申の乱で荒廃に帰した天智朝の大宮所をしのんで鎮魂した人麻呂が、おそらく天智陵に詣でての上京であってみれば、実感をもってこの歌を詠まざるを得なかった気持ちが理解されると思う。

もとより私は、ここで、これらの作成立の前後関係を問題にしているのではない。荒都に立ち、陵に詣でた心の所在を念頭に置くべしとするのみである。そうすることによって、この歌の無常感（観念的という観ではなく、もっと直接的で肉体的でさえある）の深さが理解されるのである。万葉集に仏教はあったかなかったか、私はあり得たと思うひとりで、〈観〉は人麻呂にもあらかじめあったかも知れない。だが彼は、荒都に臨み、陵に詣でることにより、この一首の形成をとおして、それを実感にまで高め、宗教的ならぬ、文学そのものとしているのである。土橋寛氏によれば、「もののふ」の語は「ますらを」のそれとは相違する慓悍な集団性をあらわすものだという。が、その知識も持たず、マ・ナ行流音の効果（とくに、「もののふの」という枕詞のもつ音韻を先に、「やそうぢがはの」と歌った後をうけて、「あぢろぎに」と押さえ、「いさよふなみの」、「ゆくへしらずも」と納める）を意識せずとも、人麻呂の〈感〉の重さは、口唱によって自然に伝わってくるのではないか。

京都駅から国鉄奈良線に乗ると、普通列車で宇治まで二四分だ。まず参るのは平等院であろう。本堂の鳳凰堂は天喜元年（一〇五三）藤原頼通《よりみち》が建てたもの、当時の阿弥陀堂建築である。左右の翼廊と尾廊をそなえた形態の美しさに目がひかれる。中央大棟の両端に青銅の鳳凰がおかれている。これが名の由来だ。中に安置されている本尊は定朝の作、藤原彫刻の典型といわれる。堂前「阿字池」の北側に、源頼政の割腹地と伝える「扇の芝」がある。そして、この院の東側を流れる河こそ宇治河なのだ。

平等院付近の宇治河

近畿

墨吉《すみのえ》

春の日の　霞める時に　墨吉《すみのえ》の　岸に出で居て　釣船の　とをらふ見れば　古《いにしへ》の
事そ思ほゆる　水の江の　浦島の子が　鰹《かつを》釣り　鯛《たひ》釣りほこり　七日まで　家にも
来ずて　海界《うなさか》を　過ぎて漕ぎ行くに　海若《わたつみ》の　神の女《をみな》に　たまさかに　い遭ぎ向ひ
相誂《あひあと》らひ　言《こと》なりしかば　かき結び　常世《とこよ》に至り　海若の　神の宮の　内の重《へ》の
妙《たへ》なる殿に　携《たづさ》はり　二人入り居て　老もせず　死にもせずして　永き世に　あ
りけるものを　世の中の　愚人《おろかひと》の　吾妹子《わぎもこ》に　告《の》りて語らく　須臾《しましく》は　家に帰りて
父母に　事もかたらひ　明日《あす》の如《ごと》　吾は来なむと　言ひければ　妹が答《い》へらく
常世辺《とこよべ》に　また帰り来て　今の如《ごと》　あはむとならば　此の篋《くしげ》　開くなゆめと　そこ
らくに　堅めしことを　墨江に　帰り来りて　家見れど　家も見かねて　里見れど
里も見かねて　あやしみと　そこに思はく　家ゆ出でて　三年《みとせ》の間《ほど》に　垣も無く
家失せめやと　この箱を　開きて見てば　本《もと》の如　家はあらむと　玉篋《たまくしげ》　少しひ
らくに　白雲の　箱より出でて　常世辺に　棚引《たなび》きゆけば　立ち走り　叫び袖ふり

反側《こいまろ》び　足ずりしつつ　たちまちに　心消失《けう》せぬ　若かりし　はだも皺《しわ》みぬ　黒かりし　髪も白けぬ　ゆなゆなは　息さへ絶えて　後遂《のちつひ》に　命《いのち》死にける　水の江《え》の浦島の子が　家処《いへどころ》見ゆ
常世辺《べ》に　住むべきものを　剣大刀《つるぎたち》　己《な》が心から　愚《おそ》やこの君（9・一七四〇―一）

高橋虫麻呂《たかはしのむしまろ》

中世の『お伽草子』に至って亀の報恩譚とされ、明治となって文部省唱歌として普及したため国民的童話化した浦島物語も、本来は教訓的な物語でも国民的な童話でもなかった。日本書紀、雄略天皇二二年の条に、「秋七月、丹波国余社郡管川の人、瑞江浦島子、舟に乗りて釣す。逐に大亀を得たり。便に女になる。是に、浦島子、感《たけ》りて婦《め》にす。相従ひて海に入る。蓬莱国《とこよのくに》に到りて云々」とある。固有の時処をもつ伝説であり、心たかぶって妻としたというあたり、童話的なものとはおよそ遠い。丹後風土記に至っては、浦島を「為人《ひととなり》、姿容秀美、風流なること類なし」とし、「島子、ひとり小舟に乗りて海中に浮かび出で、釣するに三日三夜を経るも、一つの魚だに得ず。すなはち五色の亀を得たり、心にあやしと思ひて船の中に置きて寝るに、たちまち婦人となりぬ。その容美麗、また比ふべきものなかりき」といい、島子の問いに答えて、「風流之士《みやびを》、ひとり蒼海にうかべり、近《した》しく談《かた》らはむ念に勝へず、風雲のむた来つ」、

「相談ひて愛しみたまへ」、「賊妾《やっこ》が意は、天地とをへ、日月と極まらむと思ふ。ただ、君は如何にか。早けく《すむや》諾否《いなせ》の意を知らむ」と女に言わせている。女の方から挑む風流譚としているわけだ。さて、わが虫麻呂はこれをどう歌ったか。

彼は、まず、「春の日の霞める時に……釣舟のとをらふ見れば」と現況をのべ、「古の事ぞ思ほゆる」と回想にうつり、浦島の子は、「鰹釣り鯛釣りほこり七日まで家にも来ずて」と、風土記とは全く逆の得意な状態であったとし、その故に、海界（人間界と常世国との堺）を過ぎて船を漕ぎ進めたところ、たまたま海神の女に出会って求婚しあい、事なって常世に至ったとする。――亀は影も見せない。常世は「妙なる殿」で、「携はり二人入り居て」「老もせず死にもせずして永き世にあり」で、超人的な栄華と愛と不老長寿を備えていた。ところが、なまじ浦島は人間界の父母に「事も語らひ」と願う。虫麻呂に言わせれば、「世の中の愚人」でしかないのだ。さて、物語の約束に従って玉手箱を手に帰った彼の前に、家も里も変わりはてていた。そこで、「この箱を開きて見てば本の如家はあらむ」と箱を開ける。箱から出た白雲を追ううちに失神し、気付いた時には「若かりし膚も皺みぬ黒かりし髪も白けぬ」という様で、ついに「息さへ絶へて後遂に命死にける」ということになったのだと、虫麻呂は物語を完結させ、現況にもどして「水の江の浦島の子が家処見ゆ」と長歌をおさめ、反歌で、ふたたび浦島の愚かさを詠んで主題のありかを明確に打ち出している。私はここに、形態的にも完璧な叙事的抒情詩をみるのだが、虫麻呂の超現世的なものに寄せる憧憬も見失ってはなるまい。

浦島物語伝承の故地はともに裏日本、京都府奥丹後半島の北東部と北西部との二ヶ所にある。一つは与謝郡伊根町本庄浜で、此処には、社伝にいう天長二年（八二五）の浦島帰来の年、淳和天皇の命により小野篁《たかむら》を勅使として創建されたという「宇良神社」があり、神宝として、室町期のものとされる玉手箱（亀甲文櫛笥）、浦島神社絵巻、浦島子縁記のほか多数の能面などを伝えている。浜へは神社から二キロ足らず、筒川ぞいの道を下ると、伝説の鯛つり岩を望む入江に出る。海水浴でにぎわう夏期を除けば、厳しくも淋しい漁場である。いま一つは網野の八丁浜（水の江）で、浅茂川が海に入る東側に「島子神社」を建て、式内社「網野神社」は、住吉三神と彦坐神（浦島の出自、日下部氏の祖）および浦島子を祭っている。八丁浜は、名の如く、広大さを誇る美しい砂浜である。もとより伝承の故地、どこと定めるのは無意味だろう。

というより、東南アジア方面に系統を求めうる（水野祐氏）というこの物語が、黒潮に乗って伝来し、太平洋側にも日本海側にも運ばれたのではあろうが、厳しい冬の生活の中で春を待ちこがれる心の一層激しいものがあったに違いない、これら日本海側の漁村に深く定着していったらしいのは注目すべき点であろう。

浦島太郎（月岡芳年）

近江《おうみ》の海《うみ》

近江《あふみ》の海《うみ》　夕波千鳥　汝《な》が鳴けば　心もしのに　古《いにしへ》思ほゆ（3・二六六）

柿本人麻呂

バイカル湖とともに古く、その生誕は五〇〇万年以前とされる近江の海（琵琶湖。淡海《あふみ》の海とも）は今なお生きている。広さ六七四・四（現、六六九・三）平方キロ、湖岸線の長さ一八八（現、二四一）キロ、南北六八キロ、東西は最広部二一・六キロ、最狭部（琵琶湖大橋のかかる野州川と堅田間）〇・七二キロ、水面の高さ八五m、最深部九六（現、一〇四）mという規模も一応のことで、時々刻々変化し続けているらしい。西条八東氏によると、いま琵琶湖は一年に一センチ位の速度で埋められつつある。すると千年で一mの割合になり、十万年で湖がなくなってしまう計算になるが、今なお日本最古の湖として残っているのは、湖盆の湖心部が低くなるような運動を続けているためと考えられるのだ。なかでも湖北、湖東の変化はいちじるしく、湖北では伊吹山麓から西は饗庭野《あえばの》の付近まで、湖東では多賀から永源寺のあたりまで湖底であったといわれ、そうかと思うと、湖北の竹生島に近い葛籠尾《つづらお》崎付近、水深一〇mの湖底から石器時代の遺跡が発見されたり、湖東安土町の北から能登川町にかけて、大中ノ湖干拓の折、弥生式時代の水田遺跡がみつかったりしている。「箱根路を　わが越えくれば　伊豆の海《み》や　沖の小

島に　波の寄る見ゆ」（金槐集、源実朝）が拠ったと説かれる、

逢阪《あふさか》を　打出でて見れば　近江の海《うみ》　白《しら》木綿花に　波立ちわたる
（13・三二三八）作者不明

の景観など、現在では大風の日でもなければ見られぬが、万葉の頃には常態だったかも知れない。

さて人麻呂は、「近江の海」とまずその大観を提示し、次に「夕波千鳥」と簡潔に圧縮した造語によって夕波に群れ飛ぶ千鳥に視点をあつめて呼びかけ、「汝が鳴けば」と頭韻の「ナ」を重ね、それに自己の心情をも重ねて「心もしのに」と、悲しみに萎れた姿を示して、「古思ほゆ」と結んでいる。「古」はむろん繁栄の日の近江朝である。この一首「n音七、m音三が繰返されているのも声調の美しさの一因になっている」と指摘されるのは津之地直一氏だが、斎藤茂吉氏の評した《沈厚》の調べは、一句、二句と小刻みに切れるリズムと「ミ、ミ、ミ、リ」という閉口音による効果と見てよいのではないか。

ともあれ、近江における人麻呂の作歌、すべて近江朝の歴史にかかわるものであることは注目すべきだろう。この人麻呂の文芸――歴史――風土こそ、

行く春を　近江の人と　惜しみける　（芭蕉）

を生みだす根底となる力だったのである。

〈追記〉元禄三年（一六九〇）芭蕉が訪ねた義《ぎ》仲寺《ちゅうじ》も、当時は湖畔すぐ傍にあった景勝地とされている。

義仲の寝覚めの山か月悲し　（芭蕉）

琵琶湖西岸から東を望む

大《おお》津《つの》宮《みや》

玉だすき　畝傍《うねび》の山の　橿原《かしはら》の　聖《ひじり》の御代《みよ》ゆ　生《あ》れましし　神のことごと　栂《つが》の木の　いやつぎつぎに　天《あめ》の下　知らしめししを　天《そら》にみつ　大和をおきて　青丹《あをに》よし　平山《ならやま》を越え　いかさまに　思ほしめせか　天離《あまざか》る　夷《ひな》にはあれど　石走《いはばし》る　近《あふ》江《み》の国の　ささなみの　大津《おほつ》の宮に　天の下　知らしめしけむ　天皇《すめろぎ》の　神の命《みこと》の　大宮は　此処《ここ》と聞けども　大殿は　此処といへども　春草の　繁く生《お》ひたる　霞たつ　春日の霧《き》れる　百敷《ももしき》の　大宮処《どころ》　見れば悲しも（1・二九）

柿本人麻呂

柿本人麻呂の歌で作歌年代のわかる最古のものは、「この歌一首庚辰の年（一説に天武九年・六八〇年、また天平一二年・七四〇年とも）之を作る」と左注にある人麻呂歌集に出る一首を疑わしいとみて除外すれば、日並皇子尊《ひなみしのみこのみこと》（草壁）の殯宮の時（持統三年・六八九年）の作（2・一六七―九）である。

掲げた作歌の年代は不明だが、巻一の配列順からみて日並挽歌の成立した持統三年前後の作といわれ（異説もあるが）、発想にも措辞にもまたきわめて類似したものがある。例えば、人麻呂の発想は神話的であり、歴史的であるとはよく説かれることだが、冒頭まずその発想に出るのはこの二作に限られている。

(1)天地の　初の時　久方の　天の河原に　八百万　千万神の　神集ひ　集ひいまして……

(2・一六七)

(2)かけまくも　ゆゆしきかも　言はまくも　あやにかしこき　明日香の　真神の原に　久方の　天つ御門を　かしこくも　定め給ひて……

(2・一九九)

(1)は日並挽歌、(2)は高市挽歌のそれぞれ冒頭であるが、挽歌という性格の同じなこの二作よりも、(1)と掲げた歌との相似性の方がはるかに大きいことに気付くであろう。この事実は、(1)と掲げた歌との成立年代の近きを思わせるのである。

さてこの作、「玉だすき畝傍の山の」と歌い起こされる。「玉だすき」が枕詞として「ウネ」にかかるのは、その形から「畝」にかかるのだとする説もあるが、たすきは神事の際に聖処女の証としてかけることから出た(折口信夫氏説)を支えとして、「たすきをかけるのは采女だから」と説かれる松田好夫氏説によるべきだろう。次に、「橿原の聖の御代ゆ……天の下知らしめししを」と史的叙述を展開し、神武以来の皇居が奈良山以南に置かれた事実を述べ、「いかさまに思ほしめせか」と疑って近江遷都を言い、「天皇の神の命」と神権的な皇統譜に組み入れた天智（天皇を神の命とするのは天武朝・持統朝の意識、天智をもそう歌うのは遡行的認定である。この認定による鎮魂こそ本歌成立の公的意義かも知れない）の、「大宮は此処と聞けども　大殿は此処といへども」と信じがたい気持ちを逆接法を二度用いて強調し、「春草の……春日の霧れる」中に、うつつには見られぬ古都の繁栄を想念におきながら「ももしきの大宮処見れば悲しも」とその慟哭を歌い納めている。人麻呂後期の作にくらべると、修辞の妙も尽くさず、処女作またはそれに近い姿だが、意図は充分に達し、構想も立体的で、これはこれで「鹿玉」の輝きを見せた作だ。

この大津宮の故地は、大津市滋賀里町説、同錦織町説もあるが、桓武天皇の延暦五年（七八六）遠祖追慕のための建立といわれる南滋賀町の正興寺（梵釈寺跡）付近説が有力になってきた。正興寺境内にある礎石は宮跡のものかといわれる。この寺は、湖岸から西に傾斜した高台に臨み、琵琶湖南東部を一望出来る位置にある。

ふたたび掲げた作に返ると、かりにこの作の成立を前期持統三年とみれば、壬申の乱（六七二）後一七、八年ということになる。京は、天智六年（六六七）三月よりおよそ五年の帝都でしかなかったから宮殿の造営がどれ程進んでいたかも知られず、さらに天智一〇年（六七一）の一一月二四日失火によって焼亡していたともいわれるから当然再建されたとしても大規模なものではなく、人麻呂が「春草の繁く生ひたる」と歌ったのも事実に近かったと思われる。さらに私は想像する。大津京は、天智の意図としては、遷都の最初から永続すべき都とは考えられていなかったのではないか。

白村江の大敗（六六三年八月二八日）は新羅ないし唐の日本に対する侵攻の不安を宮廷人士に持たせた。だから各地に「烽」を設け、防人を置き、水城を築いたが、それだけで充分とはいえない。彼等の上陸作戦に備える必要があった。琵琶湖ないしその東方蒲生野を利用しての軍事演習が遷都の目的だったと説く人もある。とすれば、国際情勢が変化するまでの一時的な都、それが大津京だったのではなかろうか。百済救援のための、皇太子時代の天智も加わったあるいは事実上の実施者だった、斎明七年（六六一）の筑紫朝倉橘広庭宮遷都（？）の例もある。

〈追記〉昭和四九年、錦織地区に宮跡のものらしい柱穴が確認され、昭和五四年に国史跡となった。

梵釈寺跡

志賀《しが》の大曲《おおわだ》

ささなみの　志賀《しが》の唐崎《からさき》　幸《さき》くあれど　大宮人《おほみやびと》の　船待ちかねつ
ささなみの　志賀の大曲《おほわだ》　淀《よど》むとも　昔の人に　またも逢はめやも　（1・三〇―一）

柿本人麻呂

前項、「近江の荒都を過る時」の作の反歌である。

「過」の文字に注目された松田好夫氏は、この一連が近江荒都→唐崎→湖上という「過」の性格を持つとされ、このあと人麻呂の乗った船は、「湖北の海津または塩津を指して漕ぎ進んだ」と推定され、したがってこの一連の作は旅の途上のもので、北山茂夫氏の説かれるような持統女帝の志賀行幸に供奉した応詔歌ではあるまいとして、私的感懐の表白にとどまる作とみられている。これに対して山本健吉氏などは、「琵琶湖の西岸、志賀町和邇《わに》の字小野に式内社小野神社があり、和邇・小野・柿本等の同族の氏神で、春秋の祭には氏人たちが集まったから、人麻呂も近江に行く機会が多かった。それに、壬申の乱で大津の京は荒廃に帰していたし、藤原の宮廷では天智方の霊や近江の国魂をまつらなければならない理由があって、その要請から宮廷詞人としての人麻呂も慰撫鎮魂の歌を作ったものらしい」とされる。そこで琵琶湖大橋を渡って志賀町和邇を訪ねてみれば、湖岸は現況なお大きく屈曲し、「志賀の大曲」と呼ぶにふさわしい景観であり、またこの句を含む「志賀の」が「一ニ云フ比良ノ」と注記されていてこれを原型とみれば、ここはまさに比良の地である。さらに、前項でも述べたこの作の成立期、持統三年前後といえば先帝天武の喪も明けて誄《るい》事《じ》その他一切の関係行事も一応終了した時期であり、三年には天武との間に持統の生んだ草壁皇太子が没し、翌四年、皇后称制の持統は正式即位ということになる。こういう時期において、父天智、義弟大友皇子（弘文帝）の霊を慰めるべく、人麻呂に鎮魂の作を要請するということはあり得たことであろう。

　さて人麻呂の作、両歌とも「幸くあれど」、「淀むとも」と逆接条件法によって自然と人事とを大きく対比し、彼の慟哭ともいうべき悲情を表現している。この事は、天智の大殯の時（六七一）舎人吉年が作り、人麻呂も知っていて「大宮人の船待ちかねつ」の作を詠んだらしい、

　やすみしし　わご大君の　大御船　待ちか
　恋ふらむ　志賀の唐崎　（2・一五二）

の感傷と比較すればよく納得されるであろう。さらに、

　古《いにしへ》の　人に我あれや　ささなみの　古《ふる》き都
　を　見れば悲しき　（1・三二）高市黒人《たけちのくろひと》

など、黒人の小刻みな哀愁に対して、人麻呂の作が慟哭というべき重厚さを持つことも知られるにちがいない。

唐崎付近

勝《かち》野《の》の原《はら》

何処《いづく》にか　吾は宿らむ　高島の　勝野《かちの》の原に　この日暮れなば（3・二七五）

高《たけ》市《ちの》黒《くろ》人《ひと》

琵琶湖の西岸を近江（滋賀県）と山城（京都府）とに分けて南北に連なる山脈も、南では比叡山（八四八m）・霊仙山（七五一m）の高さだが北に進むにつれて権現山（九九五m）・打見山（一一〇三m）・蓬莱山（一一七四m）・武奈ケ岳（一二一四m）と次第に高く、標高一〇〇〇mを越える比良連峰が、一二キロにおよんで屹立する。

今、湖西を人麻呂の歌の「唐崎」から湖岸ぞいに北上すると、およそ一〇キロで湖の最狭部「堅田」に達し、さらに三キロで小野・和邇《わに》の突出部を越える。この付近は〈和邇氏〉の一拠点で、賀茂真淵は人麻呂生誕の地と考えたし、折口信夫氏などは「近江の荒都を過ぎし時の作（1・二九—三一）」は此処で行われた祭事に参加した時のものかと推定されていることは前項で述べたとおりだ。此処から「雄松崎」の小さな突出部一つを内に含んで、今、白鬚明神の鎮座する「明神崎」——「思ひつつ　来《く》れど来《き》かねて　水尾《みを》が崎　真長《まなが》の浦を　またかへり見つ（9・一七三三）　碁師」と歌われた〈水尾が崎〉はこれだといわれる——までおよそ二〇キロ、まことに単調な大曲《おおわだ》が続く。同じ高市黒人が詠んだ、

い。

わが船は　比良の湊に　漕ぎ泊てむ　沖へな放《さか》り　さ夜ふけにけり　（3・二七四）

の〈比良の湊〉もこの内に求めなければなるまい。

この明神崎を北へ出た処が今の高島町勝野で、この付近から北方、安曇川町・新旭町と、安曇川の南北にひろがる一帯が湖西では最も広い平野部である。この平野部、もとは一面の樹海であったといわれる（佐々木紀氏）が、万葉の〈勝野の原〉であろう。

さて、提示の歌の成立には、陸行説と船行説とがあり、「この日暮れなば」の「この日」が、「今日一日」の意か「この陽」なのかも曖昧であるが、これらの曖昧さがダブルイメージとなって、かえって、この歌の秀歌性を支える一つとなっているのかもしれない。いずれにしても、「高島の　勝野の原」という念の入った？地名表現は、この項の最初に記した比良の高峰を西に、人家もまれな樹海の「勝野の原」、さらに、まさに海洋を思わせる湖の波頭という風土性を思い合わせるとき、不安の旅情のいよいよ心に沁みるのを覚える。

勝野付近

塩津《しおつ》・菅浦《すがうら》

高島の　安曇《あど》の水門《みなと》を　漕ぎ過ぎて　塩津《しほつ》菅浦《すがうら》　今か漕ぐらむ（９・一七三四）

小《せう》弁《べん》

前項の勝野をあとに、湖岸を、東に車を走らせると安曇川町。木地山と小入谷から流れ出た渓流が打明付近で合し、朽木渓谷を経て新庄から同町の舟木で琵琶湖に入る。いまこの河口に北舟木・南舟木の漁港があるが、この付近、あるいはもっと入りこんだあたりが安曇の水門だったろう。

率《あども》ひて　漕ぎ行く船は　高島の　阿渡《あど》の水《みな》門《と》に　泊てにけむかも

（９・一七一八）高市黒人

と「アド」の頭韻を効果的に用いて不安の旅情を見事に写象した一首の、「阿渡の水門」も同所だろう。

ところで、伝記不明の作者小弁が心にかけた舟は比処を過ぎてさらに北東に向かう。このあたりの気象はもう完全に日本海的だ。景観もマキノ町海津付近まではよいとして、海津大崎に出ると断層地形となり、大浦、菅浦を経て塩津に着くまで、陸地ぞいに舟航すると、舟はこの真下を通ることになる。したがって菅浦など、この断層下にへばりつくようにして湖に面した集落である。実際、菅浦は僻地だった。陸の孤島の趣だった。陸に道らしい道もなく、交通は水路によるほかはなかったが、それもひとたび荒れれば恐ろしくて近寄るすべもなかった。今、須賀神社本殿の裏に船の突きあげた形の古墳があり、舎人親王の第七子に生まれ即位して淳仁となった大炊王《おおいおう》が、先帝孝謙太上天皇と不仲になり、重用した恵美押勝《えみのおしかつ》（藤原仲麻呂）の乱（七六四）後、廃帝とされ淡路島に配流されたと正史は記し、翌年一〇月「庚辰二三日、淡路公、幽憤に勝へず垣を越えて逃ぐ。守佐伯宿弥助、掾高屋連並木等、兵を率ゐてこれを邀る。公還りて明日、院中に薨ず」というが、事実は逃げてこの集落に至り、没後この古墳に葬られたのだと当地では伝える。これは仲麻呂が越前に逃れようとして愛発《あらち》越えを計画し、拒まれて塩津に向かう途中逆風にあって難船したという話とも混乱があるらしいが、ともあれ、この地の僻地性を示す伝承ではある。

　だが、今は、奥琵琶湖パークウェイが出来、眼下に魞《えり》網を見渡すこの景勝地は僻地ではなくなった。僻地故にかえって人民の自治組織が可能だったと伝えるこの地一帯も、開放的な観光地化しようとしている。

　塩津は、海津・今津とともに湖北三港に数えられ、越前に向けて《塩津越え》をする要地であった。この地名の出るもの、掲げた歌の他に民謡らしい、

　味鎌の　塩津を指して　漕ぐ船の　名は告《の》
　りてしを　逢はざらめやも
　（11・二七四七）作者不明

がある。

菅浦を望む

蒲生野《がもうの》

あかねさす　紫野《むらさきの》ゆき　標野《しめの》ゆき　野守《のもり》は見ずや　君が袖ふる（1・二〇）

額田王

紫の　にほへる妹《いも》を　憎くあらば　人妻ゆゑに　われ恋ひめやも（1・二一）

大《おほ》海《あ》人《まの》皇《わう》子《じ》

称制六年（六六七）、人々の反対をおして近江に都を遷し、翌年即位（一月三日）して天智天皇となった中大兄皇子は、かつて自分が倒した古人大兄皇子の娘倭姫女王を立てて皇后とし（二月二三日）、五月五日（陽暦六月二二日）大海人皇太弟（後の天武）、諸王、中臣鎌足、それに群臣をことごとく引き連れて蒲生野《がもうの》（滋賀県近江八幡市の東方から蒲生郡安土町、さらに八日市市西部にわたる一帯）に狩りに出た。五月五日の猟というのは、日本書紀によると推古朝に初見の行事で、男は鹿の若角を、女はあかね草・紫草などの薬草を狩ったために薬狩りと呼ばれてきた。が、天智の場合、名目はともあれ、事実は薬狩りだったろうか。

これについて、先年来不穏な動きをみせる蝦夷に対する示威とする説もあったが、新羅・唐の侵攻に備えての軍事演習かとみる松田好夫氏説もある。大海人皇子の作に対して土屋文明氏は、「豪邁なる御気宇の豁達なる表現で、その勢の盛なる六月の日の光の如しとも申すべきであらうか」と評されたが、これを「御気宇」の故と見ず軍事演習という「場」から考えようとするのが松田氏である。私も、この狩りを事実上の軍事演習とするのには同感である。だがそれをもって直ちに、「六月の日の光の如し」とする作を生んだ理由とするにはいささか不安がなくもない。額田王の作を見よう。

沢瀉久孝氏はこれを、「紫草栽培の禁園を彼方此方にゆきながら野守は見るではございませんか？　アレ君が袖をお振りになりまして」と口訳しておられる。つまり氏は、従来のように野を往来するのは君だとせず野守と見られるのだが、それはともかくとして、氏もまた王の歌に媚態を読みとっておられたようだ。山本健吉氏も折口信夫説によってこれを行事終了後の宴席のものと解し、大海人皇子のそぶり（舞い）の、自分に向かって袖を振るが如きを目敏くとらえての戯れ歌と見られた。私もこれに従いたい。思うに両者は、この狩りの事実上の責任者であり、宴のホスト・ホステス役をも勤めたのではなかったか。それでなくとも、この両首は宴席の引き立て歌と見るのが実態に近いと私は思っている。この年三者の推定年齢、王三二—七、皇子三九——四六、天皇四三—五五（沢瀉久孝、田辺幸雄氏）。

蒲生野を訪ねるには、近江鉄道で近江八幡から八日市線の客となり、「市辺《いちのべ》」で下車、当時の大本営跡かともみられ、この両首の歌碑のある船岡山に立つとよい。

蒲生野歌碑（歌碑びらきの日）

河口《かわぐち》の野辺《のへ》

河口の　野辺にいほりて　夜の経《ふ》れば　妹が袂《たもと》し　思ほゆるかも（6・一〇二九）

大《おほ》伴《ともの》家《やか》持《もち》

天平一二年（七四〇）一〇月二九日、藤原広嗣の叛乱をさけて、あるいは叛乱を無視して、伊勢行幸に発った聖武天皇は、伊賀の名張、安保を過ぎ青山峠を越えて、一一月二日に伊勢の壱志郡河口頓宮《かりみや》に着き一二日まで滞在した。

この宮の故地はいまくわしくは知られないが、青山峠東麓の垣内《かいと》からほぼ五キロ南下し、雲出《くもづ》川を渡った一志郡（現、津市）白山町川口の御《おん》城《じょう》付近にあったといわれ、当時は関もあったらしく、「関の宮」とも呼ばれていた。国鉄名松線・関ノ宮駅（松坂より三〇分あまり）東方の医王寺に近い丘の木立の中に「聖武天皇関宮阯」の碑が立ち、最近この歌の歌碑も建てられた。地形からみて、この付近を宮跡とすべきであろう。

この時の伊勢行幸、それに続く恭仁《くに》宮、信楽《しがらき》宮、難波宮遷都と天平一七年の九月に平城京に還帰するまで満五年に及ぶ政情の真意ははかりがたく、ために天皇ノイローゼ説も出る有様だが、広嗣叛乱より早い同年の五月一〇日、天皇は右大臣橘諸兄の相楽の別荘に行幸しており、叛乱渦中の同年一二月六日、「この日、右大臣橘宿弥諸兄、前に在りて発して山背国相楽郡恭仁郡を経略しき。遷都を擬するを以ちての故なり」（続日本紀）とあることなどからみても諸兄の画策と考えるべきだろう。

ともあれ、この行の家持は、彼ばかりではないが、終始都に残した妻を偲んでいる。

天皇《おほきみ》の　行幸《いでまし》のまにま　わぎ妹子が　手《た》枕《まくら》まかず　月そ経《へ》にける
（6・一〇三二）狭残《ささ》の行宮にて

関なくは　帰りにだにも　うち行きて　妹が手枕　まきて寝ましを
（6・一〇三六）不破の行宮にて

は、同じ大伴家持の作。聖武天皇は今の四日市市松原町付近と推定される地、「吾《あが》の松原」で、

妹に恋ひ　吾の松原　見渡せば　潮干の潟に　鶴《たづ》なきわたる
（6・一〇三〇）

と詠み、丹比屋主真人《たじひのやぬし》（家主と混同か）に、

後れにし　人を思はく　四泥《しで》の崎　木綿《ゆふ》とり垂《し》でて　幸くとそ思ふ　（6・一〇三一）

の作がある。「四泥の崎」は、四日市大宮町、「志氏神社」のある丘かと見られている。

河口の野辺（医王寺の丘にて）

嗚呼《あ》見《み》の浦《うら》

あみの浦に　船乗りすらむ　乙女らが　玉裳《たもま》の裾《すそ》に　潮《しほ》満つらむか
釧《くしろ》つく　答志《たふし》の崎に　今日もかも　大宮人《おほみやびと》の　玉藻《たまも》刈るらむ
潮騒《しほさゐ》に　伊良虞《いらご》の島辺　こぐ船に　妹《いも》乗るらむか　荒き島廻《しまみ》を（1・四〇―二）

柿本人麻呂

持統女帝の六年（六九二）三月六日、中納言三輪朝臣高市麻呂《たけちまろ》の、「農作の前、車駕いまだ動き給ふべからず」の諫言は聞き入れられず、女帝は伊勢に行幸された。その折、明日香京に留まった柿本人麻呂の作歌三首がこれである。

「嗚呼見の浦」は、左注に「阿胡《あご》の行宮《かりみや》におはしましき」とあることから三重県の賢島《かしこじま》、あるいは国府《こふ》・甲賀《こうか》あたりかと推定されていたが、佐久間弥之祐氏が、「鳥羽湾の西に突出してゐる小浜の入海ではなかろうか」と説き沢瀉久孝氏が従われて以来、それによる人が多くなった。今、この浜に立って東を望むと、第二首の答志島、第三首の伊良虞島（神島説）がほぼ一直線上に見え、あるいは人麻呂がかつての望見を回想した上であろうか、近きから遠きにおよぶ視点の自然な移動に従った三首の連作ではないかと見えてくる。

第一首。乙女のつけた朱い玉裳の裾に潮が満ち、海水に映えて美しい。人麻呂がまず思い浮かべたのは、そういう波穏やかな景観である。

第二首は、やや視点を遠くに放った、答志島で玉藻を刈る大宮人の姿だ。神事か、風流か。どちらにしても仕事のためではない。第三首はさらに遠く、波荒い伊良虞の島辺である。その不安のうちに、「乙女」「大宮人」などの客体的な人ならぬ、「妹」の語が打ち出される。浪荒い島廻りに船乗りしているのは、わが分身とも思う「愛人」なのである。

右のように解するとき、私どもは、視点が「あみの浦」から遠くに移るとともに、高ぶってくる漸層的な人麻呂の心を読みとることになる。それこそ、彼の連作の意図、創造の技術なのだ。この作、充分実感のあるものだが、だからといってただちに、この「妹」を人麻呂の妻だと見るのはどうだろう。行幸に従駕しなかった、出来なかった、人々の思念を代表し、共感を予想しての作とすべきであろうか。あるいは、彼は、この行幸に従っていて、都に留まった人の心になってこれらの作を従駕の大宮人（多くは女帝をとりまく女官たち）に示したと見ることは出来ないか。とすれば、女官たちはこれによって旅の憂さを晴らし、人麻呂に対して多大な「かっさい」を送ったと思われるのだが……。

「嗚呼見の浦」の現況を津之地直一氏は次のように歌われている。

潮防ぐ　テトラポットの　上歩く　ここ二百米ほどを　「嗚呼見の浜」といふ

（歌集『高葦原』）

嗚呼見の浦（佐久間氏説）

波多《はた》の横山《よこやま》

川の上《へ》の　斎《ゆ》つ岩群《いはむら》に　草むさず　常にもがもな　常乙女《とこをとめ》にて（1・二二）

吹《ふ》気《きの》刀《と》自《じ》

天武天皇の四年（六七五）二月一三日（太陽暦三月一七日）、天皇と額田王の間に第一皇女として生まれ、壬申の乱（六七二）で叔父・大海人皇子に敗れ自ら首をくくって死なざるを得なかった天武の皇子、大友（弘文天皇）の妃となっていた十市《とおち》皇女が、伊勢神宮に参詣した時、波多《はた》の横山の巖を見て、作った一首である。

〈河中の神聖な岩群に苔が生えずつやつや輝いている〉という矚目の景と、〈永遠の乙女〉のイメージとが重なって、この祈念を生んだのであろう。「川の上の斎つ岩群に」から「草むさず」へ、冗語を節してしかも不自然さを感じさせない連結、「常にもがもな」といったん第四句で止め、簡潔明確な造語「常乙女」を用いて主題を提示し、そのイメージを上句に重ねて具象化する手法、さらには、「にて」と含蓄深く置くその納め方には、逞しいほどの造型力が見えている。

この一首は、旧来吹気《ふきの》（黄）刀自《とじ》を十市皇女のお伴をした老女とみ、皇女の永遠の若さを予祝・祈願したものと解されてきたが、亡き大友との間に六歳になる葛野王まである皇女（推定年齢二四、五ないし三〇）を「常乙女にて」と祈るというのも変なことではある。そこでこの作、実は、若い刀自が自らの祈りとする外ない（沢瀉久孝氏）ようだが、それなら何故にことさら十市皇女の名を題詞に出したのだろうか。この旅を、乱後鬱々の皇女を慰めるためのものと見る人もあるが、それはそれとしてこの歌の主題とは距離があるようだ。かといって、沢瀉氏のように、この歌の題詞の書き方「〇〇天皇幸二〇〇一時」には公的なものはないとして、「自身の感懐を詠じたものと断ずべきである」かどうか。今は、「妃の淋しい心を心として（中略）、いつまでも若く、常乙女で奉仕したいという作者の感懐を吐露した作」（津之地直一氏）とみておく。

「波多横山と岩群」の故地は、三重県津市一志町に八太《はた》の地名が残り、雲出川支流の波勢川南に波多神社が鎮座する付近に求むべきであろうが、明確ではない。雲出川と波勢川とに挟まれた井関大仰付近の山と雲出川の川中にある岩群をそれとするか（沢瀉氏）、旧波瀬村の丘陵と、波勢川の川床にある「第三紀砂岩の暗褐色の岩盤」という土屋文明氏説によって想像する以外はないようだ。

一志町波瀬の横山（土屋文明氏説）
波瀬神社の沢瀉久孝博士（昭和 41 年 7 月 25 日）

近畿

斎《さい》王《おうの》宮《みや》

神風《かむかぜ》の　伊勢の国にも　あらましを　何しか来けむ　君もあらなくに（2・一六三）

大《おほ》伯《くの》皇《ひめ》女《みこ》

近鉄山田線・斎宮駅の北に、「斎王の森」と呼ばれる小森があり、その中に「斎王宮跡」の碑が立っている。この付近が、天皇即位にともないその御杖代《みつえしろ》として伊勢神宮に奉仕する斎王（斎宮）――大后、后を除いた天皇に奉仕する女性が生んだ皇女・皇妹が多く任じられる――の住んだ所と言い伝えられてきた。その寮は、七世紀天武朝から一四世紀後醍醐朝まで六六〇年にわたって存在した。規模は、方四町（二町?）、周囲には大垣と溝とがめぐらされ、敷地は内中外の三院に分かれており、神亀五年（七二八）の「格」によると、主神司《かむづかさ》以下一〇司、仕える官人も三〇〇を越えたが、斎宮制廃止後の鎌倉末期になると、鳥居も朽ち、築地跡には草木が繁りやがて廃墟と化したという。

この遺跡の実態をあきらかにすべく、昭和四八年から県・町教委、地元有志が結成した「明和町郷土と文化を守る会」、「三重の文化財と自然を守る会」、「伊勢の文化財と自然を守る会」などの協力によってはじめられた発掘調査は、東西一・五キロ、南北〇・七五キロ、面積一六〇ヘクタールにおよぶ寮域、四五棟以上の掘立柱遺跡と一〇戸ほどの竪穴住居跡、井戸一四基を確認、緑釉陶器八〇〇点と土師器《はじ》、須恵器、土馬、石帯、土錘、宋銭などを掘り出している。

斎王は、天皇の即位後「占定《うらさだめ》」によって決定され、宮域内の殿舎「初斎院」、宮域外新造の「野宮」で計二年を過ごしたのち伊勢に「群行」、各地の山河で祓禊《ふっけい》して御殿に入った。(以上主として『斎王宮阯』三重県教委発行による)

これらの寮域・建物・行事などは、次第に整えられていったものでその展開のさまはまだわからない。万葉集で斎宮といえば、掲げた歌の主人公(かならずしも作者ではない)大伯皇女(「二上山」本書78ページ参照)ということになるが、彼女がここに住んだかどうかも明らかでない。史書によれば崇神朝の豊鍬入姫以来、大伯の前代までに八人の斎王が占定されたことになるが、これもにわかには信じがたい。伊勢神宮と天皇家の関係が深くなるのは壬申の乱後、天武朝以後だ。大伯皇女こそ最初の斎王かと広岡義隆氏はいうが、その通りかもしれない。ともあれ「日本にただ一つの遺跡」私どももまた、その保存や研究に協力したいものである。

斎王の森

山辺《やまのべ》の御井《みい》

山の辺《べ》の　御井《みゐ》を見がてり　神風《かむかぜ》の　伊勢乙女ども　あひ見つるかも（1・八一）

長《なが》田《たの》王《おほきみ》

和銅五年（七一二）夏四月、長田王を伊勢斎宮に派遣した時、山辺の御井で作ったと詞書のある、三首の短歌のうちの第一首である。

長田王には同名の人が二人いるが、この作者は、近江守、衛門督を経て天平四年（七三二）に摂津大夫となり、同じ六年の二月朱雀門外で催された歌垣に風流者の筆頭として参加、同九年に散位正四位下で没した人であろう（3・二四五―八の作者と同人か）。

「山辺の御井」の故地については、本居宣長が『玉勝間』で鈴鹿郡山辺村（現、鈴鹿市山辺町）として以来従う人が多いが、壱志郡新家村（久居町新家）説、同郡豊地村（嬉野町）宮古の忘井説などもある。本居説は、伊勢国府の置かれた鈴鹿市国府町から北東およそ六キロ、国分寺跡から南西に一・五キロ離れた鈴鹿川北岸で、国分寺跡付近から幾層にも重なった丘陵の南西端に位置する。「斎王宮跡」からやや遠いのが気になるが、古代の交通路からみてもっとも有力な候補地であろう。伊勢若松から平田町にいたる近鉄鈴鹿線の十日市で下車し、あとはバスに身を托して、

鈴鹿河　八十《やそ》瀬渡りて　誰ゆゑか　夜越《よご》えに越えむ　妻もあらなくに

（12・三一五六）作者不明の「鈴鹿河の八十瀬」の景観を下に「木田橋」を渡り、鈴鹿駅前で降りると近い。山辺赤人の故郷伝承地である。

この「山辺の御井」を歌ったものとしては、作者不明の長歌・反歌（13・三二三四―五）があり、長歌には、「港なす海も広し」など、伊勢湾の様態をとらえて的確な句も見られる。これは松田好夫氏説のように、大宝二年参河行幸（持統）の帰途伊勢に入られた時の作で、王の作はそれより十年後、先帝を偲び、この歌に惹かれて、とくに遺跡に立ち寄っての詠であろう。なお、この時の長田王には、誦詠歌らしい二首がある。

うらさぶる　心さまねし　久方《ひさかた》の　天の
時雨《しぐれ》の　流れあふ見れば
海《わた》の底《そこ》　沖つ白波　竜田《たつた》山　いつか越えなむ　妹《いも》があたり見む　（1・八二―三）

八二番の歌には「久方の天の時雨の流れあふ」を見入っている作者の一杯な荒涼感・悲哀感が声調の上にも見事に定着されており、八三番には序詞「海の底沖つ白波」の海景を「竜田山」に転ずるイメージ転換の鮮やかさがある。掲げた作と合わせて、このように三首三様の心情を同時に誦詠するという芸当は、前記した朱雀門外の歌垣に筆頭者として参ずるという、器量人にしてはじめて可能な技だったであろう。

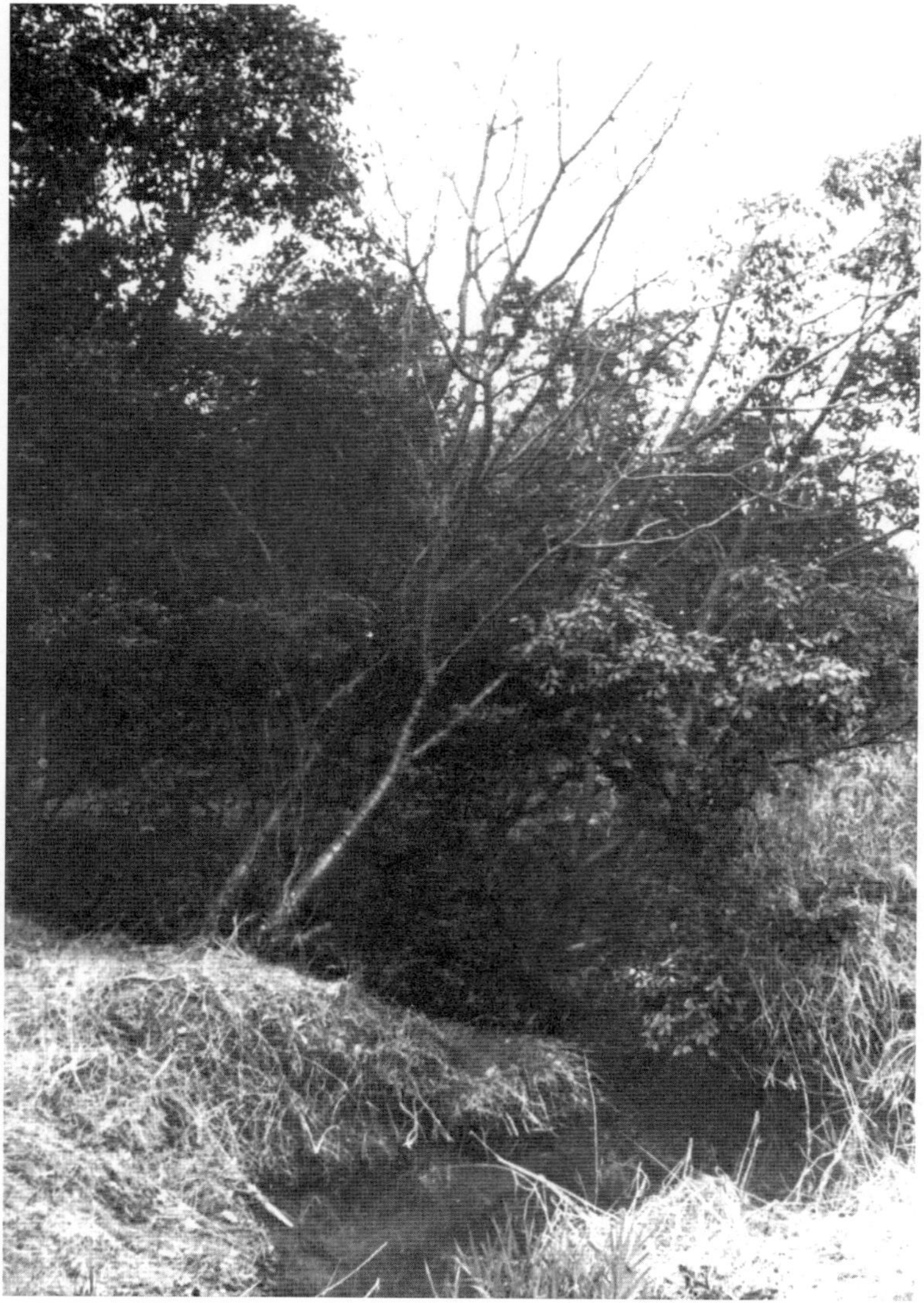

山辺の御井跡（一説）

山陽・山陰

③ 山陽・山陰付近

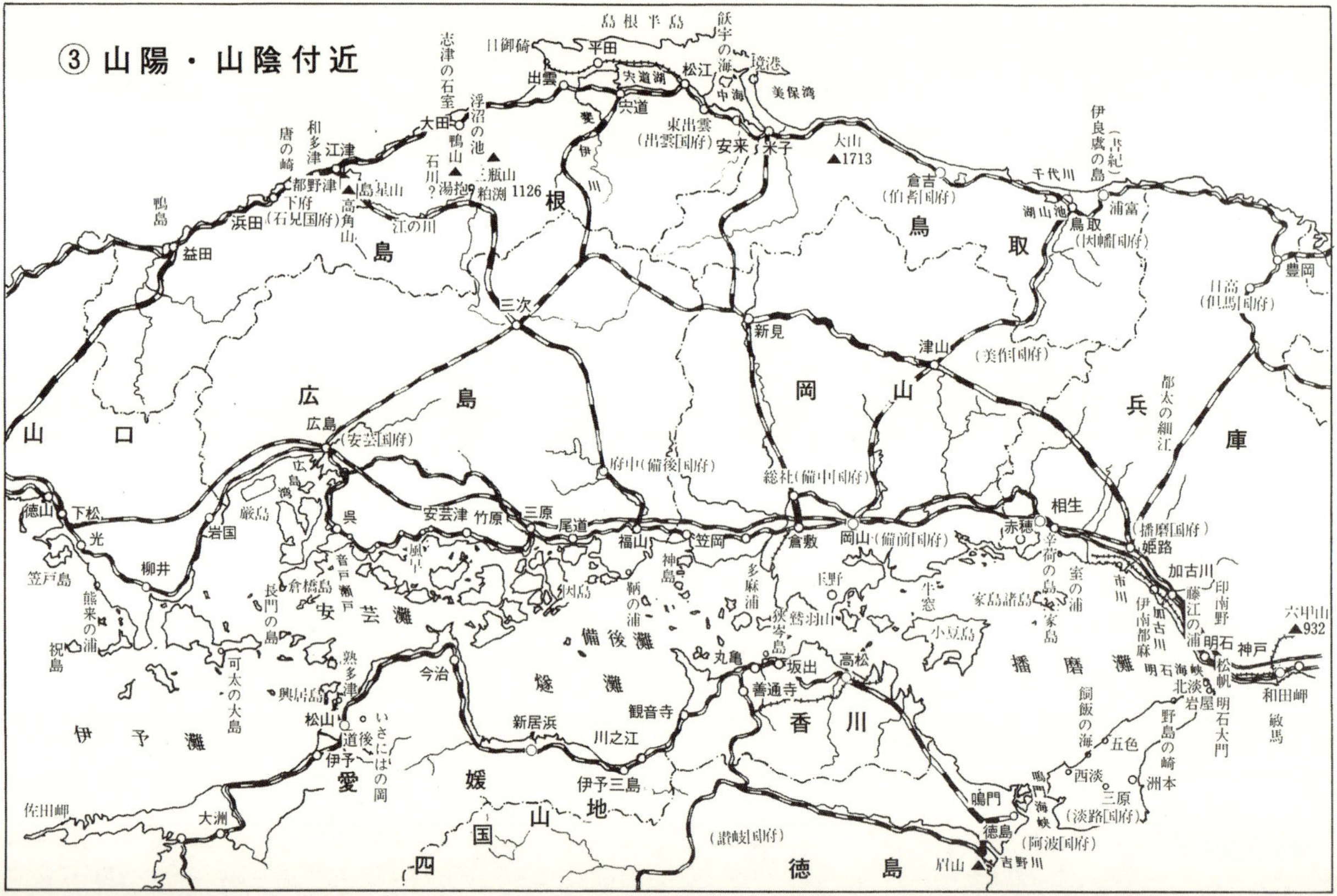
島根半島
日御碕
平田
出雲
宍道湖
宍道
松江
飫宇の海
中海
境港
美保湾
東出雲
(出雲国府)
安来
米子
大山
▲1713
志津の石室
浮沼の池
大田
鴨山
石川
?湯抱
三瓶山
粕渕 1126
斐伊川
和多津
江津
唐の崎
都野津
▲島星山
高角山
下府
(石見国府)
浜田
江の川
鴨島
益田
根
島
三次
伊良虞の島
(書紀)
千代川
倉吉
(伯耆国府)
湖山池
鳥取
(因幡国府)
浦富
鳥
取
豊岡
日高
(但馬国府)
新見
津山
(美作国府)
岡
山
兵
庫
郁太の細江
広
島
山
口
広島
(安芸国府)
府中(備後国府)
総社(備中国府)
広島湾
徳山
下松
光
柳井
岩国
厳島
呉
安芸津
竹原
三原
尾道
福山
笠岡
倉敷
岡山(備前国府)
赤穂
相生
(播磨国府)
姫路
加古川
印南野
藤江の浦
明石
神戸
六甲山
▲932
笠戸島
熊来の浦
祝島
倉橋島
長門の島
音戸瀬戸
風早
因島
鞆の浦
神島
多麻浦
玉野
鷲羽山
狭岑島
牛窓
家島諸島
辛荷の島
家島
室の浦
市川
伊南郁麻
加古川
安芸灘
備後灘
燧灘
播磨灘
小豆島
丸亀
坂出
高松
善通寺
香
川
明石海峡
北淡
岩屋
松帆
明石大門
和田岬
敏馬
可太の大島
興居島
熟田津
今治
松山
道後
いさにはの岡
伊予
愛
新居浜
観音寺
川之江
伊予三島
媛
伊予灘
佐田岬
大洲
四
国
山
地
(讃岐国府)
徳
島
飼飯の海
五色
野島の崎
西淡
三原
(淡路国府)
洲本
鳴門
鳴門海峡
徳島
(阿波国府)
眉山▲
吉野川

処女《おとめ》の墓《はか》

葦屋《あしのや》の　菟原《うなひ》処女《をとめ》の　八《や》歳子《とせご》の　片生《かたお》ひの時ゆ　小放《をはなり》の　髪《かみ》たくまでに　並び居《を》る家にも見えず　虚木綿《うつゆふ》の　隠りて座《を》れば　見てしかと　いぶせむ時の　垣ほなす人の誂《と》ふ時　血沼《ちぬ》壮士《をとこ》　菟原壮士の　伏せ屋焼き　すすし競《きほ》ひ　相《あひ》よばひ　しける時は　焼大刀の　手《た》かみ押しねり　白真《しらま》弓《ゆみ》　靫《ゆき》取り負《お》ひて　水に入り　火にも入らむと　立ち向かひ　競ひし時に　我妹《わぎも》子《こ》が　母に語らく　しつたまき　賤《いや》しきわが故　大夫《ますらを》の　争ふ見れば　生けりとも　逢ふべくあれや　ししくしろ　黄泉《よみ》に待たむと　隠り沼《ぬ》の　下はへおきて　うち嘆き　妹が去《い》ぬれば　血沼壮士　その夜夢に見　とり続《つつ》き　追ひ行きければ　後《おく》れたる　菟原壮士い　天《あめ》仰ぎ　叫《さけ》びおらび地《つち》を踏《ふ》み　きかみたけびて　もころ男に　負けてあらじと　かけ佩《は》きの　小《を》剣《だち》とり佩き　ところづら　尋《と》め行きければ　親族《うから》どち　い行き集《つど》ひ　永き世に　標《しるし》にせむと　遠き代に　語りつがむと　処女《をとめ》墓《はか》　中に作り置き　壮士墓　此方《このも》彼方《かのも》に　造りおける　故縁《ゆゑよし》聞きて　知らねども　新喪《にひも》の如《ごと》も　音《ね》泣きつるかも

葦屋の　菟原処女の　墳墓《おくつき》を　行き来《く》と見れば　音《ね》のみし泣かゆ
墓の上の　木の枝なびけり　聞きしごと　血沼壮士にし　寄りにけらしも
（9・一八〇九―一一）高橋虫麻呂《たかはしのむしまろ》

われ故に妻争いに競う二人の男（一人は血沼《ちぬ》の里〈大阪府〉の、そしていま一人は処女と同じ菟原《うばら》の里〈芦屋市・神戸市東部〉の出身）の間に、血沼の男に寄せる我が思いのかなわぬを知った女は、自らの命を絶った。それを夢に見て後を追う血沼の男、そしてまた菟原の男も小太刀を手にひきつづき死んでいった。これに心を痛めた親族が、後世への語り草にしようと、女の墓を真ん中に三つの墓をつくり弔ったという。墓の所在は主要幹線山陽道の片傍《ほと》り、多くの人々がこの物語に涙を流したであろう。わが虫麻呂もまた往来にこの墓を見て歌を作った。

「この女、死ぬ迄もなかろうに……」と問うに答えるのが「八歳子の……隠りて座れば」だろうか。そうなら「お嬢さん育ちの世間知らす、それだけ純情そのものの処女だったから」と彼は言いたいのだろう。ともあれ、彼女はこうして死に追いこまれるわけだが、その事態の切迫を虫麻呂は、「時」の語を五つ重ねることによって叙事詩的に定着させた。同じ素材で田辺福麻呂の詠んだ歌（9・一八〇一―三）は、墓に視点を集めて抒情的手法をとっているがやや冗長、さらに大伴家持の作（19・四二一一―一二）は、天平勝宝二年（七五〇）五月六日、三三歳、越

能『求塚』右中入後

中守の彼が、虫麻呂に追同してのもので、当時の彼の関心をそのまま、「男たちが彼女を争うのは『名』を惜しむ故だという」が、説明的な弱点が目立つ。虫麻呂の作にもどって、彼は前記した叙事詩的手法に「我妹子が」と、万葉の歌人らしく抒情詩的表現をまじえて作をなす。平安時代に入って大和物語が同じ素材をさらに発展させたが、主人公を「女」でとおして物語的立場をつらぬく。そして中世、能の『求塚《もとめづか》』では、里女の語りとして事態の切迫を語り、「その時わらは思ふやう」と一人称に急転して、劇的表現をとった。

いま、三塚の伝承地として、神戸市東灘区御影町東明（処女塚）、阪神電車・住吉駅東北（求女塚、呉田塚とも）、灘区味泥町（大塚山古墳）などがある。

明石大門《あかしおおと》

ともしびの　明石大門《あかしおほと》に　入らむ日や　漕ぎ別れなむ　家のあたり見ず（3・二五四）

柿本人麻呂

山陽電鉄・須磨浦公園駅で下車して、ケーブルに乗り換え、鉢伏山山頂に立つと、源平合戦で名高い一ノ谷を東北に、

須磨人の　海辺常《つね》去らず　焼く塩の　辛《から》き恋をも　吾《われ》はするかも

（17・三九三二）平群女郎《へぐりのいらつめ》

など現況からは想像もし得ない海人の里〈須磨〉を眼下に、西には塩屋・垂水・舞子を、そして海峡四キロを隔てて淡路島を一望にすることが出来る。

大阪港からこの明石海峡まで距離三〇余キロ、関西汽船の観光便なら五〇分たらずの航海だが、

横倉辰次氏によれば、江戸時代の記録に、四丁櫓でおよそ半日を要したことがあると記されているという。平安時代なら、大輪田（神戸市）に一泊、明石市の魚住まで二泊を要した。

人麻呂の乗った船は幾日かかったのであろう。「明石大門に入らむ日や」は、それこそ人麻呂の文芸かも知れぬが、数日は要することを予想した語気である。そして、「その日には、故郷の大和とも漕ぎ別れるにちがいないのだ。家のあたりも見ることが出来ずに」という。余談だが、私も名古屋から九州に向かうとき、列車がこのあたりを通るころになり、漁火かあらぬか、

遠く灯を望むと（新幹線の出来るまで多く夜行だった）、旅の実感がわくのが常であった。あるいは、人麻呂のこの歌が意識の底にあっての想念だったかも知れない。しかも、人麻呂の場合、底の浅い木造船で、人力によって舟航するか帆走によるか以外の術を知らず、時速一〇キロの海峡を越えなければならなかったのである。こう見てくれば、「漕ぎ別れなむ」の厳しい推量も、「家のあたり見ず」と念を押さずには居られぬ気持ちもよくわかる気がする。

この歌は、大和を後に西行する作だが、彼には東行の、

天離《あまざか》る　夷《ひな》の長道《ながぢ》ゆ　恋ひ来れば　明石の
門《と》より　大和島見ゆ　（3・二五五）

の作もある。これについて犬養孝氏は、「印南野の海岸づたいは、海峡を望みながらもいつまでもつづく低い海蝕崖の単調な景観だ」と指摘し、「ナ行音の多用がそこを舟航する人麻呂の倦怠感を音象し、二つの地名による移動的立体的景観の表出に、おどりあがるような作者の気持が表象されている」と見事な解説をしておられる。氏も説かれるとおり、この大和島は、今日、淡路の岩屋にある大和島ではなく、大和・河内国境の山々をそれと目指したものであろう。

鉢伏山頂より淡路島を望む

野《の》島《じま》の崎《さき》

玉藻《たまも》刈る　敏馬《みぬめ》を過ぎて　夏草の　野島の崎に　舟近づきぬ（3・二五〇）

柿本人麻呂

人麻呂が瀬戸内を往来した作のうちの一首である。同じ巻三のここには、前項二首を含めて八首の作が、「羈旅の歌」として並べられているが、その順序も乱れており、同じ旅でのものかどうかわからない。そして第一首、

み津の崎　波を恐《かしこ》み　隠《こも》り江の　舟公宣奴島爾

の「舟公宣奴島爾」は、いまもって定訓がない。「舟なる君は　宿りぬ島に」などと訓まれているが、君が誰なのかまったく知られない。だが、ここには一貫する歌のしらべがある。

掲げた歌の「敏馬」は、神戸港の東、灘区岩屋付近といわれるが、そこから野島（淡路島の北端西側、津名郡北淡町か）へ、人麻呂を乗せた舟は日を越さず一挙に押し渡ったのであろうか。潮流の速さが中央部で最強時には時速19キロにも達する凄まじい流れをもつ明石海峡を前にして、明石付近一泊ということも考えられるが、この歌の姿はそういう中間地の介入を許さない。敏馬では、乙女たちが、にぎやかに玉藻を刈っていた（「玉藻刈る」は枕詞だが、実景説が有力）。「夏草の」も枕詞だが、やはり実景で、沢瀉久孝氏は、これに作の季節を感じてもよいと思うと説かれた。するとこの一首、ただ

敏馬を過ぎて舟が野島の崎に近づいたというだけのものではなく、にぎやかで親しい本土の海景に対比して、ぼうぼう荒涼の野島を提示し、この二つを、「過ぎ」「近づく」と動態で結んだものということになる。人、あるいはこの歌心を旅情といい旅愁と説く。その通りだが、私はそこに彼の痛憤を聞く思いがする。

淡路《あはぢ》の　野島の崎の　浜風に　妹が結びし
紐《ひも》吹きかへす
（3・二五一）

も同じ時の作であろう。「淡路の野島の崎」は、掲げた作から思えば、単なる地名の提示ではない。「……の……の……の」と繰り返す「の」音の響きにも、はるけくも来た海辺の地を凝視する人麻呂の姿を思わせるものがあり、「浜風に妹が結びし紐吹きかへす」には、荒涼の浜風に対処してなす術もなく立ち尽くす彼の、妹を遠く離れた寂寥感・孤独感が形象化されている。

「野島」へは、明石から岩屋へか（二五分）、富島へ（四五分）船で渡って、あとはバスを利用し、

飼飯《けひ》の海の　庭《には》良くあらし　刈りこもの
乱れ出づ見ゆ　海人《あま》の釣舟《つりぶね》
（3・二五六）柿本人麻呂

の「飼飯の海」（西海岸、兵庫県三原郡西淡《せいたん》町、慶野《けいの》の松原付近）を探勝して引き返し、今は「崎」など無いが「野島」、「待帆の浦」などを歩いてみるがよい。すこし急げば明石から一日で往来できる。

野島から南を望む

藤《ふじ》江《え》の浦《うら》

荒たへの　藤江《ふぢえ》の浦に　すずき釣る　海人とか見らむ　旅ゆく我を（3・二五二）

柿本人麻呂

山陽電鉄の藤江駅で下車し、踏切を渡って南へ三〇〇mほど行くと屏風が浦とよばれる海蝕崖にでる。この付近が「藤江の浦」、沖合は鹿の瀬という漁場で、今日漁獲は減ったが、私が訪ねた夏にも、陽光のもと、すすき釣る舟が見え隠れしていた。

「敏馬」をあとにした人麻呂の船は、「野島」に立ち寄り（当時の船は、西行の場合潮流の関係でいったん淡路島の北端に至り、潮時を待ってふたたび本土の「伊南都麻《いなみつま》」〈15・三五九六、高砂市付近か〉を目指したという）、すすき釣る舟に混じって藤江付近にあったのだろう。掲げた歌の「海人とか見らむ　旅ゆく我を」の四句切れ、倒置は、技法には相違ないが、前項でのべた「痛憤」の調べのおのずからなる定着と見うる。単なる「旅愁」などという情念とはやはり相違があると思う。神亀三年（七二六）聖武天皇の播磨国印南野行幸に際して従駕した笠金村、山部赤人作の長歌の反歌、

玉藻刈る　海人娘子《あまをとめ》ども　見に行かむ　舟梶もがも　波高くとも　行き巡《めぐ》り　見とも飽《あ》かめや　名寸隅《なきすみ》の　船瀬《ふなせ》の浜に　しきる白波　（6・九三六―七）笠金村

沖つ波　辺波《へなみ》静けみ　漁《いざ》りすと　藤江の浦

に　舟そ騒ける
印南野《いなみの》の　浅茅《あさぢ》押し並《な》べ　さ寝《ね》る夜の　日《け》
長くしあれば　家し偲《しの》はゆ
明石潟　潮干《しほひ》の道を　明日《あす》よりは　下笑《したゑ》ま
しけむ　家近づけば
（6・九三九―四一）山部赤人

などと比較するとき、旅情の相違に驚きさえ感ずるのだが、これはただ、「内海を身をもって航する者と観光の人との旅心が景観に定着するちがい」（犬養孝氏）だけだろうか。とまれ、人麻呂はまた歌う。

名くはしき　稲見《いなみ》の海の　沖つ波　千重《ちへ》に
隠《かく》りぬ　大和島根《やまとしまね》は　（3・三〇三）

これは彼が九州に下った時、海路での作だ。「稲見の海」は「播磨灘」、明石から加古川にかけての海である。「千重に隠りぬ」は実況だろうか。沢瀉久孝氏は「浪そのものは高くなくとも、故郷にはなれる感懐は『千重にかくりぬ』に十分示されてゐる」と説かれた。

藤江から淡路島を望む

辛《から》荷《に》の島《しま》

あぢさはふ　妹が目離《か》れて　しきたへの　枕もまかず　桜皮《かには》まき　作れる舟に　真《ま》梶《かぢ》ぬき　わが漕《こ》ぎくれば　淡路の　野島も過ぎ　印南都麻《いなみつま》　辛荷《からに》の島の　島の間《ま》ゆ　吾家《わぎへ》を見れば　青山の　其処《そこ》とも見えず　白雲も　千重《ちへ》になり来《き》ぬ　漕ぎ廻《た》むる　浦のことごと　行き隠《かく》る　島の崎崎《さきざき》　隈《くま》も置かず　思ひそ我が来《く》る　旅の日長《け》み

玉藻刈る　辛荷の島に　島廻《しまみ》する　鵜にしもあれや　家思はざらむ

島がくり　わが漕ぎくれば　羨《とも》しかも　大和へ上《のぼ》る　真《ま》熊《くま》野の船

風吹けば　波か立たむと　伺候《さもらひ》に　都太《つだ》の細江に　浦がくり居り（6・九四二―五）

山部赤人

聖武天皇が、その三年（七二六）の九月、播磨の国印南郡《いんなみぐん》に行幸され、その折金村や赤人が従駕の作を残したことは前項にも記したが、掲げた作が同じ時のものかどうかわからない。別時説があるのは同じ赤人の長歌、

やすみしし　わが大君の　神ながら　高知らせる　印南野の　大海《おほうみ》の原《はら》の　あらたへの　藤井の浦に　鮪《しび》釣ると　海人舟《あまぶね》さわき　塩焼くと　人そ沢山《さは》にある　浦を良《よ》み　うべも釣はす　浜を良み　うべも塩焼く

あり通《がよ》ひ　見さくも著《しる》し　清き白浜

（6・九三八）

のもつ、行幸従駕の作としての類型的な景観讃美がこの歌には見られないからである。

さて、赤人は歌う。「妻と別れて枕もかわさす（「あぢさはふ」は「目」にかかる枕詞）、桜皮を巻いた梶を船の両側につけて漕ぎ、野島も過ぎ印南都麻（加古川の三角州高砂市か。印南の端で辛荷島にかかる）、辛荷の島（室津の沖に、地・中・沖の無人三島がある）と来て、島々の間から我が家の方を見ると、青山のどことも知れず、白雲も千重の遠方になってしまった。漕ぎゆく浦々、行き隠れる島の埼々のどこにいても家を、そして妹を、思いながら来たことだ。旅の日数の長いままに」（長歌）と。続く反歌の第一首は、今いる辛荷の島に視点を置き、島を廻る鵜ならば家を思わないであろうがと旅心の羇情をいい、第二首、大和へ向かう真熊野の船（和歌山県熊野産。何か特徴があったのだろう）を羨み、第三首では、既に後にした都太の細江（姫路市飾磨区細江町、船場川の思案橋わきに、尾上柴舟氏筆のこの歌碑がある）で、風浪を恐れ出発時期をうかがって、浦がくれていた折を回想している。第三首の配列の順序は誤りだという説があるが、「後方へのパノラマ的な進展のなかに慕情をくりひろげて見せた」（大養孝氏）というお説に従いたい。長歌で歌った自然の順序とは逆の、回帰する心の姿勢を示す意識的な構成的配列とみるのである。

とまれ、前項までに記した人麻呂の心情表白と赤人のそれとの相違は大きい。前者の「玉藻刈る敏馬」は大きく「夏草の野島の崎」に移っているのに、後者は「辛荷の島」に視点を集め、「島廻する鵜」を羨望の念をこめて見入っている。なんという慎ましさであろう。人麻呂は外に向かって激しく痛憤し、赤人は内に籠もって静かに悲傷している趣である。

辛荷の島は、「室津」の賀茂明神の森から遠望できる。

室《むろ》の浦の　瀬戸の崎なる　鳴島《なきしま》の　磯越す
波に　濡れにけるかも
(12・三一六四)作者不明

の「鳴島は、同所から見える『君島』だ」と荒木良雄氏は説かれる。

山部赤人歌碑
(6・九四五)

賀茂明神社の森から辛荷の島を望む

鞆《とも》の浦《うら》

わぎ妹子《もこ》が　見し鞆《とも》の浦の　天木香樹《むろのき》は　常世《とこよ》にあれど　見し人ぞなき（3・四四六）

大《おほ》伴《ともの》旅《たび》人《と》

福山からバスでおよそ三〇分、香川県の多度津からなら舟航一時間四五分で、宮城道雄の名曲《春の海》を生んだ名勝、「鞆の浦」に達する。朱塗の堂宇をのせた弁天島を前景に、ひときわ大きく仙酔島が浮かび、近く寄りそうように皇后島が波中にあるこの付近、初夏には鯛網船が出て賑わうが、それで知られるとおり、この南方海上の備後灘一帯は内海の潮流がかちあうところで、古くこの浦は恰好の避難地となっていたらしい。掲げた歌は、天平二年（七三〇）の一二月、大宰帥は兼任のまま大納言となった作者の帰京の折のものだが、往路にもここに立ち寄ったのはそのためだったのだろう。

旅人が「天木香樹」と記したむろの木は今の「杜松《ねず》」で、檜科に属する常緑樹で、時によっては高さ一〇mに達するという。備後地方ではモロギと呼ばれ、民間信仰の神霊樹（寿命をつかさどる神木）とされているが、旅人が掲げた歌以下三首の連作にこの名を詠みこんだのもその思い入れがあったのだろう。彼は都から伴った妻の大伴郎女を、神亀五年（七二八）夏ごろ、任地太宰府で失ったのである。年のへだたりか、名門大伴の自信のおのずからなるあらわれか、老齢の故にということもあろうか、作は痛憤などとは遠い哀切の響きを伝える。時に旅人六五歳。

この後旅人は、敏馬の崎を過ぎて、

妹と来《こ》し　敏馬《みぬめ》の崎を　帰るさに　ひとりし見れば　涙ぐましも

行くさには　二人《ふたり》わが見し　この崎を　ひとり過ぐれば　心悲しも

（3・四四九―五〇）

と歌い、故郷の家に帰り入って、

人もなき　空《むな》しき家は　草枕　旅に益《まさ》りて
　苦しかりけり

妹として　二人作りし　わが山斎《しま》は　木高く繁く　なりにけるかも

わぎ妹子が　植ゑし梅の木　見るごとに心むせつつ　涙し流る

（3・四五一―三）

と妻を偲び、翌三年（七三一）七月二五日、彼もまた不帰の人となるのである。

「鞆」へ着いたら沼名前《ぬなくま》神社に詣りたい。古い能舞台がある。海上三〇mの岩上に建つ阿伏《あぶ》兎《と》観音へは、ここからバス二〇分の距離だが、これはぜひ海上から眺めたい。

沼名前神社を望む

風早《かざはや》の浦《うら》（長門の島）

わが故に　妹歎くらし　風早《かざはや》の　浦の沖辺に　霧たなびけり（15・三六一五）

遣《けん》新羅《しらぎの》使《つかひ》

天平八年（七三六）二月任命、四月拝朝して新羅に向かった使人一行は、「大伴の三津」（15・三五九三、大阪市住吉区）をあとに、「武庫の浦」（15・三五九五、兵庫県武庫川河口付近）、「玉の浦」（15・三五九八、岡山県倉敷市玉島の海浜か。今の児島半島は当時島だった）、「神島」（15・三五九九、広島県福山市神島町）と船を進めて、柿本人麻呂の歌を誦詠し（15・三六〇六―一〇）、「長井浦」（15・三六一二―四、広島県三原市の糸崎港）に泊まった後、「風早の浦」に舟泊まりした。風早は三原から呉線に乗り換えて五〇分、広島からは一時間四〇分ほどの位置にあり、三津湾にのぞむ絶好の船泊地である。掲げた歌は、出発にあたって女性が詠んだ、

君が行く　海辺の宿に　霧立たば　わが立ち嘆《なげ》く　息《いき》と知りませ

（15・三五八〇）作者不明

に応ずるものの如く（「秋さらば　相見《あひ》むものを　何《なに》しかも　霧に立つべく　嘆きしまさむ」《15・三五八一》が直接の返歌だろうが）、霧に妻の嘆きを見ている。

使人たちの次の泊まりは「長門の島」だ。これは広島県安芸郡に属する倉橋島で、呉とこの島の間の「音戸の瀬戸」は、今ラセン型の近代

的な架橋によってつながっているが、古く陸続きまたはそれに近い状態であったのを平清盛が開削したので知られ、島側架橋下にその記念碑が立っている。

台風もよいの風雨を凌いで呉を後にしたバスは音戸まで二〇分、橋なら、山中の小橋でも近代架橋でも大好きな私を、ラセンにくねらせて島に渡る。東岸を奥の内にで、釣士田に向けて島を西に横断、南へ宇知木峠に出て本浦を眼下に望んだ。本浦から桂浜に東行し浜の松原に立つ。風はあいかわらず強く、夏場、臨時に建てられた店のトタンを剝ぎ吹き飛ばすほどの音をたてて恐ろしいが、幸い雨は止んでいる。松林中にこの歌を含む使人達の歌を記した碑が建つが、巨大過ぎてうまくカメラの視角に入らない。やっと波打ち際へ出るとまた豪雨、あわてて帰りのバスに飛びこむ。帰途にはと期待した音戸の大橋にも下車出来ず、再訪を念じて広島へもどった。

使人たちのここでの歌、

石走《いはばし》る　滝もとどろに　鳴く蟬《せみ》の　声をし
聞けば　都し思ほゆ
（15・三六一七）大石蓑麻呂《みのまろ》

ほか五首、舟出した夜の歌として、

月よみの　光を清み　夕なぎに　水手《かこ》の声
呼び　浦廻《うらみ》漕ぐかも　（15・三六二二）

ほか三首がある。夜行の船歌は、集にも多くない。

風早の浦

狭《さ》岑《みね》の島《しま》

玉藻よし　讃岐《さぬき》の国は　国からか　見れども飽《あ》かぬ　神からか　幾許貴《ここだたふと》き　天地《あめつち》
日《ひ》月《つき》と共に　足《た》りゆかむ　神の御《み》面《おも》と　継《つ》ぎ来《きた》る　中の湊《みなと》ゆ　船浮けて　わが漕ぎ
くれば　時つ風　雲ゐに吹くに　沖見れば　とゐ波立ち　辺《へ》見れば　白波さわく
鯨魚《いさな》とり　海を恐《かしこ》み　行く船の　梶ひき折りて　遠近《をちこち》の　島は多けど　名くはし
狭《さ》岑《みね》の島の　荒磯面《ありそも》に　いほりて見れば　波の音の　繁《しげ》き浜辺を　しきたへの　枕
になして　荒床に　ころ臥《ふ》す君が　家知らば　行きても告げむ　妻知らば　来《き》も問
はましを　玉桙《ほこ》の　道だに知らず　おほほしく　待ちか恋ふらむ　愛《は》しき妻らは
妻もあらば　摘みて食《た》げまし　佐美の山　野の上《へ》のうはぎ　過ぎにけらずや
沖つ波　来寄る荒磯《ありそ》を　しきたへの　枕とまきて　寝《な》せる君かも（2・二二〇—二二）

柿本人麻呂

沙弥島《しやみ》（狭岑島）は、香川県坂出市に属し、歌の「中の湊」（丸亀市金倉町・中津町付近）から東北およそ八キロ、周囲二キロの小島であった。「あった」というのは、「島と坂出とのあいだにはバンの洲と称する東西三キロ余にわたる浅瀬があって時つ風でも吹けばたちまち波浪が高くなる」と犬養孝氏が記された「バンの洲」を利して坂出と地続きにしてしまったからである。このあたり、本土と四国を結ぶ海上架橋（瀬戸大橋）がまもなく実現するはずである。人麻呂の船が目指したのはどこか。かりに岡山県下津井あたりとすれば「時つ風」は、大養氏に従って「退潮にかわるときとかわってまもなくと強風が吹き、潮は東流で一時間二ノットの速さ」とある退潮時のものとすべきだろう。「梶ひき折る」（方向を転ずる）理由である。

島の東北の入江、「ナカンダの磯」には人麻呂岩がある。人麻呂が船を泊めた場所として最適の候補地だが、決定的なことはいえない。今、人家があるのは島の中央部から南にかけてで、船泊となっているのも島の東面中央部の東の浜だが、「明治に塩田を設けた時にできたもの」と犬養氏は説かれる。「佐美の山」も、新地山、権現山、城山（どれも二、三〇m）の、どの山とも知られない。これは、要するに沙弥島の山なのだろう。

さて、この歌、讃岐の国讃めに筆をおこし、舟航の途中風浪のため方向を転じて沙弥島の荒磯に小屋がけした事情をのべ、船中にあって死んで放棄されたかそれとも海難にあったのか、ともあれ海岸の岩場に横たわる死者を見出し、「家知らは行きても告げむ」「妻知らば来も問はましを」と歌い、「おぼつかなく帰りを待ち恋うているだろう妻は」と、愛の詩人人麻呂らしく妻に関心を示して結句としたのが長歌。反歌第一首は、その人の飢えを思い、妻がいれば摘んで食べさせるであろう島山のうはぎ（よめなの類か）も、晩春となり、季を過ぎてしまったと嘆く。第二首は、長歌の意の簡潔な総括である。以上死者への鎮魂が主旨だが、人麻呂自身の航海を思い、地霊・死霊の荒びないように祈願した作であろう。

ところで、この作に続いて配列されているのは、「柿本朝臣人麻呂の石見国にありて死に望む時、自ら傷みて作れる歌一首（二・二二三）」だ。彼はそういう自分の姿をここに早くも予見していたのだろうか。故意か偶然か、とまれ、梅原猛氏ならずとも心にかかるこの集の配列ではある。島には川田順氏筆の「柿本人麻呂碑」があり、側面には中河与一氏の筆でこの歌が記されている。

狭岑の島、
人麻呂岩を望む

北より見た狭岑の島

熟《にき》田《た》津《づ》

熟田津《にきたつ》に　船乗りせむと　月待てば　潮《しほ》もかなひぬ　今は漕ぎ出でな（1・八）

額田王

斉明七年（六六一）正月六日、唐・新羅の連合軍に攻撃され滅亡寸前の百済救援のため、筑紫に向けて西征の海路についた天皇以下一行は、八日に大伯《おほく》の海に到り、一四日（陽暦二月二一日）には伊予国熟田津の石湯《いわゆ》行宮に船を泊めた。九州の娜大津《なのおほつ》（福岡港）到着は三月二五日である。大伯は岡山県邑久《おく》郡、

牛窓《うしまど》の　波の潮騒《しほさゐ》　島響《とよ》み　寄さえし君に　逢はずかもあらむ（11・二七三一）作者不明

と歌われた牛窓などがこの海のうちだ。島響む潮騒を前に潮待ちのための碇泊だったのだろう。船団はここから、今は半島となった児島の内側をぬけて「多麻の浦」（15・三五九八、玉島市）に出、「神島」（15・三五九九、笠岡市）、「鞆」から芸予諸島の島づたいに南下して四国に入り、これも沿岸づたいに南西に進んで熟田津に着いたのであろう。石湯は今日の道後温泉だが、熟田津は松山市北部の和気《わけ》堀江説、御幸寺《みゆきじ》山麓説、古三津説などがあって決定は出来ない。

さて一首、「熟田津に」船に乗らむとではなく「船乗りせむ」といい、「月待てば潮もかなひぬ」と四句切れで一旦止め、「今は漕ぎ出でな」と字余り句を用いて力強く結句としている。こ

の快いほどの緊張感の表出は、ただの出発ならぬ、軍団進発の姿そのものだろうが、同じ旅中の、

　わたつみの　豊旗雲に　入日さし　今夜《こよひ》の
　月夜《つくよ》　清明己曽
　　　　　　（1・一五）中大兄皇太子《ひつぎのみこ》

を承けての詠にちがいない。この歌結句の訓みも定まらぬ（「さやにてりこそ」「さやけかりこそ」「まさやかにこそ」、「すみあかりこそ」など）が、三山の妻争いを歌った長歌の反歌とされているのも不審で、左注にも「右の一首の歌は、今案《かんが》ふるに反歌に似ず。ただし、旧本にこの歌を以て反歌に載せたり」とことわっているのだが、ひょっとすると、作者が同じだから連ねたのみで、成立は熟田津においてだったのかもしれない。反歌第二首（1・一四）の「尹南国原」（兵庫県加古郡、加古川・明石市一帯）の海辺だったとしても、額田王がこれを承けて、「皇子が望まれたそのとおりの月も出たし……」と詠んで、船団に進発を促したことは動くまい。とまれ、両歌とも進発を前に催された宴席の歌であろう。その時期は不明だが、月の出と潮流との関連から一月二二、三日午前二、三時頃とする沢瀉久孝氏説がある。

松山市護国神社境内の拓本

松山城から市内を望む

和《にき》多《た》津《づ》

石見《いはみ》の海　角《つの》の浦廻《うらみ》を　浦なしと　人こそ見らめ　潟《かた》なしと　人こそ見らめ　よしゑやし　浦はなくとも　よしゑやし　潟はなくとも　鯨魚《いさな》とり　海辺を指して　和《にき》多《た》津《づ》の　荒磯《ありそ》の上に　か青なる　玉藻沖つ藻　朝羽ふる　風こそ寄せめ　夕羽ふる　浪こそ来よせ　浪の共《むた》　彼《か》寄り此《かく》寄る　玉藻なす　寄り寝し妹を　露霜の　置きてし来れば　此の道の　八十隈《やそくま》ごとに　万度《よろづたび》　顧《かへりみ》すれど　いや遠に　里は離《さか》りぬ　いや高に　山も越え来ぬ　夏草の　思ひ萎えて　慕《しの》ふらむ　妹が門《かど》見む　靡《なび》け此の山
石見のや　高角山《たかつのやま》の　木の間より　わが振る袖を　妹《いも》見つらむか
笹の葉は　御山もさやに　乱友《さやげとも》《みだるとも》　われは妹思ふ　別れ来ぬれば（2・一三一—三）

柿本人麻呂

何時の頃とも知られぬが（晩年。七〇〇年以後と説くのが一般）人麻呂は石見の国の属官となり、都を離れて国府（島根県那賀郡国府町。山陰本線下府《しもこう》駅の東、伊甘《いかん》神社後方の高台あたり）勤めをしていたらしい。そして妻（現地妻か）が角の浦和多津《にきたづ》（江津市和木《わき》か）に住んでいた。その妻に別れて彼が上京したのは「黄葉の散りまがふ」秋であった。上京は一月一日に国政について中央に報告する朝集使としてで、石見国は「行程上廿九日、下十五日」と定められていた（主計式上）から、九月の末か一〇月の初の出発であろうというのが賀茂真淵ほかの人々の推定である。

長歌、まず石見の海と大きく提示し、角の浦の単調荒涼たる景観を指示、強調しながら逆接によって肯定に転じ、和多津の荒磯の玉藻に視点を集中し、景観・景物の連想から人事に移って主題を打ち出し、妹を残して旅立ったと言い、己の思慕止み難い動作を述べつつ、妹の里が遠ざかり、視界から去ってしまった歎きを歌い、「妹が門見む　靡け此の山」と、切迫の情念を激しい命令の口調で結んでいる。

二つの短歌は、ともに「此の山」を強く意識する。第一首は、袖を振り振り越えたわれを回想し、その姿を妻が見ていたであろうかと想像し期待している。第一首はこのように妻に視点を据えたが、第二首に至って、笹の葉が山もそよぐ程に激しい音を立て、あるいは乱れて、想念や視界をさえぎるのに対して、一途に別れて来た妻を思う自己を歌い、綿々の尽きざる情を述べて一編を閉じている。海景は大景から小景に、さらに景物にと移り、行動は海辺から山中にと転ずる。そこに残る妻と行く我とを置いて尽きざる両者の愛着を具象化した、極めて知的構成的な一編というべきであろう。

都野津《つのづ》駅の北一キロ、和木海岸の真島と呼ばれる岩山に登ると、北六キロ（江川の河口に至る）、南四キロ（大崎鼻に至る）の望洋たる砂丘が一望のうちだ。地内では此処だけが小さくはあるが海に突起しており、数年前までは貧弱だが漁港であった。荒磯の上に玉藻の流れよる景観の地はここより他に求められそうにない(犬養孝氏)。私は、現在の「和木」の地名が「にき」から出、和《にき》—和木《にき》—和木《わき》と転じたのではないかと考え、その点からも犬養氏に同調したい。

「高角山」は、現地東方の島星山(四七〇m)説があるが、よく解らない。

真島から東を望む

真島から西、大崎鼻を望む

唐《から》の崎《さき》

角障《つのさは》ふ　石見の海の　言障《ことさへ》く　唐《から》の崎なる　海礁《いくり》にそ　深海松生《ふかみるお》ふる　荒磯《ありそ》にそ
玉藻は生ふる　玉藻なす　靡《なび》き寐し子を　深海松の　深めて思へど　さ宿《ね》し夜は
幾何《いくだ》もあらず　延《は》ふ蔦の　別れし来れば　肝向《きもむか》ふ　心を痛み　思ひつつ　顧見《かへりみ》すれ
ど　大船の　渡《わたり》の山の　黄葉《もみちば》の　散りの乱《まがひ》に　妹が袖　さやにも見えず　妻隠《ごも》る
屋上の（一は云ふ、室上山）山の　雲間より　渡らふ月の　惜しけども　隠《かく》らひ来れば　天《あま》づたふ
入日さしぬれ　丈夫《ますらを》と　念へる吾も　散妙《しきたへ》の　衣の袖は　通りて濡れぬ
青駒《あをごま》の　足掻《あが》きを速み　雲居にそ　妹があたりを　過ぎて来にける一は云ふ、あたりは隠り来にける
秋山に　落つる黄葉《もみちば》　須臾《しましく》は　な散り乱れそ　妹があたり見む一は云ふ、散りな乱れそ

（2・一三五―七）　柿本人麻呂

前項の作が、海辺の大景から中景へさらに小景へと焦点をしぼり、二十四句を費やして景観を細叙しているのに対し、これは早くも前作の「和多津」にあたる「唐の崎」を点出し、荒磯に生える玉藻に視点を集め、ただちに「靡き寐し子」と歌う。この間の九句、「角障ふ」、「言

障く」の二つの枕詞と、「海礁にそ深海松生ふる」という詞句——すべて逢い難さを思わせる視聴覚的イメージ——によって障害の中での「靡き寐し子」であったことを示している。前作では明らかでなかった「隠し妻」であったと言っているのであろう。だから「深めて思へど」、一層に「さ宿し夜は幾何も」ないのだ。

続く「延ふ蔦の」の枕詞は別れる姿態と絡み付く姿態とのダブルイメージ。そこで心が痛み、妹を思うがために「顧見すれど」となる。

「大船の　渡の山の　黄葉の　散りの乱に」、「妻隠る　屋上の山の　雲間より　渡らふ月の」の句は、道に見える「渡の山」（江川河口東岸の山か）「屋上の山」——那賀郡浅利村の室神山（二四五m）であろう——を念頭に歌ったのであろうが、「黄葉」・「月」は、心に見つづける妹の袖、姿に連なるイメージであると同時に、それが見えなくなることを恨む心を象徴する。時は夕方。まだ輝きを持たぬ月が空に出、「天づたふ入日」の射す刻限となった。落暉の輝に高ぶる心は、われを「丈夫」と思わせもするが、一面「衣の袖は通りて濡れぬ」と悲歎の涙をさそう。

ところで、この「丈夫」という言葉の存在が前項で述べた〈朝集使あるいはその属官〉という公的な立場にある人麻呂を推定させるのだが、それならこの両歌——両歌の句数ともに三九句、共通素材ということが両歌の一組の連作であることを思わせる——は、どのような場で歌われたのであろうか。近頃、後宮の女房たちに示す歌俳優人麻呂の、全くの虚構の作と見る人もあるのだが、それでなくとも、同様な状況下におかれた人々との宴席で、同じ曲による歌唱として公開されたとみるのが自然であろう。人麻呂

唐の崎（斎藤茂吉氏説）

はそういう歌人であった。そしてまたその必要がこんな規模の大きい、叙事性を持つ作をなさしめた理由でもあったろう。

「唐の崎」を、斎藤茂吉氏は下府《しもこう》に近い〈唐《とう》鐘《がね》〉付近と見、沢潟久孝氏は距離的にみて〈大崎鼻〉説を出された。

鴨《かも》山《やま》

鴨山《かもやま》の　岩根《いはね》し枕《ま》ける　我をかも　知らにと妹が　待ちつつあらむ（2・二二三）

柿本人麻呂

石見国（島根県）にあった人麻呂が死に臨み、自ら傷んで作ったという一首である。

処女《をとめ》の　床《とこ》の辺《へ》に　わが置きし　剣《つるぎ》の太刀《たち》

その太刀はや

（古事記・34）倭《やまと》建《たけるのみこと》命

倭建命の実在性は疑わしく伝説上の人物とすべきだろうが、遠征の帰途死に臨んで処女の床の辺に置いた太刀を思うというのは、まことに浪漫的英雄の最後にふさわしい。人麻呂の場合は、死の床にあって、岩根を枕として死んでいる自己の姿を想像し、ひたすら待つ妹を恋う。いかにも人麻呂らしく、歌人として似合いの最期というべきであろう。

斎藤茂吉氏は、「鴨山」の故地を追って前後五回、七年間におよぶ踏査の後、島根県邑智《おおち》郡粕渕村の土地台帳から今の邑智町湯抱《ゆがかい》に鴨山の名を発見して驚喜し、この山（湯抱温泉西北一キロ、三六〇m）と決定した。現在木々の繁りに見えなくなったが、氏が踏査した頃には岩根こごしき姿を見せていたという。氏は単に地名によらず、風土の景観によって現証とする態度をとったのである。氏は推定する。続日本紀慶雲四年（七〇七）四月の条に、「天下に疫病流行。丹波・出雲・石見の三国もつとも甚し」とある、これの散在的な小流行によって人麻呂は死んだのだろう。妻の里との距離が遠く、彼女は臨終に間に合わなかった。それがこの作を生んだ理由であろうと。茂吉氏の情熱に動かされ諸家多くこの説に従うが、死地はともあれ、鴨山は奈良県西部、二上葛城二峰に挟まれた小峰「神山」付近に求むべしと説くのが土屋文明氏で、堀内民一氏もこれに従っており、「湯抱はいまでも旅館四、五軒で、古老に聞くと、ここに人が住みついたのは近世のことで、とても奈良時代にさかのぼれるところではない。奈良朝の官人がなんでこんなところをうろうろしよう」といって、茂吉説に従えぬと下村章雄氏はいう。さらに、人麻呂の死を、「命ぜられた死、しかも水死ではないか」として、刑死地を島根県益田市の海中にあって今は水没した「鴨山」という島かと梅原猛氏は説き、藤原氏によって擁立される文武帝や元明帝より天武帝の皇子を讃えている人麻呂は、その不都合のため流刑され、殺されたのではないかという。説の当否はともあれ、律令施行後の過酷な統制を指摘された意義は大きい。ところで伊藤博氏はこの歌の死を、人麻呂自身の死ではなく、歌俳優人麻呂が創作した主人公のそれと見ておられる。私の関心も、いま、伊藤氏と同じあたりにあることを告白しておこう。

鴨山・湯抱にて

因幡《いなば》の国庁《こくちょう》

新《あら》しき　年の始の　初春《はつはる》の　今日《けふ》降る雪の　いや重《し》け吉事《よごと》（20・四五一六）

大伴家持

天平宝字三年（七五九）正月一日、いよいよ大伴家持が、万葉集にとどめる、最後の歌を作る日が来た。前年の六月一六日、彼は因幡守となり、鳥取市の南東稲葉山麓の国庁に赴任していたのである。この任命を橘奈良麻呂、大伴池主らの変「クーデター事件」のあおりと解する学者もある（北山茂夫氏）。事実のほどは知られないが、家持としては来るべきものが来たという気持ちは持たざるを得なかったであろう。四〇歳の家持はどんな思いで新しい年を迎えたか。その答えが、万葉集にとどめる家持の最後の歌、同時に万葉集がとどめる最後の歌でもある。それは、新春の今日降る雪の降りしきるごとく、吉事の積もり重なることを祈念するこの歌声であった。

その後の家持は、天平宝字六年（七六二）信《しん》部大輔《ぶたゆう》となって中央政界に返り咲き、大宰少弐となり（七六七）、式部員外大輔（七七二）、衛門督（七七五）、参議（七八〇）、春宮大夫（七八一）、中納言（七八三）を経、後期王朝に入った桓武天皇の延暦三年（七八四）持節征東将軍を拝命、翌年の八月二八日、陸奥の任所において歿した。歳六七。中途、薩摩守に下降されたこと（七六四）、氷上川継《ひがみのかわつぐ》事件（七八二）に連坐の廉で解官されることがあり、死後も種継暗殺事件によって除名され、家財を没収されるなどの事もあったが、父の旅人より一年多く生きて、位も、その従二位に近い、従三位まで昇った。

さて、提示の作以後の家持の作として確実なものは一首もない。その後も歌い続けたか、それとも川崎庸之氏の説かれるごとく「歌わぬ人」になり終ったのであろうか。

私は、彼が「歌えぬ人」となったとは思わない。恐らく公私の宴に加わって作歌する機会はあったに相違ないと思う。だが、彼はあえて家持の作を歌おうとはしなかったのではあるまいか。前項で叙べた伴造の集団意識の虚しさは、さすがの家持も、後期王朝に移り行く歴史の中で領知せざるを得なかったであろうから。

因幡の国庁跡（中央の歌碑）

九州

④ 九州付近

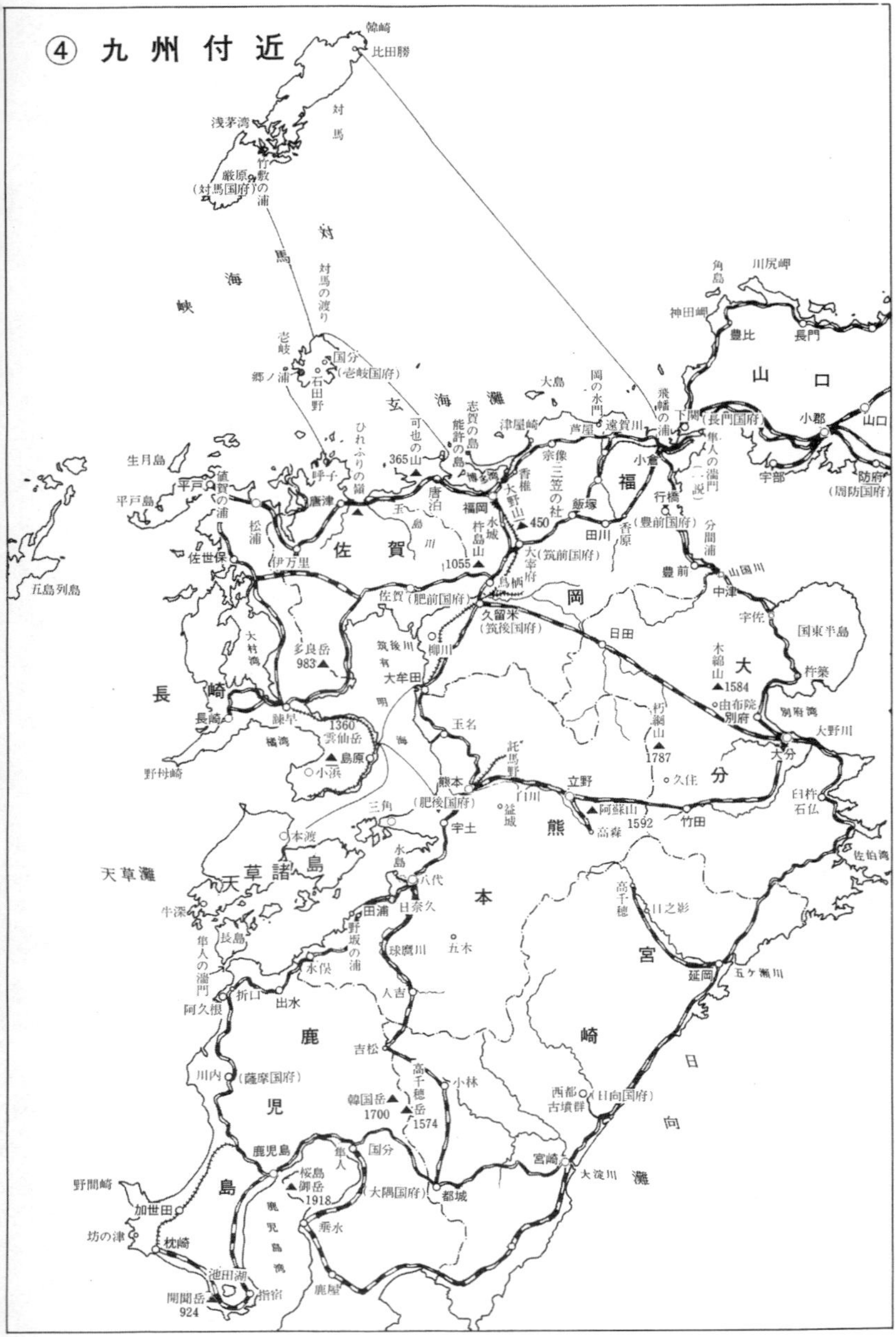

韓崎
比田勝
浅茅湾
対馬
竹敷の浦
厳原（対馬国府）
対馬海峡
対馬の渡り
壱岐
国分（壱岐国府）
郷ノ浦
石田野
玄海灘
大島
岡の水門
飛幡の浦
下関（長門国府）
隼人の瀬戸（一説）
角島
川尻岬
神田岬
豊北
長門
山口
小郡
山口
宇部
防府（周防国府）
志賀の島
能許の島
津屋崎
芦屋
遠賀川
宗像
三笠の社
小倉
ひれふりの嶺
可也の山
365
生月島
平戸
平戸島
値賀の浦
呼子
唐津
玉島川
唐泊
博多湾
香椎
福岡
大野山
450
水城
杵島山
1055
飯塚
福
行橋
田川
香原
（豊前国府）
分間浦
松浦
佐賀
伊万里
佐世保
大宰府
（筑前国府）
鳥栖
豊前
山国川
中津
五島列島
佐賀（肥前国府）
久留米
（筑後国府）
岡
日田
宇佐
国東半島
大村湾
多良岳
983
筑後川
柳川
有明海
大牟田
木綿山
1584
大
杵築
由布院
別府
別府湾
長
崎
長崎
諫早
1360
雲仙岳
島原
橘湾
小浜
野母崎
玉名
託馬野
朽網山
1787
大分
大野川
熊本
（肥後国府）
立野
白川
久住
分
阿蘇山
1592
高森
竹田
臼杵石仏
益城
三角
宇土
本渡
熊
天草灘
天草諸島
水島
八代
佐伯湾
牛深
田浦
日奈久
本
高千穂
日之影
長島
野坂の浦
五木
隼人の瀬戸
水俣
球磨川
宮
延岡
五ケ瀬川
阿久根
折口
出水
人吉
鹿
崎
吉松
日
高千穂岳
1574
小林
川内
（薩摩国府）
韓国岳
1700
西都古墳群
（日向国府）
児
向
鹿児島
隼人
国分
宮崎
野間崎
島
桜島
御岳
1918
（大隅国府）
都城
大淀川
灘
加世田
鹿児島湾
垂水
坊の津
枕崎
池田湖
開聞岳
924
指宿
鹿屋

豊前《ふぜん》の国《くに》

夕闇《ゆふやみ》は　路たづたづし　月待ちて　行《い》ませわが背子《せこ》　その間《ま》にも見む（4・七〇九）
豊前国娘子大宅女《ぶぜんのくにのをとめおほやけめ》

この歌、時枝誠記《もとき》博士が「眺める文学」ではなく「呼びかける文学」であると説かれてから文学論的論義を呼ぶことになった。博士は、問い、呼び、命令し、誂へるというように相手を行動にかりたてる作用にこの歌の本領を見たのであるが、岡崎義恵博士は、「愛に身を打ちこむ人を形象的に浮び上らせ、それが読者を動かす所の感動」に文学の本質があるとされたのである。つまり形象を重視された。文学は、はたして時枝博士の作用であろうか、はたまた岡崎博士の形象に限るべきであろうか。事実、それは作用という主体的なものでもなく、かといって形象という客体的なものに限るべきでもない、といってこれらと別のものでもない。これを統一して両者を成り立たせると高木市之助博士の説かれた「言語を通して形成され享受される人間文化の一つの『形』」なのではなかろうか。それなら「形」とは、作者（大宅女）にとって、また、聞き手（わが背子）および読者（後世の私ども）にとって、どのようなものであろう。

この歌の作者は、詞書に「豊前国娘子大宅女」とあり、筑紫娘子（3・三八一詞書）や河内百枝娘子（4・七〇一同）などと国名を冠している点も遊女らしく思われる（沢瀉久孝博士）の

だが、私どもはこの作に同じ作者の、

雲隠り　行方を無みと　吾が恋ふる　月をや君が　見まく欲りする　（6・九八四）

と同じ文学性を読むだろうか。沢瀉博士はこの歌を、「男から作者を月にたとへて見たいと云ひよこした作に和したもので、雲にかくれた月を恋ひ慕つてゐるのは自分であるものを、その自分をあなたが見たいとおつしやるのは腑に落ちかねるといふのだ」と説かれた。これによるなら、この歌はまさに、遊女の手管そのものを見せた作と解されなくもない。対して提示の作には、至純な愛が「形」をとっている。作者はこの歌の形成を通して、遊女から、女として自己を純化していったのではないか。巻六の遊女的な手管としての歌謡から、純粋詩としてのこの和歌を作る過程を通して（むろん両歌の成立順序を言うつもりはなく、また歌謡と和歌の一般的な性格を説くつもりもない。ただ後者について一言すれば、頽廃は、いつもは、和歌の側にのみあるのではない）自己を浄化していったのである。そして、私どももまた浄化さるべき存在ではなかろうか。

国鉄日豊線臼杵《うすき》駅からバスで二〇分、深田川を挾んだ丘陵に刻まれた大小六〇余体の石仏群はむろん後世のものだが、ホキ石仏群の弥陀三尊や古園石仏群の大日如来仏頭残欠などにはとくに、この歌に通う「形」が見られるように思う。

〈追記〉臼杵石仏群は平安時代後期から鎌倉時代にかけてのものであるが、平成七年（一九九五）に九州初の国宝に指定された。

古園石仏（大日如来仏頭）

木綿《ゆう》の山《やま》

少女《をとめ》らが　放《はなり》の髪を　木綿の山　雲なたなびき　家の辺《あたり》見む（7・一二四四）

作者不明

近頃、筑紫万葉の「山の旅」は大変楽になった。温泉の町別府から三〇分でこの歌の山「由布岳」（油布嶽一五八三m）を望み、またこの歌碑（森本治吉氏筆）のある志高湖畔に立つことが出来るし、標高八〇〇mの由布山登山口にもバスが止まる。山の双峰（実は三峰）を望むのに最も好適地とされる湯布院町は別府から一時間足らず、そのまま九州横断道路を走り、さらに一時間あまりで九重登山口にいたり、瀬の本高原を経て、阿蘇山東口まで快適きわまるバスの旅、別府から三時間あまりということになる。まず森本氏の歌碑に敬意を表しよう。

志高湖は、標高六〇〇m周囲二キロの火口湖で、鶴見、由布の二山を湖面に映す美しい、伝説に富む湖だ。湖畔口から湖へ向かう、とっつきの高台に歌碑が建っている。「四周があまりに美しいままに、うっかりすると、この歌碑のところで、この歌が詠まれたものであるかのように、妙な錯覚に陥るおそれがある」（筑紫豊氏）と嘆ぜしめた位置で、森本氏の文字も、「遠観佳人」という氏の言葉そのままに、まことに佳ましい。

ある夏の日の午後、私は此処から徒歩で、九州横断道路を湯布院町まで下ったことがある。

西登山口に着いて登頂一時間という山頂を仰ぎその時間のないことを嘆じながら、狭霧台という洒落れた名のある付近から灯の点きはじめた由布院盆地を望んだ。由布院は、私にとって最も好ましい温泉地だが、むろん故郷ではない。だが、あの時の郷愁に似た想いは忘れ難い。高木市之助先生から、かつて此処に先生の別荘が置かれたことを伺ったのはこれより先だったか後だったか、ともかく、以来由布院は一層私に親しい処となった。

　さて、提示の歌は前項と同じく「羈旅作歌」中の一首だ。「少女らが放の髪を」は「結ふ」と続き、同音で「木綿」と歌い起こす序詞、「放の髪」はおさげのことで、年頃になってそれを結いあげる。そう思ってみると由布岳の双峰が女の髪形に見えてくる。この作者の郷愁は、私の味わったそれらしきものとは全く相違するはず、生活者の風土はどれほど親しもうと、単なる訪問者のそれではない。

　もう一首、この山を歌った作として

　　思ひ出づる　時は術《すべ》なみ、豊国《とよくに》の　木綿山
　　雪の　消ぬべく思ほゆ
　　　　　　　（10・二三四一）作者不明

がある。私はこの景観にもふれたく、冬期に由布院を訪れたこともあるが、雪は消えており、今だにその機会を持ちえないでいる。

〈追記〉平成一七年（二〇〇五）、旧狭間町・庄内町・湯布院町が合併して由布市となった。

朝雲の木綿山

朽《くた》網《み》山《やま》

朽網《くたみ》山《やま》　夕ゐる雲の　薄れゆかば　われは恋ひむな　君が目を欲り（11・二六七四）

作者不明

九重山《くじゅうさん》（九重連山）というのは、一つの山ではなく、久住山（一七八八m）、大船山（一七八六m）、黒岳（一五五七m）、中岳（一七九一m）、星生山（一七六二m）三俣山（一七四五m）などの山群を総称した呼び名である。そのうちのはじめの三山を提示した歌の朽網山だとするのが、加藤数功氏だ。

瀬の本高原で九州横断道路から離れ、夕暮れ、田能村竹田の竹田荘や滝廉太郎の「荒城の月」で知られた、岡城跡のある竹田へ向かうバスの車中からかえりみる三山の姿に「君が目を欲る」乙女ならぬ私も、薄れゆく雲と山容とに、いい知れぬ愛着をおぼえたことだった。「夕ゐる雲の」とある歌の趣からみると、「夕空にながめた景色、つまり東側の都野方面から西に見た山相となる」と春日和男氏は説き、筑紫豊氏も、ここの千人塚あたりからの眺望が、「大船山を中心とする久住三山の山容が、そろってすばらしい」と言われる。

さて、提示の歌は「薄れゆかば」のとらえ方によって二説に分かれる。一つは「夕ゐる雲の」までを「薄れゆく」の譬喩的な序詞とみ、男が薄情になったならばと解する説、他の一つはこれを実景とみ、例えば「朽網山に夕方かかつてゐる雲が薄れて行つたら、私は恋しく思ふことでせうよ。あなたのお顔が見たくつて」（沢瀉久孝氏）とする。作者不明という点からみて、これをこの土地で行われた宴席の歌謡とすれば前者の解に従うべきだろうが、土地の乙女が口すさめば後者の趣にも解釈しうる。なお、沢瀉氏は「『朽網日夕居る雲』とあるのは、高山にかかる夕日にかがやく雲と見るべきではなかろうか」と説かれた。むろん、「時過ぎて夜になったらの意であろう」（武田祐吉氏）、「夕日にかがやく雲」と見られたのは、沢瀉先生らしくて面白い。

藤井の連が遷任されて京へ上る時、土地の娘子が贈った一首だという

明日《あす》よりは　われは恋ひむな　名欲山《なほりやま》　岩《いは》
踏《ふ》み平《なら》し　君が越え去《い》なば
（9・一七七八）作者不明

の「名欲山」は、竹田町の北部、久住町と境する三宅・木原・鉢の三山一帯、とくに木原山（六六九・四m）とする説もあるが、明確ではない。

黄昏の久住山

鏡《かがみ》の山《やま》

王《おほきみ》の　親魄《にきたま》合へか　豊国《とよくに》の　鏡の山を　宮と定むる
豊国の　鏡の山の　岩戸《いはと》立て　隠《こも》りにけらし　待てど来まさず
岩戸破《わ》る　手《た》力《ぢから》もがも　手《た》弱《よわ》き　女《をみな》にしあれば　術《すべ》の知らなく（3・四一七―九）

手《たも》持《ちの》女《おほ》王《きみ》

持統八年（六九四）四月五日、筑紫の大宰率河内王《かわちのおおきみ》に浄大肆（従五位上相当）が贈られた。その頃没したのであろうか。書紀によると、王は、天武の朱鳥元年（六八六）一月新羅使供応のため筑紫に渡り、持統三年（六八六）以来大宰率（大宰帥相当）に任じていた。提示の作は王が没し豊前国鏡山（福岡県田川郡香春《かわら》町）に葬った時のものである。

第一首、「王の御心にかなったのであろうか」と比較的冷静に「豊国の鏡の山を宮と定めることだ」と墓所を祝福鎮魂し、第二首に、「岩戸を立て奥に隠られてしまったのだろう。待っていてもおみえにならない」と女の嘆きを歌い、最後の作では、「岩戸を破る力も欲しい」と激烈な情念をうち上げて、「か弱い女の故にそれがならぬ」と言って「どうする術も知らないことだ」と絶望を訴えて終わる。作者自身がどれだけ意識してのものかは知られぬが、夫を失った妻の心の推移を真率に表現した連作と見るべきであろう。「父を失った悲しみ」と説く人（土屋文明氏など）もあるが、三首の展開にも、「待てど来まさず」の語気にも、残された妻の嘆きがこもると見たがどうであろうか。

現在では岩原集落南の鏡山に続く低い丘阜（外輪崎）の古墳を河内王墓一級参考地（陵基参考地）とするが、筑紫豊氏によると、『福岡県郷土史誌』に、明治二七年旧五月内務省から急命があって調査報告の折、貝原益軒の『豊国紀行』、渡辺重春の『豊前志』にも見え、当地の古老も伝えるはばき原の古墳は小さすぎるとして付近を物色し、これならよかろうと東京に報告した事情が記録されているとのことである。

香春の町は、今、屋根も草木も白い。香春一の岳をえぐって石灰岩の採掘が進んでいるからだが、かつては炭坑近く黒い町であった。三岳を中心とするこの地の景勝が失せることを嘆く人もあるが、近くには万葉の頃から宇佐神宮などへ神鏡を鋳進したという採銅所があり、自然破壊は古くからはじまっていたのである。

あづさ弓　ひき豊国の　鏡山　見ず久なら
ば　恋しけむかも

（3・三一一）按作村主益人《くらのつくりのすぐりますひと》

は、作者名から見て、技能に関わる用務でここにいた益人の、京に上るに当たって詠んだ作。

豊国の　香春は吾家《わぎへ》　紐《ひも》の児に　いつがり
居れば　香春は吾家

（9・一七六七）抜気大首《ぬきけのおおびと》

は、「紐の児」を娶った時の作とあるが、歌謡風で祝言の席のものでもあろうか。あるいは、この地は大宰府への宿場、田河駅の置かれた処だという点からみると、遊行女婦に対する宴席の戯れ歌かも知れない。

一級参考地古墳

岡《おか》の水門《みなと》

天霧《あまぎら》ひ　日方《ひかた》吹くらし　みづくきの　岡の水門《みなと》に　波立ちわたる（7・一二三一）

作者不明

鹿児島本線水巻駅で下車し、遠賀川《おんががわ》にそってすこし上ると水巻町立《たて》屋敷である。その付近の川床から発見されたのが、よく知られた弥生《やよい》時代の遠賀川式土器。付近には縄文期の貝塚、弥生遺跡が無数に存在する。また同じ立屋敷は、中世の「砧《きぬた》の里」で、世阿弥元清が『申楽談義』に、「静かなりし夜、砧の能のふしを聞きしに、かようの能の味はひは、末の世に知る人あるまじければ、書きおくも物臭し」と自誇した、その故地でもある。同地の八劔《やつるぎ》神社はもと砧姫社といい、「君いかなれば旅枕　夜寒の衣《ころも》うつつとも　夢ともせめてなど　思ひ知らずや怨めしや」と都にのぼって帰郷せぬ夫への怨恨を表に、「もっと巨大な目に見えぬ、それだけにより根源的な何ものか」（谷宏氏）に訴えかけた（里井陸郎氏は、根源的なものとは、例えば歴史社会の暗黒だ、と説く）「砧」の妻の霊を祀るという。

「岡の水門」は、この遠賀川の川口に臨む今の芦屋町で、『筑前国風土記』に、「塢舸《をか》の県。県の東の側《ほとり》近く大江《おほかは》の口あり、名を塢舸の水門と曰ふ。大船を容《い》るるに堪へたり」という。洞の海と遠賀川とは水路で連なっていて、万葉の頃には、京から大宰府への官の大路の通ずるところ、乗船地であった。

「日方」は、山陰の出雲・伯耆地方を要《かなめ》とし、北は北海道、南は九州の博多湾・周防灘の豊前地方にまで分布する風の名で、筑紫豊氏が紹介されたこの地方の漁師の言葉によると、「日方の風はコチ（東風）であるが、おなじコチでも、天がくろんで、風はつよく、夜もすこししかゆるまずに吹くコチで、こんなコチがふくと、これはヒカタだという。天はくろんでもふり物はしない。梅雨あがりから盆にかけて連日ふくことがあるので、盆ごちともいう」とのことである。

前項の作と同じく「羇旅作歌」中の一首である。西海道を上京する大宰府官人の作でもあろうが、風土の中で苦悩する作者の姿を見せている。

台風一過後の芦屋付近

金《かね》の岬《みさき》

ちはやぶる　金《かね》の岬を　過ぎぬとも　われは忘れじ　志賀《しか》の皇神《すめがみ》（7・一二三〇）

作者不明

「金の岬」玄海町鐘崎は、東西に響灘《ひきびなだ》と玄海灘とを分かつ航海上の要地だが、向かいの「地の島」との間の迫門《せと》は幅八〇〇m、水深三〇mで曽根《そね》（暗礁）が多く、難所として知られている。

鹿児島本線「赤間駅」で下車した私は、鐘ヶ崎行きのバスに乗り終点に向かう。時は八月の初旬、緑を濃くした田園地帯を行くこと四〇分余りで目的地だ。昼近い太陽が寝不足の眼に痛い。昨夜はやく食べた汽車弁、腹もようやくひもじい。これに耐えて佐屋形山(式内社織幡宮)まで、漁師原の砂道を歩く。

「こんな日に、釣りに行こうと誘うんですよ」と、老人に声を掛けられた。一瞬、不審な思いにとらわれる。「こんな日に」とは、どんな日か。海ぞいを行くのだからむろん風が無いわけではない。しかし、暑熱を浴びて歩む私には、快い微風以外のなに物でもない。が、ハッとして「地の島」を望む。頂きが雲に蔽れて見えない。「天霧らふ」とはこんな状況を言うのか、まもなく「日方」が吹いてくるのだろうか（前項「岡の水門」本書257ページ参照）。それから老人は歩きながら、前記したこの迫門の恐ろしさを語ってくれた。

「お気をつけて」

と老人に別れを告げて神社の鳥居をくぐり、高い石段を登りつめると、イヌマキの自然林に囲まれた古い社殿がある。まず汗を拭う。工場地帯を抜け、砂浜を歩いて来たせいか汗まで黒い。境内東側に立って望めば、一説に、

昨日こそ　船出《ふなで》はせしか　いさなとり　比治奇《ひぢき》の灘を　今日見つるかも

（17・三八九三）作者不明

の「響灘」が茫洋と芦屋へつづく。西側、前面が迫門を隔てた「地の島」で、西に「大島」が浮かび、よく晴れた日には「神《こう》の湊《みなと》」、「相《あひ》の島」、「志賀の島」も望まれるという（福田良輔氏）が、今日はそれと指せない。

鐘崎は、その名によって沈鐘《ちんしょう》伝説のある処だ。文明五年（一四七三）と慶長九年（一六〇四）の二回、釣鐘を引き上げようとしたが失敗、大正の末、物好きな男が、巨費を投じて引き上げてみたら一〇数トンもあろうという一岩塊だったという話を、筑紫豊氏が伝えている。

なお、ここの海女《あま》は、対馬《つしま》の曲浦《まがり》、能登《のと》の舳《へ》倉《くら》島などの海女の元祖である。これも筑紫氏によれば、舳倉島の家々の紋章が、織幡宮宮司壱岐氏の家紋と同系の「巴」であり、用具の名称も同じ、信仰する神も同じ「沖つ姫」だという。

九州

根上がりの松から地の島（左）、織幡宮の丘を望む

大《だ》宰《ざい》府《ふ》（1）

やすみしし　わが大君の　食《を》す国は　大和《やまと》も此処《ここ》も　同じとぞ思ふ（6・九五六）

大伴旅人

　武をもって代々朝廷に仕える大伴氏の嫡流に生まれ、壬申の乱の功臣として大納言・大宰帥に任じた父安麻呂の長子として、左将軍、征隼人持節大将軍となり諸道鎮撫の職にあった旅人が、正三位中納言の身で、新羅・唐に最も近く、政府の出先機関として最先端にのぞみ、「遠《とお》の朝廷《みかど》」と名はあるものの、中央貴族の目から見れば「天離《あまさか》る鄙《ひな》」でしかなかった筑紫、大宰府の長官＝帥（筑前以下九国、三島を統轄し、国防・外交等の任にあたる）として赴任したのは、聖武帝の神亀四年（七二七）の末か翌年の初め、齢六二、三歳であった。府家の所在地は、福岡県太宰府町。延喜式には、京と府家間の行程上り二七日、下り一四日、海路三〇日とある。

　大宰府の名が史書にみえるのは、天智称制二年（六六三）白村江の戦に国軍が敗退してからである。那《な》の津《つ》の口《ほとり》（福岡市三宅？）にあった宮家《みやけ》が今の太宰府町に南下し、水城《みずき》の大堤を築き、山城を構え、防人を配したのもこの直後のことであったようだ。

　政庁跡には、博多駅からバスで国道三号線を南下、上水城《かみみずき》（現、筑陽学園前）で下車して、徒歩で「都府楼跡」に向かうとよい。北に四王寺山（大野山）、東北に宝満山、西は牛頸《うしくび》丘陵に限られ、南は筑後平野へ開けて基山を望むこの地は、明日香・奈良に類似するとも、また府庁舎の建築、大野山・椽の山など山城の築造に従った百済人の故地（扶余）に似ているとも言われる。

往時の大宰府は、大野山（四一〇m）の南麓、都府楼跡を北辺中央とし、南は現在の二日市町の大部分を、東は太宰府町の一角を含む地域で、楼跡中央を南北に走る大路を中心に東西二四坊（二・六キロ）、南北二二条（二・三キロ）に区劃される条坊制が施されていた（南天拝山側に隣接郭外条里六条）。平城京の三分の一の規模である。殿舎は、大路の北辺に南大門（基壇規模東西二四・九m、南北一二・六m）、その正面北に回廊を持つ中門を配し、中に東西それぞれ二棟の殿舎、奥正面に正殿（東西二九・四m、南北一三・三mぐらい）、さらに後殿の建物が整然と配され、南門から中間をはさむ回廊の東西端までと、正殿をはさむ回廊の東西端から後殿を含む短形地外郭には築地が築かれていた。（政庁の総規模、およそ東西一一〇m、南北二一〇m）。藤井功氏によれば、創設は七世紀の後半、改築八世紀の大宝初年、同一一世紀と推定される（旅人が帥在任は第二期、よって前記数値も大宝初年のものによった）。

旅人の一首は、神亀五年、京官に任じた石川朝臣足人が京官となり、離別に当って旅人に贈った作、

さす竹の　大宮人の　家と住む　佐保の山をば　思ふやも君　（6・九五五）

に答えたもので、公人として姿勢を崩さぬ彼がここにはいる。だが、神亀六年の春、小野老を少弐として迎えた歓迎の宴の折か、防人司佑大伴四綱《よつな》の歌、

都督府趾と礎石

藤波の　花は盛りに　なりにけり　奈良の
都を　思ほすや君　（3・三三〇）
ほかに対しては、
わが盛《さかり》　また変若《をちぁ》めやも　ほとほとに　奈
良の都を　見ずかなりなむ　（3・三三一）
浅茅原《あさぢはら》　つばらつばらに　もの思へば　古
りにし里し　思ほゆるかも　（3・三三三）
など、老齢望郷
の情止み難きを
正直に告白する
旅人であった。

大《だ》宰《ざい》府《ふ》(2)

世の中は　虚《むな》しきものと　知るときし　いよよますます　悲しかりけり（5・七九三）

大伴旅人

旅人が大宰帥として着任した年(または翌年)神亀五年（七二八）春の頃、妻の大伴郎女《いらつめ》が亡くなった。時に旅人六四歳。老身、いよいよ淋しさの加わる思いであったろう。この作には、「大宰帥大伴卿の凶問に報《こた》ふる歌一首」とし、「禍故重畳し、凶問累集す。永く崩心の悲しびを懐き、独り断腸の涙を流す。ただ両君の大助により、傾命わづかに継ぐのみ。筆言を尽さず古今歎くところなり。」という手紙か、その草稿かと見られるものが付き、左注に、「神亀五年六月二三日」とある。

この凶問、弔問と解して、前記妻の死にかかわるものとするのが一般だが、「日付から見ても旅人の妻の死に対する弔問の答としてはおそすぎる」とし、凶問は漢籍の例によっても、凶事の知らせと解すべきで、「憶良の妻の死」だと主張する人、「旅人の幼児の死」かと推測する人などがある。「禍故重畳」の句からみて、妻ならぬ、旅人身内の者の死とすべきだろう。

そこで一首は、「老身の私は、妻に先き立たれ、今また前途ある幼子にまでも死なれてしまいました（根拠はないが、仮りに一説によって）。世が虚しく偽りだということは、再確認して諦めようと思う私だけれど（虚を聖徳太子愛用の「世間虚仮《こけ》」の襲用とする高木市之助説による）、とても諦めきれず、ますます悲しく思われますよ」と解されよう。両君が誰かは推測の域を出ないが、(4・五六七)の佐注に名の出る大伴稲公《いなぎみ》、同胡麻呂《こまろ》でもあろうか。

この作が見せる旅人の人柄について高木氏は、「旅人のこの歌が表はしてゐるものは武田祐吉氏の所謂『気の弱い自己中心的に物を考へる上品な一個の貴族』である。森本治吉氏も言つてゐるやうにこの歌のよさは緩く始り中間が強く、結びはまたさらつと流してしまつたその形にあるのであるが、それはとりもなほさず旅人の上品な高踏趣味の具現である。歌の意味にしても、死に亡せた大伴郎女はそつとして置いて、ただ彼の女を喪つた旅人自身の心境だけをとり出して来たところは自己中心に物を考へる好典型であらう」と、間然するところなく説かれた。斎藤茂吉氏も「後代の吾等から見れば、此歌をもって満足だというわけには行かぬ」と、さすがに見抜いている。だがそれが、「思想的抒情詩はむずかしいもので、誰が作っても旅人程度を出で難い」(同氏)ということになるかどうか。

「帥の官邸」跡は、写真に示す坂本八幡宮の境内およびその周辺が、内裏の小字名から有力である(楼跡の北西、およそ三〇〇m)。

坂本八幡宮

梅《ばい》花《か》の宴《うたげ》

吾が苑に　梅の花散る　ひさかたの　天《あめ》より雪の　流れくるかも（5・八二二）

大伴旅人

天平二年（七三〇）正月一三日（陽暦二月八日）、帥旅人は大弐以下を官邸に招いて〈梅花の宴〉を催した。

宴に参加した人々のうちに大隅・薩摩二国と壱岐《いき》・対島《つしま》二島の国司がいる点に注目した藤原芳男氏は、「この人々の府出頭が、前年二月の左大臣長屋王の変による現地施政の改変に関するものか、ひいては八ケ月後の諸国防人停止に備える受命のためか、あるいは民情治績報告の目的か、とにかくたんなる風流韻事、雅会との み見ることはできない」と説く。それによって歌を見ると、

梅の花　折りてかざせる　諸人《もろびと》は　今日の間は　楽しくあるべし

（5・八三二）神司荒氏稲布《かみつかさこうじのいなしき》

の「今日の間は」には、何か特別の意味があるようにも見えてはくる。だがこの一首を除けば、他にそれらしい気配を見せるものがない。とすればこの句も、「日々の多忙の中で」とも「無常の日々なる故に」とも解され、非常事態を念頭にとは受けとり難い。そしてこの宴の作歌三二首、主客ともに阿諛追従に陥りやすく、社交的会合の例の如く、多くは駄作でしかない。

だが一方、まれではあるが、姿勢を正した作

を可能にするのもこういう場で、この場合にも何首かはそうした作を見ることが出来るようである。主人旅人の作はどうか。「梅の花散る」を「雪の流れ来る」とするのは、後世に多い『見立て』だが、この当時としては斬新な発想だったと言えると思う。

万世《よろづよ》に　年は来経《きふ》とも　梅の花　絶ゆることなく　咲きわたるべし

（5・八三〇）筑前介佐氏子首《さじのこおびと》は、直正面から祝福の意をあらわした、その素直さには好感がもてる。それかあらぬかこの一首、えらばれて大宰府天満宮境内、菖蒲池のほとりに歌碑となっている。

梅の花　散らくは　何処《いづく》　しかすがに　この城の山に　雪は降りつつ

（5・八二三）大監伴氏百代《だいけんばんじのももよ》「風流の『帥老』は、まだ散りそめない花を眼前にしても『天より雪の』と歌わずにはおれなかった。それに対して『真実』を愛するこの作者は、『散らくはいづく』というてみたくなったのだろうか」は沢瀉久孝氏らしい評言。本多義彦氏は、「わが苑に梅の花散る」をうけて「梅の花散らくはいづく」と応じ、さらに「旅人が下句で『天より雪の流れくるかも』と疑問的に見立てたのに対して、断定的に梅花の散るを雪が降ると言いきったのである」とし、百代の才智を指摘された。『真実』か『才智』か、とまれこの作には、旅人に対するある姿勢が見えていることは事実だろう。

大宰府神社歌碑（5・八三〇）

大《おお》野《の》山《やま》

大君の　遠《とほ》の朝廷《みかど》と　しらぬひ　筑紫の国に　泣く子なす　慕ひ来まして　息だにも　未だ休めず　年月も　未だあらねば　心ゆも　思はぬ間《あひだ》に　打ち靡き　臥《こや》しぬれ　言はむすべ　せむすべ知らに　石木《いはき》をも　問ひさけ知らず　家ならば　形《かたち》はあらむを　恨めしき　妹《いも》の命《みこと》の　吾をばも　如何にせよとか　にほ鳥の　二人並び居《ゐ》語らひし　心背《そむ》きて　家離《ざか》りいます（5・七九四）

山《やまの》上《うへの》憶《おく》良《ら》

大宝四年（七〇四）唐から帰朝した憶良は、一一年後の和銅七年（七一四）一月五四歳で従五位下を授けられ、伯耆守（七一六より）、退朝後東宮首《おびと》（聖武天皇）の侍講（七二一より）を経て、神亀三年（七二六）であろう、筑前守に任じられた。時に六六歳。越えて神亀五年七月二一日（陽暦九月三日）彼は管下巡視のため嘉摩《かま》郡（福岡県）にあったが、漢文序と詩とを先に置き、短歌五首を後に従えた提示の作（日本挽歌）を、上役大宰帥大伴旅人にたてまつった。作中の「妹の命」については異説があり、旅人の妻とするものと憶良自身の妻とするものがあるが、やはり旅人の妻とするべきであろう。同じ頃二人ともに妻を失うということもあり得ぬことではないがその証が無いし、この作に代作らしいよそよそしさがないのは、それこそ憶良の歌風の特色だと思う。

さて、「大君の遠の朝廷と……」と起こし、「息だにも未だ休めず年月も未だあらねば」と否定辞を含む対句を連ね、「心ゆも思はぬ間に」とさらに否定辞を持つ句でそれを承け、「打ち靡き臥しぬれ」と句切れを置かずに妻の死を言い、「言はむすべせむすべ知らに」「石木をも問ひさけ知らず」と再度否定辞を含む対句を置き、「家ならば形はあらむを」と歌って終句の「家離りいます」と呼応させ、「妹の命の吾をばも如何にせよとか」と恨み、「にほ鳥の二人並び居語らひし心背きて家離りいます」と結ぶ。何度も言った否定辞の使用は見事で、そのため綿々として尽きない歎き、というより恨みの情が定着されている。比較すべきはやはり柿本人麻呂の挽歌だが、より以上に集中的で勝れた憶良の作歌力を見せたものと言うべきであろう。従う短歌は、

　家に行きて　如何にか吾がせむ　枕付《づ》く
　妻屋さぶしく　思ほゆべしも

　はしきよし　かくのみからに　慕ひ来《こ》し
　妹が心の　術《すべ》も術なさ

　悔《くや》しかも　かく知らませば　あをによし
　国内《くぬち》ことごと　見せましものを

　妹が見し　楝《あふち》の花は　散りぬべし　わが泣
　く涙　いまだ乾《ひ》なくに

　大野山　霧立ち渡る　わが嘆く　おきその
　風に　霧立ちわたる

（5・七九五―九）

である。

楝は、九州日田で五月七日につぼみがややふくらみ、六月五日に殆ど散るまで、一ヶ月にわ

大野山の防塁の崩れ

たって「執拗に咲き続ける花」（高木市之助氏）だという。だが作中の人物は、感傷の涙に泣き濡れてはいない。最後の一首、嘆きの息が風となり、大野山一体に霧となってたち渡るというのは、まさに恨みの激情のほとばしりを思わせる。

筑前国府庁舎の所在はまだ知られない。軍団印の発掘地から推定して今の水城《みずき》小学校付近とすべきであろうか。ここから望む大野山（四王寺山、四一〇m）の研究は進んだ。この山は北側（博多湾側）に谷をつくり、すり鉢状で、中央には小盆地状の平地をもつ。これを尾根がとりかこむ、この稜線に土塁と石塁がめぐらされ、要所に門があけられ、その内部に倉庫が点在した。土塁と石塁の総延長八六五〇m、最も大きな石塁は、北側の谷に築かれた〝百間石垣〟で、全長一七〇m、高さ六・五mにおよぶという（藤井功・亀井明徳氏による）。

讃《さん》酒《しゅ》

験《しるし》なき　物を思《も》はずは　一坏《ひとつき》の　濁《にご》れる酒を　飲むべくあるらし（3・三三八）

大伴旅人

何時のこととも知られぬが（大宰帥在任中ではあろう）、旅人は讃酒歌一三首を作った。「全体としての組織はない」（武田祐吉氏）とも言われるが、杉浦茂光氏の起承転結という四段構成論もあり、任意にその数首を抽出して物を言ってもよい程に無秩序な配列とも思われないので、やはり、一三首の全部をあげて（第一首は提示の作）見てゆくことにしよう。

酒の名を　聖《ひじり》と負《おほ》せし　古《いにしへ》の　大き聖の
言のよろしさ

古の　七の賢《さか》しき　人たちも　欲《ほ》りせしも
のは　酒にしあるらし

賢《さか》しみと　物言ふよりは　酒飲みて　酔《ゑ》ひ
泣きするし　まさりたるらし

言はむ術《すべ》　為《せ》む術知らに　極《きはま》りて　貴《たふと》き物
は　酒にしあるらし

なかなかに　人とあらずは　酒壺に　なり
にてしかも　酒に染《し》みなむ

あな醜《みにく》　賢しらをすと　酒飲まぬ　人をよ
く見れば　猿にかも似る

価《あたひ》なき　宝といふとも　一坏《ひとつき》の　濁れる酒
に　あにまさめやも

夜《よる》光る　玉といふとも　酒飲みて　情《こころ》を遣《や》
るに　あに及《し》かめやも

世の中の　遊びの道に　冷《すず》しきは　酔《ゑ》ひ泣きするに　あるべくあるらし
この代《よ》にし　楽しくあらば　来む生《よ》には　虫にも鳥にも　吾《われ》はなりなむ
生まるれば　遂《つひ》にも死ぬる　ものにあれば　今ある間は　楽しくをあらな
黙然《もだ》をりて　賢しらするは　酒飲みて　酔《ゑ》ひ泣きするに　なほ及《し》かずけり
（3・三三九―五〇）

さて、これらの作について武田氏は、

古事記、日本書紀に伝えられている酒の歌が、愉快な内容の歌であるのは、酒宴の席上で歌われるものであるからである。それらに比べると、この酒を讃むる歌は、沈痛な気の潜んでいるのを否みがたい。それはこの作者が知識人であって、酒に対する批判的な態度が出ている文筆的作品であると共に、彼がこの作をなすに至った大きな衝動として、妻を失った孤独な生活が指摘されるからである。（中略）悶々の情を酒に慰めようとする、この高貴な一老人の哀憐すべき生活が描き出されている。

と解説され、沢瀉久孝氏は、

十三首には老後に遠く都を離れ、妻をも失った寂しさや不平も窺へるが、しかしさうした憂悶をやる為のすさびとのみは云ひ難く、もつと明るく積極的な讃酒の心が根柢にあり、「賢しら」を三度まで罵倒してゐるところにも、当時の習俗に対する反感も認められ、大宰の長官たる身分としては、思ひ切つたものいひをしてゐる点が注意せられてよい。

と説かれた。

見られるとおり両説は、同一の点を指摘しながら、重点の置き処は全く対立的であると言わねばなるまい。武田氏は情的な面に視点をすえ、沢瀉氏はより知的、批判的な性格を重視されている。旅人の作意は何れにより近いであろうか。

提示の作は、「甲斐のない物思いをせずに、一杯の濁り酒を飲むべきだ」と言って主題を提示し、以下の作の総序としたと言ってよいだろう。「験なき物思ひ」が、妻の死か自らの老病かはたまた望郷の念か、さらには中央政府から遠ざかったあるいは遠ざけられた政治的不満か、これら一切を含むのか。旅人自身、抽象的にこう言う以外にない、捉え処のないものだったのかも知れない。ただ、だからと言って物思いをしないですむものではなかっただろう。第二首(三三九、以下番号省略)と第三首は、それぞれ異国の「大き聖」(徐邈《じょぼく》)、「七の賢しき人」(阮籍以下の、所謂竹林の七賢)を出して、「欲りせしものは酒」だったと言って飲むべきものは濁り酒であることの証とし、二首を一対として導入部としている。第四首は、「利口ぶって物を言うよりは」と言い、最終歌の「黙り込んでいる利口ぶるよりは」と呼応して、「酒を飲んで酔い泣きするに及ばず」とし、第五首以下第一二首迄を包みこむ形にした。ここにいたって「験なき物思ひ」という自己に向けられていた視線は外に及んでいるし、また激烈なものを持ち始めてもいる。第六首、「なまじ人間であるより酒壺になって酒に染んでしまおう」と言い、転じて第七首、「賢しらして酒を飲まぬ人を見ると猿にそっくりだ」と難ずる。これも対比的な一対の作だ。第八首は、法華経や大般若経に出る「無価宝珠」(価値の数えようもない宝)より濁り酒の方がまさるとし、第九首は、史記や文選などに見える「夜光の璧《たま》」を手に入れるよ

九州

り酒を飲み、心を晴らすをよしとし、暗に仏儒の道を難じて、これまた一対の作としている。第一〇首にいたって、「この世の遊楽の道の楽しさは酔い泣きすることにあるに違いない」(第三句を「冷《すず》しきは」と訓んで「心楽しまないならば」と説く人もある)とし、極まるところ、第一一首、一二首では、否定を裏返しにした現世肯定の心を切迫して歌いあげている。こう見てくると、やはりこの一三首の配列には一つの構成された秩序があり、安易な入れ替えを許さないものがあると思われる。旅人の眸は、酔い泣きに濡れてばかりはいなかったようだ。

子《こ》らを思《おも》う

瓜《うり》食めば　子ども思ほゆ　栗食めば　まして偲《しの》はゆ　何処《いづく》より　来りしものそ　眼《まな》
交《かひ》に　もとなかかりて　安眠《やすい》しなさぬ（5・八〇二）

山上憶良

神亀五年（七二八）七月二一日旅人に奉った作。「釈迦如来、金口《こんく》に正に説きたまふ。等しく衆生を思ふこと、羅睺羅《らごうら》の如しと。又説きたまふ、愛は子に過ぐるは無しと。至極の大聖すらなほ子を愛《うつく》しむ心あり。況んや世間の蒼生の誰か子を愛しまざらめや」の序と、短歌、

銀《しろかね》も　金《くがね》も玉も　何せむに　まされる宝
子に及《し》かめやも

をあわせた。

「金口」は尊いお口、「羅睺羅」は釈迦の一子、「蒼生」は「人民」の意だが、「普通の人間」と解してよかろう。「何処より来りしものそ」には二解があり、『万葉代匠記』（契沖）に「一には、いかなる過去の宿縁にて、わが子とむまれこしものぞといふ心なり。二には筑紫にて、都に留めをける子どもを、瓜をはみ栗をはむにも、さらぬ時もおもかげに見ゆるをいへり」とあるのを承けて両説が成り立つのだが、一はその通りとして二には証拠がない。あるいは虚構であろうか。単純な内容だが、短文を重ねて緊まった作品となり、瓜、栗の例示も具体的ですぐれた一首となっている。短歌の「何せむに」の後

に句切れがあると説く人もあるが、これは副詞で、「子に及かめやも」にかかると見るべきであろう。一挙に歌い上げたとするほうが説得力もある。

　憶良らは　今は退《まか》らむ　子泣くらむ　それその母も　吾《あ》を待つらむぞ

（3・三三七）山上憶良

の作の成立は何時ともしれぬが、「思ふにこれは憶良壮年の日の作であつて、大宰府で宴飲の集ひが屢催されるにつけて『また山上長官の罷宴歌を謡はうぢやないか』といふやうな事（沢瀉久孝氏）」が繰り返されていたかもしれない。この作の詞書に「山上憶良臣罷宴歌一首」とあるのも（臣のような姓《かばね》を下に書くのは敬意を表す）、ラ行音が多く二句三句で切れ、愛誦に適する作風からも「また山上長官の……」は納得出来る。ところで、故意か偶然か、万葉集はこの歌に続いて大伴旅人の讃酒歌一三首を配している。旅人も常にこの歌を聞かされており、讃酒歌はそれに対するものか、あるいはさらにその中の、

　価無《あたひな》き　宝といふとも　一坏《ひとつき》の　濁れる酒に　あにまさめやも

（3・三四五）大伴旅人

などに対抗して、憶良の方が「銀も……」の歌を作ったのかもしれない。ともあれ、この旅人と憶良の作との間には、高木市之助氏が指摘されるように、影響関係というよりは対立関係というべきものがあることは事実であろう。

栗

七夕《たなばた》

牽牛《ひこぼし》は　織女《たなばたつめ》と　天地の　別れし時ゆ　いなうしろ　川に向き立ち　思ふそら　安けなくに　歎くそら　安けなくに　青浪に　望《のぞみ》は絶えぬ　白雲に　涙は尽きぬ　かくのみや　息つき居らむ　かくのみや　恋ひつつをらむ　さ丹塗《にぬり》の　小舟もがも　玉纏《たままき》の　ま櫂《かい》もがも　朝凪《あさなぎ》に　いかき渡り　夕汐《ゆふしほ》に　い漕ぎ渡り　ひさかたの　天の河原に　天飛ぶや　領巾《ひれ》かた敷き　ま玉手《たまで》の　玉手さしかへ　あまた夜も　いま寐てしかも　秋にあらずとも（8・一五二〇）

山上憶良

「中国の古典詩で、征夫を待つ女はきまって機《はた》を織っているか砧《きぬた》をうっている。留守独居の婦は貢物として一日七反織ることを官憲からきびしく課せられたのだという。異民族との交戦に明け暮れざるを得なかった漢民族のこうした暮らしが、七夕伝説を生んだのであろう。しかし六朝時代（二二九―五八九）になると、それも、貴族の耽美悦楽生活が生んだ天上的で人間離れのした、華麗で神話的な歓楽を歌うようになっていった」（高木市之助氏）。

先進中国のそうした七夕伝説のあり方を知ってか知らずか、わが万葉の歌人がそれを受け入れたのは山上憶良あたりかららしい。七夕関係の歌は万葉集中に一三〇首あまりあるが、巻八の一五首のうち一二首は山上憶良作、巻九以降の作者として代表的なのは大伴家持で、長短歌合計一四首を残している。七夕歌、最多をとどめる巻一〇の九八首のうち、柿本人麻呂歌集に出るというもの三四首で、その数は圧倒的だが、それらに人麻呂的なものは求められない。人麻呂の作歌中年代の明らかな最古の作とされる「此歌一首庚辰年作之」と左注にある一首、

天の河　安の河原の　定まりて　神し競《きそ》へば　麻呂も待たまく　（10・二〇三三）

など、天武九年（六八〇）の作で、彼の処女作の一つと見るべし、と説く人もあるがどうであろう。

憶良の関係歌で最古のものは、養老八年（七年の誤記か、七二三年）七月七日作。以後回数にして四回、長短歌一二首を残しているのは、やはり彼のこの伝説に寄せる関心の深さを思わせるが、作そのものの多くは他の万葉歌人と等しく、歌人達がそれによって自分自身を成長させ得ない、高木氏の所謂、「詩壇の雑草」にとどまってしまっている。土屋文明氏流に言えば、「時に日本古伝説なり古歌謡なりの詞句を援用してみても大体変化に乏しく、感動が浅い」のである。その中にあって提示の長歌に伴う、

礫《たぶて》にて　投げ越しつべき天の川　距《へだ》てればかも　あまた術《すべ》なき　（8・一五二二）

の一首は、憶良らしい、あくまで地上的、人間的な姿勢を見せて注目すべきものがあると評し得よう。

能古島（本書 67 ページ「能許の亭」）

海の中道

老《ろう》残《ざん》

たまきはる　内の限りは（瞻浮《せんぶ》州《しう》の人の寿《よはひ》一百二十年なるを謂《い》ふ）平《たひ》らけく　安くもあら
むを　事もなく　喪《も》なくもあらむを　世の中の　憂けく辛《つら》けく　いとのきて　痛き
傷《きず》には　辛塩《からしほ》を　注《そそ》くちふが如く　ますますも　重き馬荷《うまに》　表荷《うはに》打つと　いふこと
のごと　老いにてある　あが身の上《うへ》に　病《やまひ》をと　加へてあれば　昼はも　嘆かひ暮
らし　夜《よる》はも　息づき明かし　年長く　病みし渡れば　月累《かさ》ね　憂へ吟《さま》よひ　こと
ことは　死なと思へど　五月蠅《さばへ》なす　騒《さわ》く子どもを　打棄《うつ》てては　死には知らず
見つつあれば　心は燃《も》えぬ　かにかくに　思ひ煩《わづら》ひ　音《ね》のみし泣かゆ（5・八九七）

山上憶良

天平五年（七三三）六月三日の作。同年彼は「沈痾《ちんあ》自哀文」（病気になってみずから嘆く文）を書き、その中で、「最初に病に沈んで以来、年月は次第に積もっていった（一〇年以上経《た》ったのだ）。いま七四歳。鬢髪《ひんはつ》ともに白髪《しらが》まじり、筋肉の力も弱く疲れやすい。ただ年老いたというだけではなく、その上この病を加えた。」と記している。「いま七四歳」から逆算して、憶良の生年を斉明六年（六六〇）と考えるのである。

歌の詞書には、「老身病を重ね、年を経て辛苦し、また児等を思ふ歌七首長一首短六首」と記されており、長歌はまさにそれを歌っている。

世にある限り(人の寿命は一二〇年だという)は、平穏・安楽でありたい、無事で幸でいたいものだが、世の中の嫌《いや》で辛《つら》いことは、格別痛い傷口には辛《から》塩をふりかけ、重い馬荷にますます馬荷を上載せするという諺どおり、老いた私に病までが加わったので、昼は嘆きつづけ夜は溜息をついて明かす。長年病み続けてきたので幾月も嘆き、いっそひとおもいに死のうとも思うが、五月の蠅《はえ》のように騒ぐ子どもを、うっちゃって死ぬこともならず、見ていると心もかっかっと燃えるようだ、あれこれ思い悩むとつい声に出て泣けてくるのだ

というのがその大意だ。愚痴といえばたしかに愚痴にちがいないが、誰がこれ程、老残そのものをリアルに造型しえたであろうか。

憶良の死はこの年の内か。万葉集はこれを年代のわかる彼の最終歌とし、あと、「右一首、作者未詳、但以㆔裁歌之体似㆓於山上之操㆒、載㆓此次㆒焉」と左注した「恋㆓男子名古日㆒歌三首」（5・九〇四―六）を置いているのである。

憶良の作には風景を欠くものが多い。風物に寄せて抒情するのが和歌的発想の特色とすれば、それに反する、あるいは対するところに憶良の文学の特色があるというべきだろう。

志賀島の山頂から玄海島を望む（「志賀島」の項参照）

水城《みずき》(1)

丈夫《ますらを》と　思へる我や　水茎《みづくき》の　水城《みづき》の上に　涙拭《のご》はむ（6・九六八）

大伴旅人

大納言兼任となった帥旅人が、いよいよ都に向けて出立の日、水城に馬を駐めて府家を顧みていた時、送別の人々のなかに遊行女婦《うかれめ》児島《こじま》というものがあり、「別れ易《やす》きを傷み、逢ひ難きを嘆き」、涙をぬぐい袖をふって歌ったという二首、

凡《おほ》ならば　かもかもせむを　恐《かしこ》みと　ふり痛《いた》き袖を　忍びてあるかも

大和道《やまとぢ》は　雲隠《くもがく》りたり　然《しか》れども　わがふる袖を　無礼《なめし》と思ふな（6九六五—六）

に和《こた》えた作で、同じ時、旅人は、

大和道の　吉備《きび》の児島を　過ぎて行かば　筑紫《つくし》の児島《こじま》　念《おも》ほえむかも（6・九六七）

とも和えている。

「水城」は、天智天皇称制の三年（六六四）、唐軍の来寇をおそれて大宰府防備のための一つとして設けた築堤で、大野山西裾の上水城から西南の吉松にかけて長さ一〇〇〇mあまり、基底の幅三七m、高さ一四m、福岡側の段はせまく、大宰府側の段は人馬の自由に通れる広さの二段がまえに築かれていたらしい。防御法については、貯水説・掘割説などがあり、今のところ明白ではない。上水城には東門が、吉松には西門があったらしく、今、東門跡（国道三号線

との交点付近）には、『大堤之碑』と門扉の礎石、暗渠の跡があり、小祀に児島がまつられている。

　児島の歌には、大官旅人に対するつつましい女心の誠があふれている。旅人は彼女によって、老齢、孤独の無聊を慰められることがしばしばだったのであろう。彼女たちには、ありきたりの歌舞音曲だけではなく、この程度の個性的な歌を詠む力があったのである。

　旅人の作に出る「吉備の児島」は、岡山県の児島郡、児島半島で、今は陸続きになったが、古くは文字通りの島であった。その児島を過ぎる時には、筑紫児島よおまえを思い出すだろうという、この作者らしいおおらかさを見せた一首である。提示の作のほうは、児島の歌に和えるというより、自己の思う所を告白するといった体のもので、武田祐吉氏の説かれる「自己中心的な貴族」の姿を見せている。だが、旅人の

涙で濡れた眸には、児島や見送りの人々とともに、この地で失った妻大伴郎女の面影が映っていたであろう。

水　　城

水《みず》城《き》(2)

言ひつつも　後《のち》こそ知らめ　とのしくも　さぶしけめやも　君いまさずて

（5・八七八）

山上憶良

天平二年（七三〇）一二月六日、大納言兼任となって上京する旅人の送別の宴が、筑前国庁の一棟であろう、書殿《ふみ》で催された。その日、憶良は七首の作を謹上した。

天飛ぶや　鳥にもがもや　都まで　送りまをして　飛び帰るもの

が第一首で、第二首は、

人もねの　うらぶれをるに　立田山　御馬近づかば　忘らしなむか

第三首が提示の作で、以下、

万世《よろづよ》に　いまし給ひて　天の下　奏《まを》し給はね　朝廷《みかど》去らずて

天離《あまざか》る　鄙《ひな》に五年　住まひつつ　都の風俗《てぶり》忘らえにけり

かくのみや　息づき居《を》らむ　あら玉の　来《き》経《へ》ゆく年の　限《かぎり》知らずて

吾《あ》が主《ぬし》の　みたま賜《たま》ひて　春さらば　奈良の都に　召上《めさ》げ給はね

（5・八七六―八八二）

と続き、終三首に、「あへて私懐を布《の》ぶる歌三首」と詞書を付している。

筑前での憶良と旅人の間柄（どこまでも文学

的な）が、肝胆相照らすというような親和関係ではなく、対抗し反撥する言わば火花を散らすが如きものであったことは、高木市之助氏の所説を借りて、しばしば述べてきた。旅人送別の日の憶良の姿勢はどのようなものだったか。それをこの七首が示す。第一首は、まず神妙に送別の意を述べている。が、その口の乾かぬうちの第二首、「筑紫に残された人々の皆がしょんぼりしておりますのに、河内と大和ざかいの立田山にお馬が近づきましたら、この私どものことなどすっかりお忘れでございますまいか」と怨ずる。第一首とうって変わった一種不遜ともいうべき姿勢が早くも打ち出されている。それは、ただ歌意によってばかり言うのではない。「人もね」の語、意は「人皆」であろうが、沢瀉久孝氏は、提示の歌の「とのしくも（ともしくも）」とともに筑紫の方言であろうと説かれる。お説の通りなら、憶良は都の人となる旅人に対して、天離る鄙人の立場を代表して、痛烈な一矢を呈していると見るべきだろう。提示の作の「言ひつつも」は、第二首を受けて「……と嫌味は言ってみるものの」と解される句である。とすると、「とのしくも（非常に）さぶしけめやも」は憶良の本音で、彼の反骨を大らかに受け入れてくれた旅人を筑紫の地から失うことはすこしばかりの淋しさではなかったに違いない。そして彼、この年七〇歳。旅人より五歳上の老齢である。持病はいよいよ重い。「あえて私懐をのぶる」三首の表白に真情が吐露されることになったのは無理からぬことであろう。

大野山山頂から望む

観世音寺《かんぜおんじ》

しらぬひ　筑紫《つくし》の綿《わた》は　身につけて　いまだは著ねど　暖《あたた》けく見ゆ（3・三三六）

沙《しゃ》弥《み》満《まん》誓《ぜい》

満誓は俗名を笠麻呂といった。慶雲元年（七〇四）正六位下より従五位下となり、同三年七月美濃守に任じられた（和銅元年、七〇九年三月美濃守ともあるのは重任したのであろう）。吏材があって、和銅二年には、政績により田一〇町、穀二〇〇石、衣一襲を賜り、同七年（七一四）二月には、木曽路を通じた功によって封七〇戸、田六町を賜った。霊亀元年（七一五）尾張守兼任、養老三年（七一九）に按察使《あぜちし》が置かれた時美濃守として尾張・参河・信濃を管したが、五年五月に元明天皇の病気平癒を祈って出家、七年（七二三）二月二日「造筑紫観世音寺別当」となった。この寺は、天智天皇が母斉明の菩提を祈っての建立だが完成せず、重ねてこの年督促の詔が出されたのである。

提示の作、表面は何事もない筑紫の綿（木綿説、まわた説がある）を讃めたものだが、岸本由豆流《ゆずる》が、「この歌譬喩の歌にて、満誓、女など見られて、たはぶれに詠れたるにて、この綿を積かさねなどしたるが暖げに見ゆるを、女によそへたるべし」と説いてからそれに従う人が多い。武田祐吉氏は、「満誓が観世音寺別当となってから、その寺の賎女赤須に通じて子を生ませたことが伝えられ、また恋の歌もあるところを見ると、この説もあながちに否定できない」として賛成されている。

ところで同じ満誓は、

世の中を　何に譬《たと》へむ　朝開《びら》き　漕《こ》ぎ去《い》にし船の　跡なきごとし　（3・三五一）

の作者でもある。この歌、古今六帖・拾遺集・和漢朗詠集などに、その頃（平安中期、一〇〇〇年頃）の歌風を反映して、結句を「あとの白波」として引かれ、源順《みなもとのしたごう》（九一一―九八三）も、男女二人の子を失った歎きを、「世の中をなににたとへむといへることをかしらにおきて」として、一〇首を詠んでいるが、

世の中を　何にたとへむ　秋の田を　ほのかに照らす　よひのいなづま

は、さすがに冴えている。方丈記の作者鴨長明（一一五三―一二一六）も、「もしあとの白波にこの身を寄する朝には、岡の屋にゆきかふ船をながめて満沙弥が風情を盗み」と言って、己の作歌を弁じている。これらによって、「世の中の……」の作の著名度は知られようが、後世の人は、同じ作者に提示の作のあることも承知していただろうか。とまれ、真綿を恋うる人の、真摯な口から「世の中を……」の歌がとなえられる時にこそ、私は真実な人間の声を聞く思いがするのである。

観世音寺は、王朝以降、火災・風害等によって消失、今の講堂は元禄期のものだが、寺運隆盛の頃には、方三町の境内に法起寺様式の伽藍配置をほこり、奈良東大寺・下野薬師寺と共に三戒壇として西海道一等の大寺であった。当時のものとして、講堂の両脇に礎石が残り、五重塔の心礎もあるが、鐘楼の梵鐘はわが国最古のもの。配流された菅原道真（八四五―九〇三）が、「観音寺只聞鐘声」と詠んでいよいよ世に知ら

れた。下口底辺に「上三宅」の手彫の銘が見えることから、鐘の作者は豊前の国（大分県）の人だといわれている。

大正四年二月八日、三七歳の短い生涯を九州大学附属病院で終わったアララギの歌人長塚節《たかし》に、

手を当《あ》てて　鐘はたふとき　冷たさに　爪叩き聴く　そのかそけきを

と五行書きされた一首があり、同寺境内にその碑が建っている。

梵　　鐘

観世音寺礎石

三《み》笠《かさ》の社《もり》

念《おも》はぬを　思ふと言はば　大野なる　三笠の社《もり》の　神し知らさむ（4・五六一）

大伴百《もも》代《よ》

博多駅前バスセンターから二日市へ向かうバスの客となり一五分ほど、板付を過ぎると進行方向左側前方に、稲穂に囲まれた小さな森（といっても、現在では人家の裏庭の植込みほどの貧弱なもの）が見えてくる。これが「大野なる三笠の社」の衰えきった姿なのだ。山田停留所で下車し、すぐ際の十字路を東に折れてすこし進み、板付の方へ引きかえす気持ちでやや北に行くとこの森で、小笹の藪を分け入ってみると、高さ一mほどの石の祠が南面していて中に石ころが祭られ、祠の裏に「天保十一年阿波定吉」と刻まれている。この付近、万葉の頃は御笠郡大野郷に属していたが、その大野郷は大野山西麓一帯の平地で、三笠の森は条里制水田の中にある森だった。書紀仲哀天皇の条に、「神功皇后が熊襲をうとうとして橿日《かしひ》の宮から松峡《まつき》の宮に遷られた時、つむじ風が起こり、笠をおとされた。そこで時人が名付けて御笠といった」と記されている。

歌は、百代が大伴坂上娘女に贈った、詞書に「大宰大監大伴宿祢百代の恋歌四首」とあるうちの一首で、他の作には、

事もなく　生き来しものを　老なみに　かかる恋にも　われは遇へるかも

などもある。彼が大監（四等官、正六位）だったのは、旅人が大宰帥であった天平二年（七三〇）頃で、彼も「梅花の宴」に招かれたひとりである。この頃の彼の年齢について、福田良輔氏は、百代の官位昇進の経歴と大伴氏の他の人のそれとを比考して、「恋歌四首の表現内容を合せ考えると、四十代も半ばを過ぎて五十に近い年輩になっていたのではあるまいか」と推定しておられる。これに対して、穂積親王、藤原麻呂、大伴宿奈麻呂などとの恋の経験をつみ、「当時三五、六から四〇に近い年齢に達していた」（福田氏）坂上娘女も、

黒髪に　白髪交り　老ゆるまで　かかる恋には　いまだ遇はなくに　（4・五六三）

と返している。

だが、これらを真剣な「老いらくの恋」と取るのは当たるまい。おそらくは例の宴席で、先行の歌を踏まえ、地名などをそこにふさわしく入れかえて贈答したものであろう。こういう社交的効用に万葉歌の一面の在り方を見なければなるまい。そして娘女はもう一首、

山菅《やますげ》の　実成《みな》らぬことを　われによせ　言はれし君は　誰とか宿《ぬ》らむ　（4・五六四）

と、怨恨とも揶揄ともつかぬ歌を返している。

三笠の社（昭和 40 年）

芦《よし》城《き》

月夜よし　河音清《さや》けし　いざここに　行くも行かぬも　遊びてゆかむ（4・五七一）

大伴四《よ》綱《つな》

天平二年（七三〇）一二月、大宰帥兼任のまま、大納言に任ぜられた旅人は、同年の一二月頃であろう、

君がため　醸《か》みし待酒《まちざけ》　安《やす》の野に　ひとりや飲まむ　友なしにして　（4・五五五）

と、民部卿となって遷任する丹比県守《たじひのあがたもり》を送って、この作者らしく、独り飲む寂しさを託《かこ》った身が、今度は送られる立場となって上京することとなった。

み崎廻《さきみ》の　荒磯《ありそ》に寄する　五百重波《いほへなみ》　立ちても居ても　わが念へる君

（4・五六八）門部連石足《かどべのむらじいそたり》

韓人《からひと》の　衣染《ころもそ》むとふ　紫の　心に染《し》みて念ほゆるかも

大和《やまと》べに　君が立つ日の　近づけば　野に立つ鹿も　響《とよ》みてそ鳴く

（4・五六九―七〇）麻田連陽春《あさだのむらじやす》

と提示の作とが、この機会に、芦城《よしき》の駅家《うまや》で餞別の宴に歌われたのである。

石足の歌は、むろん眼前の景ではなく、旅人が越えるはずの海波を念頭においたもの、「韓人の……」の作は衣服令にいう「三位以上は浅紫の衣」を意識してのもので、共に送別の心を尽している。「大和べに……」と提示の作とは、

それぞれ芦城の風土をとらえて別れを惜しんだ作となっている。

大宰府町から東南に丘を越えて、坂部（筑紫郡筑紫野町）に出る旧道がある。坂部に着くと、北東から南西にかけて開けた平地があるが、それが芦城野で、北東に宝満山、北には四王寺の連山、北西に天拝山をのぞみ、近く南には万葉の芦城山（今の宮地嶽、三三八ｍ）が形のよい姿を見せている。宝満川（芦城川）は、この野を北東から南西に向かって、ほぼ芦城山ぞいに流れている。万葉人好みの景勝地と言うべきだろう。北東へは、大宰府からこの野を経、米の峠を越え香春《かわら》に出て豊前に至る、「田河道」の官道も通じていた。万葉人にとっては、離別を思う、あるいは思わざるを得ない位置にこの野はあったわけである。

大伴四綱と旅人とは同族であったろうが、その関係はあきらかでない。この後、彼も上京し、天平一〇年四月大和小掾、天平一七年一〇月には雅楽助・正六位勲九等となっている。旅人送別の頃は、防人司佑《さきもりのつかさのすけ》であった。佑は防人司の次官である。

芦城川から米の峠を望む

志《し》賀《かの》島《しま》

大王《おほきみ》の　遣《つかは》さなくに　さかしらに　行きし荒雄《あらを》ら　沖に袖振る（16・三八六〇）

山上憶良

神亀年中（七二四―七二八）、大宰府は筑前国宗像《むなかた》郡の津麻呂を指名して対馬《つしま》に食糧を送る船長とした。そこで、彼は同国滓屋《かすや》郡志賀村の海人荒雄の許に行き、老齢を理由に交替を頼んだ。荒雄は、「郡を異にすといへども船を同じくする事久し。志は兄弟よりも篤く死に殉《したが》ふことありとも、あに辞《いな》びめや」と言い、承知して、肥前国松浦県《あがた》の美祢良久崎（長崎県南松浦郡五島列島のうち福江島の三井楽《みいらく》町？）から対馬に直航したが、一天俄《にはか》に曇り、暴風に雨を交《まじ》え、順風を得ず船は沈没してしまった。妻子らは子牛が親を慕うような慕情に耐えずこの歌を作った。あるいは、筑前国守山上憶良が、妻子の傷《いたみ》に悲感し、代わりにその胸中を述べてこの歌を作ったというのが、左注が記すこれらの作、「筑前国志賀白水郎《あま》歌一〇首」の由来である。提示の作が第一首、以下、

(2)荒雄らを　来《こ》むか来《こ》じかと　飯《いひ》盛りて　門に出で立ち　待てど来《き》まさず

(3)志賀の山　いたくな伐りそ　荒雄らが　よすがの山と　見つつ偲《しの》はむ

(4)荒雄らが　行きにし日より　志賀の海人《あま》の　大浦田沼《おほうらたぬ》は　さぶしくもあるか

(5)官《つかさ》こそ　さしても遣《や》らめ　さかしらに　行

きし荒雄ら　波に袖ふる

(6)荒雄らは　妻子《めこ》の生業《なり》をば　思はずろ　年の八年を　待てと来まさず

(7)沖つ鳥　鴨とふ船の　帰り来《こ》ば　也良《やら》の崎《さき》守《もり》　早く告げこそ

(8)沖つ鳥　鴨とふ船は　也良の崎　廻《た》みて漕《こ》ぎ来《く》と　聞え来ぬかも

(9)沖行くや　赤ら小船に　つとやらば　けだし人見て　開きけむかも

(10)大船に　小船引きそへ　潜《かづ》くとも　志賀の荒雄に　潜《かづ》き逢はめやも

（16・三八六一―九）

とつづく。

これらについて「時人の作」、「民謡」とする人もあるが、私は、やはり一〇首の構想、用語を総合した文芸性から見て、憶良作とみるべきだと思う。笠井清氏は、この構想を、第一首と第二首、第三首と第四首……というように、一種の問答体（呼応）となっていると説き、夫を偲び自らを歎く連綿として尽きぬ怨恨悲歎を詠じたものと述べておられる、また犬養孝氏は、(1)―(4)を心情表現の第一波、(5)―(8)を第二波とし、後者は前者のひとつひとつと呼応して強調された心情表現となっており、間然する所なき心理発展の必然を語るとし、それで一応完結しながら次の余韻波二首が第三波として加えられたのだと説かれた。両者の説かれるところに相違がないのではないが、その構成の緊密さに注目されているという点では全く同一と言ってよい。そして、「さかしらに」と言い、「妻子の生業をば思はずろ」と言うあたり、その心情は、悲歎というより忿怒に近い怨恨そのものである。心情はまさに当の妻子のものだが、その表現となると憶良以外の誰がなしえたであろうか。こ

志賀の白水郎歌碑（16・三八六九）（志賀島国民休暇村）

の現実的な作十首をもって、大伴旅人の「松浦川に遊ぶ歌」（同十首）のロマン性に対抗したと見るのが、高木市之助氏であった。

志賀島は古くは文字通り島であったが、今は橋がかかり、福岡市の天神からバス六〇分の距離。博多港からは博多湾を横切って一二キロ、舟航五〇分で志賀島港に着く。島は、周囲一二キロ、南北およそ四キロ。島の最高所の公園「潮見台」（標高一七六m）には、古賀井卿《せいきょう》氏の筆で、

志賀の浦に　漁《いさり》する海人《あま》　明けくれば　浦《うら》
廻《み》漕《こ》ぐらし　梶の音聞ゆ　（15・三六六四）

の歌碑、島北端の国民休暇村の前庭には本項⑽の歌の（石橋犀水氏筆）、同地内北の岡中腹には⑶の歌の（倉野憲司氏筆）など、島内外に合計一〇基の万葉歌碑が建てられている。

能《の》許《こ》の亭《とまり》

風吹けば　沖つ白浪　恐《かしこ》みと　能《の》許《こ》の亭《とまり》に　数多《あまた》夜そ寝る（15・三六七三）

作者不明

周防灘で逆風漲浪にあい漂流の後、大分県の「分門浦《わくまのうら》」（中津市東部か）にたどりついた遣新羅使人の一行は、その後陸路をとったか、七夕の頃には、後の福岡城内にあった筑紫館に至って、三部一六首の作を詠んだ。

今よりは　秋づきぬらし　あしひきの　山松かげに　ひぐらし鳴きぬ　（15・三六五五）

夕月夜　影立ち寄り合ひ　天の河　漕ぐ舟人を　見るが羨《とも》しさ　（15・三六五八）

わが旅は　久しくあらし　この吾が著《け》る　妹が衣に　垢《あか》つく見れば　（15・三六六七）

筑紫館に一行がいたのは何時までだったか、ともあれ、館をあとにして筑前国志麻郡韓亭《からどまり》（福岡県、糸島半島の北東、北崎町唐泊）に船を泊めて三日を経た。この年の七夕は陽暦八月二一日にあたる。この頃の玄海灘はうねりが高まり、荒れるにまかせる日が多くなる（現在でも唐泊には救難設備がある）。使人達の船泊まりも避難のためであろう。提示の作にも、いつ船立ちの日を迎えることが出来るかという焦燥と、激浪にたち向かわねばならぬ不安とが感じられる。この作を含む歌の詞書は「時に夜、月光皎皎として流照す。たちまちこの華《けはひ》に対して旅情悽噎、各々心緒を陳べていささかもちて裁《ことは》れる歌」としているが、景感そのものを歌った作が二首に止まるのは無理からぬ事である。

ひさかたの　月は照りたり　いとまなく
海人《あま》の漁火《いさりび》は　灯《とも》しあへり見ゆ
(15・三六七二)

の一首は、感情を露骨に出さず、海上の夜景を描いたのが、かえって寂寥感を伝える。その他の作、

大君の　遠の朝廷《みかど》と　思へれど　日《け》長くし
あれば　恋ひにけるかも　(15・三六六八)
旅にあれど　夜は火ともし　居《を》る我を　闇《やみ》
にや妹が　恋ひつつあらむ
(15・三六六九)
韓亭《からとまり》　能許の浦波　立たぬ日は　あれども
家に　恋ひぬ日はなし　(15・三六七〇)

など、どれも旅立ちが遅れ、妹に逢えぬ日の続く焦燥感の出ていないものはない。

博多湾に浮かぶ周囲一二キロの「能古島」は、福岡市の姪の浜から定期船で一五分足らず、船着場からすこし西に行った窯高台に提示の作を記した歌碑がある。唐泊へは、博多駅バスセンターから昭和バス西浦行きに乗って一時間半、宮の浦下車で、一キロほど海岸沿いの道を歩く。

唐泊にて

可也山《かやさん》

草枕 旅を苦しみ 恋ひをれば 可也《かや》の山辺に さ男鹿鳴くも（15・三六七四）
壬生宇太麻呂《みぶのうだまろ》

国鉄筑肥線の急行で丁度三〇分、列車が筑前前原《まえばる》に近づく頃、右窓に富士に似た山が見えてくる。これが小富士の名のある可也山《かやさん》（三六五m）で、荒津崎（西公園）からも遠望出来る。

天平八年（七三六）の遣新羅使一行は、「唐《から》泊《とまり》」を後に糸島半島を西に廻って「引津《ひきつ》の亭」に船を停め七首の歌を詠んだ。提示の作は、その第一首目のもの。他に作者名を記さない同時の作二首も鹿を歌っている。

妹を思ひ 眠《い》の寝らえぬに 秋の野に さ男鹿鳴きつ 妻思ひかねて （15・三六七八）

夜を長み 眠の寝らえぬに あしひきの 山彦響《やまびことよ》め さ男鹿鳴くも （15・三六八〇）

糸島半島の西側には南から加布里湾（立石崎を挟んで東西二湾）と引津湾とがあり、「引津の亭」の故地にも三説がある。伊藤常足の『大宰管内志』は、「此引津といふは志摩郡加也山の南の麓にあり」として加布里湾（仮に東湾と呼ぶ）の御床付近に亭があったとし、青柳種信は同湾の西湾説をとり、「一説に引津は船越浦海中ちきりといふ所是也」と言って船越に亭を求むべきだとする。

これらに対して貝原益軒は引津湾説を主張し、

亭は岐志にあったという。若浜汐子氏は、「岐志から海に別れて暫く北進。（中略）道の左右の山に囲まれた低地は、古くは海水が浸していたという。もしここに海水が通じていたとするなら、使節の船は、立石山（二一〇m）の西麓を廻らずに直ぐに岐志の入江、即ち引津に入ることが出来たであろう」と説かれる。この説、野田勢次郎氏説「芥屋《けや》の海岸の松原におおわれた一連の丘陵地帯は、砂層を一皮はぐと、花崗岩の岩床からできていて、とても芥屋の外海と岐志の内海とをつないだ水路があったとは思えない」と否定されるとしても、唐泊から船では最も近い入江で、森本治吉氏によって、この湾内の新川付近に亭があったとみれば、若浜氏の説かれる如く、「鹿の声が『山彦とよめ』て聞えることも無理のない距離だと思われる」のである。

鹿の声が「山彦響め」て鳴くという表現に注目された高木市之助氏は、鹿の声が「つつしみ深く、思慕のこころを嘆くような、優雅な表情でなく、むしろその反対に粗野無遠慮に、山野に反響させる本能に近いもの」であったとされ、「鹿が万葉集でそういう荒っぽい野獣でありつつ、こんなにも作歌の対象として多数に採択されたのは、妻喚ぶ本能の烈しさが恐らく当時としては代表的な烈しさを持っていて、一方にこれを狩りする多数の猟夫を尻目にかけて平然と妻を喚ぶ姿が、同じ恋をする人間の情熱を触発するという関係にあったからではあるまいか」と説かれた。

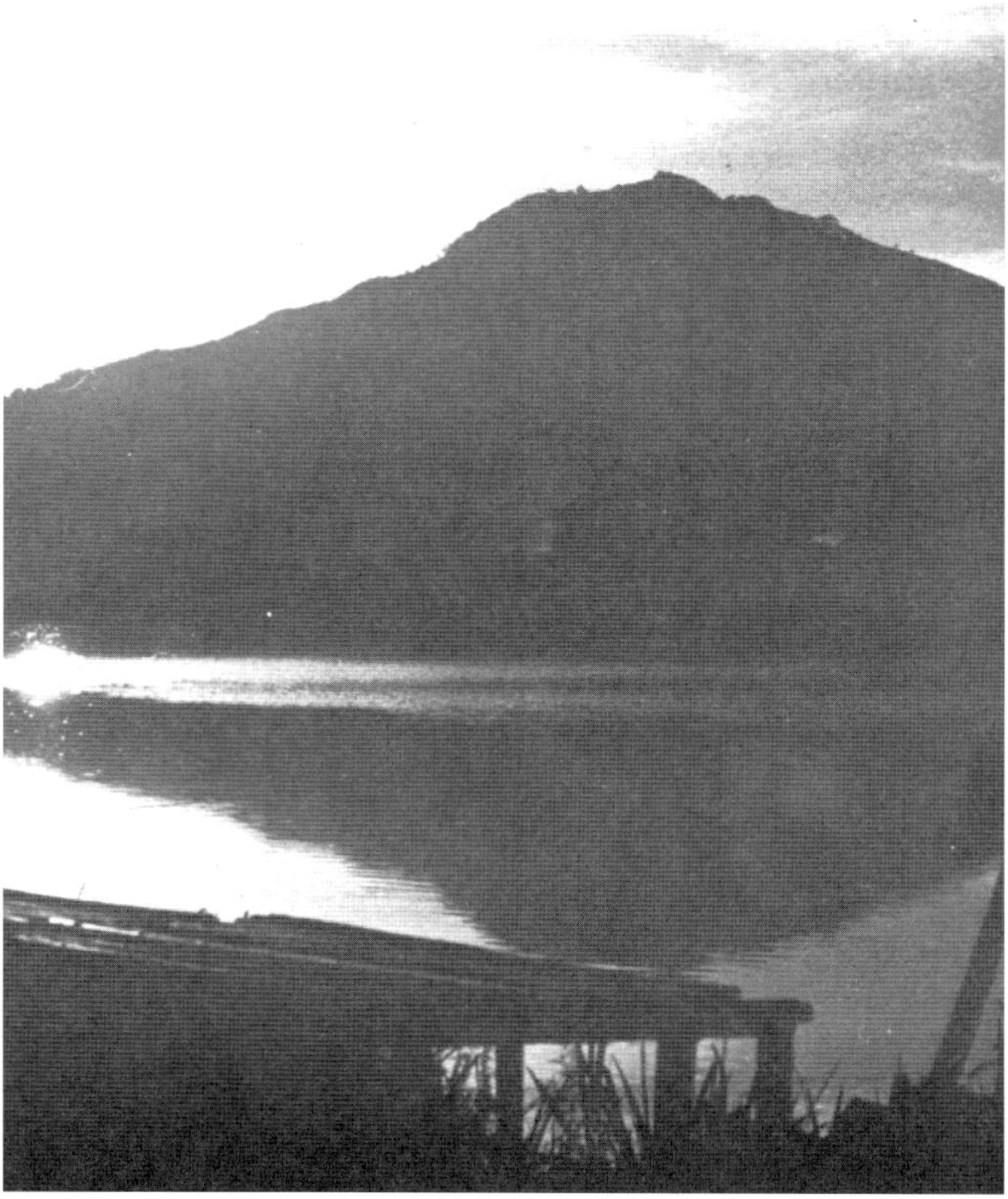

加布里東湾から可也山を望む

子《こ》負《う》の原《はら》

懸けまくは　あやに畏《かしこ》し　足姫《たらしひめ》　神の命《みこと》　韓国《からくに》を　向け平げて　御心を　鎮め給ふと　い取らして　斎ひ給ひし　真珠なす　二つの石を　世の人に　示し給ひて　万代に　言ひ継ぐがねと　海《わた》の底　沖つ深江の　海上の　子負の原に　御手づから　置かし給ひて　神ながら　神さびいます　奇魂《くしみたま》　今の現《をつつ》に　尊きろかむ（5・八一三）

山上憶良

国鉄筑肥線深江駅下車、国道二〇二号線に出て西に六〇〇m程行くと、深江海岸から線路を越えた小丘上に、子負原《こぶがはら》八幡という小社がある。貝原益軒の『筑前風土記』に、神功皇后の新羅征伐にあたり、御裳の中に入れて鎮懐（懐妊を鎮める意）とされた二石は、寛永末（一六四四）頃までこの地にあったが、後盗難にあい路傍に捨てられていた、それを村民が拾いあげて祭った社なのだという。

憶良は管内巡行中、現地でか国府館でかは知らず、那珂郡伊知郷蓑島（現、福岡市博多区美野島）の人建部《たけべ》牛麻呂という者からこの伝説を聞き、序と長短歌各一首とを作った。序は、「筑前国怡土《いと》郡深江村子負の原、海に臨める丘上に二つの石あり」と起こし「大きなるは長さ一尺二寸六分（およそ三八センチ）囲《かく》み一尺八寸六分、重さ十八斤五両（一一キログラム）、小《ちひさ》きは長さ一尺一寸、囲み一尺八寸、重さ十六斤十両。並《とも》に皆楕円にして状《かたち》鶏子《とりのこ》の如し。其の美好《うるは》しきことあえて論ずべからず」とその大きさ形状を克明に記し、「所謂《いはゆる》径石の璧（直径一尺の宝石）これなり」と言ったあと、「ある説にこの二石は肥前国彼杵郡平敷（長崎市浦上町かという）、占に当りて之を取る」と注し、「深江の駅家を去ること二十里ばかり、近く路頭に在り。公私の往来に馬より下りて跪拝《きはい》せざるなし」と述べ、「古老相伝《あひつた》へて曰はく、往昔《いにしへ》息長足日女《おきながたらしひめ》命新羅国を征討し給ひし時に、この両石をもちて御袖の中に挿着《さしはさ》みて鎮懐となし給ひき。実はこれ御裳の中なり。ゆゑに行人此の石を敬拝す」と由来を説いている。提示した長歌、短歌、

天地の　共に久しく　言ひ継げと　この奇《くし》
魂《みたま》　敷かしけらしも　（5・八一四）

をも含めて、「叙事の部分が平板冗長で、感激に乏しく、しかもいたずらに敬語の多いのが目立つ。一体に描写がないのは、印象の弱い所以である」という武田祐吉氏の評語に従わざるをえない。だから、所詮この作は、憶良作としては歌反古《ほご》でしかないが、序で、石の寸法や重量、それに所在地を、丹念克明に記して居るのは、憶良の性格の一面を示すものとして注目すべきである。これは養老年間（七一七—七二四）であろう、彼が分類編集した古歌集である類聚歌林でも、万葉集に引かれたかぎり（前後九回）は、作者や制作年月の異同を中心に、その縁起や動機を記しているらしいところにも共通してみられる特性である。これを科学的と評する人もあるが、憶良の現実に対する実直な態度をまずもってしのばせる。

子負原八幡に立つ憶良の歌碑

松《まつ》浦《ら》河《がわ》

松浦《まつら》河《がは》　河の瀬光り　鮎釣ると　立たせる妹《いも》が　裳《も》の裾《すそ》ぬれぬ（5・八五五）

大伴旅人

天平二年（七三〇）の三月末か四月の初め、帥旅人は管轄地の一つ肥前国松浦県（佐賀県東松浦郡）を巡検し、鏡山の東麓、玉島川の淵に臨んで遊覧した。「百日《ももか》しも　行かぬ松浦路　今日行きて　明日は来なむを　何か障《さや》れる」（5・八七〇、山上憶良）から察せられるこの一泊二日行程の「松浦路」は、大宰府を後に「基山を背振山ぞいに西に出、尼寺の国府を北上していまの都渡城、川上の里を南山に分け入り、山中を西に向って七山路、滝の川を過ぎ、鏡山の麓に出る道」（中原勇夫氏）であろうか。大宰府から玉島へは、福岡に出て、海岸沿いに糸島郡の吉井集落に至り、山路を越えて谷口に出、河沿いに大村まで下って玉島に通ずる「天平道」（筑紫豊氏）もあったが、たとえ片道でも旅人が前者によったとすれば、彼はおのずからに「吉野川そっくりの俯瞰型谿流」（高木市之助氏）の玉島川を堪能できたはずである。滝の川付近から、藤川・鮎返を経て玉島に下るおよそ四キロの道は、ダムのため今は水量豊富とは言い難いが、地名からも察せられるように、神功皇后伝説にも出る鮎の名所で、初夏の頃には点々と鮎釣りの人影を見る。「隼人の湍門の磐」の見聞によってすら「鮎走る吉野の滝」を思わずにはおられぬ（6・九六〇、本書328ページ参照）。旅人にとって、これはまたもっと立ち去り難い「郷愁の風土」だったに相違ない。

吉野に柘枝《つみのえ》伝説あるを知り、先進中国の洛神賦（魏の曹植《そうち》作、二二二年成立）などを読んでいた旅人は、これらによって一編の虚構を思いついた。松浦県に行き、逍遙して玉島川（古くは松浦川）遊覧中、「花容無レ雙光儀無レ匹開二柳葉於眉中一　発二桃花於頬上一　意気淩雲風流絶レ世」の魚を釣る女子らに出逢った。

「誰が郷誰が家の児らぞ、けだし神仙か」との問いに、彼女らは笑って答えた。「漁夫の家の児、草の戸の賤しい者で、郷も無ければ家もありません。答える名もない程の者です。ただ生まれながら水に親しみ、山を楽しんでいます。ある時は異国の宓妃《ふっぴ》（洛神賦に出る河神）のように浦に臨んで美魚を羨み、巫人の峡に身を臥して煙霞を眺めるといった暮らしです。偶然高貴な方にお目にかかり、感激しまして、心中を申しあげました。以後、共白髪の交を結びたいと存じます」と。僕《やつがれ》は「おお、謹んでお言葉に従おう」と答えたが、時に陽は山西に落ち、黒駒は帰りを急ぐ。ついに思うところを歌にして贈った、と序して以下贈答八首の作を連ね、後人追加の詩三首（実は和歌）を「帥老」と小書きして記載しているのが、わが万葉集である。

漁《あさり》する　海人《あま》の子どもと　人は言へど　見るに知らえぬ　良人《うまびと》の子と　（5・八五三）僕

玉島の　この川上に　家はあれど　君をやさしみ　現《あら》さずありき　（5・八五四）娘

二者の贈答はこう始まる。「この川上に家はあれど」とは、ただ「良人の子」の肯定ではあるまい。「川上から下る者」に神秘性を見るのは、桃太郎の昔話、能の始祖秦河勝《はたのかわかつ》の伝説など枚挙にいとまなしだが、旅人にとって直接の連想は吉野の柘枝《つみのえ》伝説であったろう。「魚業に従っていた味稲《うましね》は、ある時、流れを下る柘《つみ》（山桑か）の枝を拾い家に持ち帰った処、枝は仙女となり、共に昇天した」というのが話の骨子である〈懐風藻、万葉集（3・三八五—七ほか）〉。これも仙女であることの告白だろう。以下提示のものを除いて作を連ねる。

松浦なる　玉島川に　鮎釣ると　立たせる子らが　家路知らずも

遠つ人　松浦の川に　若鮎《わかゆ》釣る　妹が手本《たもと》を　我こそまかめ

（5・八五六—七蓬客〈僕〉）

若鮎釣る　松浦の川の　川並《な》みの　並《な》みにし思はば　われ恋ひめやも

春されば　わぎ家《へ》の里の　川門《かはと》には　鮎子さ走《ばし》る　君待ちがてに

松浦川　七瀬《ななせ》の淀《よど》は　淀むとも　われは淀まず　君をし待たむ

（5・八五八—六〇）　娘等

提示の歌の「河の瀬光り」は、流れの速さか、鮎走るためか、いずれと見ても佳句。「春されば……」の一首、一連中の秀作である。「春が訪れて松浦川の水かさも豊かになり、しきりに恋しい君は姿を見せぬ。さわれ、水中には鮎がきらめき走るのだ。ときめくわが心さながらに……」と解する中原勇夫氏は、「女心を象徴するかのようなたくみな心理描写とさえいえよう」と説かれる。

「後人追加の詩三首」は、特に述べることもないが、この詞書の下に「帥老」の小書があることから、これ以前を憶良の作と見る説も出た。やはり旅人の虚構と思われるが、それと関連して、前記した「洛神賦」とその作者について見ておこう。

曽植は、曽操の子。初平三年（一九二）に生まれ太和六年（二三二）に死んだ。兄の曽丕と不仲で、父が死に、兄が即位して文帝となった黄初元年（二二〇）十月直後、彼の側近であった丁儀・丁翼が文帝によって誅せられ、彼も諸侯と同じく封地に赴かねばならなかった。臨淄《りんし》に赴任してほどなく、酒によって使者をおびやかした咎で安郷侯に左遷され、翌年鄄城侯に改封の後その王に任じられて洛陽に朝した。その帰途、洛水を渡った時のファンタジーが「洛神賦」である。

> 川を渡ろうとして、楊林を徘徊し洛水を望むと、実に清爽な気持ちとなった。と、一麗人が巖のあたりに見えた。御者に、「お前は彼女を見たか。一体何者で、あれ程に艶なのか」と尋ねると、「河洛の神で宓妃というのがそれでしょう。私には見えませんでした」というのが彼の返事であった。

以下、彼女の美を微に入り細にわたって述べ、仙女である身は、人と結ばれぬことを悟り、「太陰に潜処していようとも、長く君主に心を寄せる」と誓い、明璫《めいとう》（耳飾り）を曽植に献じて別れを告げた、というのがその大筋である。いかにそのファンタジー（伊藤正文氏）が松浦河の作に類似していることか。はたまた大宮の身が故郷の都を離れてあらねばならぬという点など似ていることか。これはやはり、大伴旅人の作であろう。そして、この淡白さ清純さは、旅人のものであると同時に、清冽な水にしか棲まない「鮎」のものでもあろう。

ひれふりの嶺《みね》

遠《とほ》つ人　松浦佐用姫　夫恋《つま》ひに　領巾《ひれ》ふりしより　負へる山の名　（5・八七一）

作者不明

大伴佐提比古《さてひこ》は、大連《おほむらじ》金村の子で、宣化二年（五三七）と欽明二三年（五六二）とに、新羅・高麗の遠征に従ったと日本書紀は記す。「時にその妾松浦佐用姫、別易会難を歎き高山に登る。遠ざかる船を望んでは肝魂も断銷するばかり、領巾《ひれ》を脱いで振る。傍らの人、涙を流さぬ者なし。よってこの山の名を生む」との詞書を付けて、提示の作のほか、

後人の追和

山の名と　言ひ継《つ》げとかも　佐用姫が　この山の上《へ》に　領巾をふりけむ

最後人の追和

万世《よろづよ》に　語り継げとし　この岳《たけ》に　領巾ふりけらし　松浦佐用姫

最々後人の追和二首

海原《うなはら》の　沖行く船を　帰れとか　領巾ふらしけむ　松浦佐用姫

行く船を　振り留《とど》みかね　如何《いか》ばかり　恋《こほ》しくありけむ　松浦佐用姫

（5・八七二―五）

と万葉集は連ねている。また、肥前風土記は女の名を弟日姫とし、佐提比古が去って五日、嶺の沼蛇が彼の姿となって姫に通ったと伝え、現地には、姫が山からとび降りた時の足跡という

佐用姫岩（松浦河河中）、石に化したという望夫石（加部島の田島神社境内）を伝える。

領巾振り山は今もその名を残す鏡山、七面山ともよばれる標高二八三・七ｍの梯形台地で、国鉄・唐津駅または虹の松原駅からバスに身を托し山頂に立てば、山麓の青田を海と区切る「虹の松原」を境に、唐津湾を経て玄海灘を一望にする大景が望まれる。この松原は、中世、寺沢志摩守による植樹というから、万葉時代にはむろん無かった。したがってこの山麓も浪に洗われていたはずで、この歌の背後にある自然は、現況より遥かに厳しいものであったとしなければなるまい。

さてこの一連について、①全てを旅人作とみ、その「創作意識による構成」とする人、②山上憶良作と説く人、③はじめ三首旅人作、後二首憶良作とみる人がある。たしかに、「山の名と言ひ継げとかも」、「万世に語り継げとし」というロマン的な自問自答に対して、「海原の沖行く船を帰れとか」、「行く船を振り留みかね如何ばかり恋しくありけむ」と満腔の同情を歌う二首には異質なものがあるとも見られよう。だが第一首を序とし、二作を時間的把握、後二首を空間的把握ととらえて構成的にこれを見るなら、旅人にもその位の力はあったのでなかろうか。今、作者不明とする理由である。

唐津城跡から望む、ひれふりの嶺

鵜の首付近の玉島川

値嘉《ちか》の岬《さき》

神代より　言ひ伝《つ》て来《く》らく　そらみつ　倭《やまと》の国は　皇神《すめがみ》の　厳《いつく》しき国　言霊《ことだま》の　幸《さき》はふ国と　語り継《つ》ぎ　言ひ継がひけり　今の世の　人も　毎々《ことごと》　目の前に　見たり知りたり　人さはに　満ちてはあれども　高照らす　日の朝廷《みかど》　神ながら　愛《め》での盛りに　天の下　奏《まを》し給ひし　家の子と　撰《さだ》め給ひて　勅旨《おほみこと》　戴きもちて　唐《もろこし》の遠き境《さかひ》に　遣《つか》はされ　まかりいませ　海原の　辺にも沖にも　神づまり　領《うしは》きいます　もろもろの　大御神たち　船の舳《へ》に　導き申し　天地の　大御神たち　大和の大国霊《おほくにみたま》　ひさかたの　天《あま》の御空ゆ　天翔《あまがけ》り　見渡し給ひ　事終り　帰らむ日には又さらに　大御神たち　船の舳《へ》に　御手《みて》打掛けて　墨縄を　はへたる如く　あちかをし　値嘉《ちか》の岬《さき》より　大伴の　み津の浜びに　直《ただ》泊てに　み船は泊てむ　恙《つつみ》なく幸くいまして　はや帰りませ

大伴の　み津の松原　かき掃きて　われ立ち待たむ　はや帰りませ

難破津に　み船泊てぬと　聞え来《こ》ば　紐解き放《さ》けて　立走《たちばし》りせむ（5・八九四―六）

山上憶良

古代の遣唐使は、舒明天皇の二年（六三〇）から宇多天皇の寛平六年（八九四）菅原道真の進言による中止まで、一八次にわたって派遣された。憶良がその小録となって渡唐したのは大宝二年（七〇二）の第七次で、第八次の養老元年（七一七）には、伯耆守在任中で、都にいなかった。そして第九次、天平四年（七三二）八月、大使を拝任した従四位上多治比広成《たじひのひろなり》は、翌年三月拝朝、同年閏三月に節刀を授けられ、四月に遣唐四船を伴って難波津《なにはづ》を進発した。拝朝に先き立つ三月三日、広成は航路や唐土の模様など先輩に尋ねようとしたのであろうか、憶良宅を訪問した。同じ一日に詠んでおいた提示の作を憶良が広成に献じたのはこの時である。時に憶良七三歳。大唐に自身渡って以来三〇年が経っていた。

題詞に「好去好来歌」とあるのは、幸多き出発と無事な帰朝をお祈りしてという意であるが、長歌は充分にその意を尽くしている。すなわち、「神代からその威光の厳にある日本は、祈りのよき言葉には幸が与えられる国だ」と言い伝えていると起こし、「今の世の人もこれを見聞きしている処だ」と述べ、転じて広成が、「今や左大臣として執政の任にある人（島）の子として特に撰ばれて、勅旨を戴き遣唐使として出立されるのだ」と説き、「海原の岸も沖も領しておられる諸々の神々、特に大和の大国霊神《おほくにたまのかみ》は大空を飛んで見渡され、帰朝の日には大神たちが船の舳《へさき》に手をかけて守られ、まっすぐに九州の値嘉岬から大伴の御津の浜に、御船を導かれるに違いない」と言霊をこめた誓約とし、「無事で、お幸に、早くお帰り下さい」と結ぶ。その構成また整然と評すべきだろう。

長歌および反歌の第一首に出る「大伴の御津

値嘉の岬（筑紫豊氏説）

の浜松」は、唐土にあった憶良が思い描いた第一の祖国の景であった。その松原を、今、彼は「かき掃き」、いよいよ清しくして立ち待とうというのである。まざまざと彼の胸中には、あの日の決意が想起された。広成の功業に期するところをこめた表現とみられる。

遣唐船の航路は、第六次（六六九）までは対馬・新羅経由の北路がとられたが、憶良が加わった第七次以降は、新羅との国交悪化のため、玄海灘、松浦諸島、天草、薩摩、奄美島、中国大陸（明洲）という南島路が、さらに平安朝には、五島列島の福江島から直接大陸に渡り、楊子江を溯行して楊洲に至る南路がえらばれた。「値嘉の岬」は、佐賀県田平町の対岸、長崎県平戸島の内浦とする筑紫豊氏に従いたい。

水《みず》島《しま》

聞くがごと　まこと貴《とほと》く　奇《くす》しくも　神さび居《を》るか　これの水島（3・二四五）

長《なが》田《たの》王《おほきみ》

主に熊襲《くまそ》征圧のため、自ら筑紫に遠征した景行天皇は、山口県防府市沙波《さば》から大分県に渡り、日向（宮崎県）に六年を過ごした後、一八年の三月帰京の途についた。四月一一日海路を経て芦北（水俣市か八代市南部にいたる付近）の小島に船を泊めて、食事のため冷水を求めたが得られなかった。そこで天神地祇に祈ったところ崖付近に寒泉《しみず》を得た。以後、この島を名付けて「水島」といい、今にその泉が残っている、と日本書紀は記す。

長田王が、「芦北の　野坂の浦ゆ　船出して　水島に行かむ　浪立つなゆめ」と念じつつ、八代の海を北上して水島に向ったのは、この作の後に出る、

奥つ浪《なみ》　辺浪《へなみ》立つとも　吾が背子《せこ》が　御船のとまり　浪立ためやも

（3・二四七）石川大夫《まへつきみ》

の左注に「右今案、従四位下石川宮麻呂朝臣、慶雲年中任大弐」から考えて西暦七〇四年から七〇七年の頃であろうか。

「野坂の浦」は、芦北町佐敷説（森本治吉氏。同氏筆の歌碑が同地に建つ）、田浦説（地名辞書）があるが明らかでない。ともあれ、この付近は典型的なリアス式地形で海岸に山が迫り、陸上

交通の難所であった。昭和二年まで鹿児島本線も八代で東に折れ人吉を経て鹿児島に通じていたのである。古くは、肥後・薩摩・大隅の往来は海路によるのが一般であった。それが、今の八代市付近は数度の干拓によって全く地形を変じ、後に言う通説の「水島」も、鶴久氏説の「大鼠蔵島」も地続きに近いものとなってしまった。古くは、沿岸から四キロも沖にあったのだという。

　提示の作は、長田王が「水島」に至り、景行紀を想起して作歌したのだろうが、それを「聞くがごと」と起こし、「まこと貴く奇しくも」と形容語を重ね、「これの」とわざわざ指示して主格に当たる「水島」を結句に体言止めとしたのは、自然の神秘に深く感動した作者の心意をよく打ち出し得ていると評してよかろうが、この期の作としては発想も調子も古風である。伝説を意識し過ぎた作。

　さて、前記鶴久氏は、通説の「水島」が高さ約七m、周囲四〇mたらずの小島でしかない事から、万葉のそれであることは疑問だとされ、本来のは、球摩川を隔てた右岸の「大鼠蔵島《そぞうじま》」ではなかったかとされる。それなら、高さ約一五〇m、周囲も一二〇〇mのかなりな島で、海路の目標となり得たであろう。この山頂付近には大小二〇の古墳もあり、今は人家が散在して、漁業で生計を立てている。

右から小鼠蔵、大鼠蔵島

水島（大鼠蔵島から望む）

隼人《はやと》の湍門《せと》

隼人《はやひと》の　湍門《せと》の磐も　鮎走る　吉野の滝に　なほ及かずけり　（6・九六〇）

大伴旅人

慶雲の頃（七〇四—七〇七）、長田王が、芦北の野坂の浦を船出して水島に向かった時、はるか南方を望み、

隼人の　薩摩《さつま》の瀬戸を　雲居《くもゐ》なす　遠くも
我は　今日見つるかも　（3・二四八）

と歌った「薩摩の瀬戸」は、鹿児島県阿久根市黒之浜と熊本県天草市に接する長島との間の海峡で、今は「黒の瀬戸」と呼ばれている。その全長およそ三キロ、巾は広い処で七〇〇m、狭い処ではわずか三〇〇mで、干満時の潮の速さは九ノットにおよぶ。旅人の歌の「隼人の湍門」も此処とするのが通説だが、花田昌治氏は、旅人が薩摩を訪ねた文証がないという理由で、これは今日の「早鞆の瀬戸」（門司の和布利《めかり》神社を中心とする関門海峡の一部）であるとされ、沢瀉久孝氏もこれを「有力な意見」とされた。この海峡巾七〇〇m、干満時の潮流の速さ毎時八ノットである。この付近は、関門国道トンネル工事、大橋のため、全く地形を変えてしまったが、かつては巍々たる巖が連なり、景観的には「湍門の磐」と呼ばれるにふさわしい処であった。一方、「黒の瀬戸」にも巖の露出している処があり、「早鞆の瀬戸は壇浦の直線状の海岸線に向って門司側から直角に突出する三角形の

突端が、激流する海潮に洗われて巍々たる巌を露出している事で（中略）黒の瀬戸に求め得ないところである」（花田氏）の言は、かならずしも当たらない。筑紫豊氏は、「隼友社」（和布神社）を、「この神社が海神を祀るというので日本書紀に、隼人の始祖とする火闌降命《ほのすそりのみこと》（海幸彦）に付会して、隼人社としてしまい、隼人と速門とは同語であると説くが、万葉時代の仮名遣いでは、人《と》は乙類、門《と》は甲類である」と指摘して、花田説を否定された。私も、実景と旅人の歌の主題からみて、「黒の瀬戸」説に従うべきだと思う。

まだバスもない早朝、国鉄鹿児島本線・折口駅で下車した私は、親切な運転手の「黒の瀬戸を見るなら金刀比羅様の丘に登るのがいい」というアドバイスとともに、せまい坂道を苦労して登ってくれたその丘から、瀬戸の全望を俯瞰することが出来た。高木市之助氏の説く吉野川・玉島川がそうなら、ここもまた「俯瞰型」の、河ならぬ海である。船着場に出て長島へ渡る。すきとおる海は、魚の廻遊を望ませた。たしかに「潮の清澄」（高木氏）がこの海にはある。旅人は、この景を実見したか、人から聞いただけだったか。ともあれ「鮎走る吉野川」と対比させうる自然がここにあることは事実だ。

本土側から長島を望む

下関から門司を望む（火の山）

高千穂《たかちほ》の嶽《たけ》

ひさかたの　天《あめ》の戸開き　高千穂《たかちほ》の　岳《たけ》に天降《あも》りし　皇祖《すめろき》の　神の御代より　はじ弓を　手握《たにぎ》り持たし　まかご矢を　手挟《たばさ》みそへて　大久米《おほくめ》の　丈夫《ますら》武雄を　先《さき》に立て　靫《ゆき》とり負《おほ》せ　山川を　磐根《いはね》さくみて　履《ふ》みとほり　国求《くにま》ぎしつつ　ちはやぶる　神を言向《ことむ》け　服従《まつろ》へぬ　人をも　和《やは》し　掃き清め　仕へ奉《まつ》りて……（20・四四六五）

大伴家持

天平勝宝八年（七五六）五月二日、太上天皇（聖武）が寝殿に崩じた。齢五五。天皇、太上天皇として支配した三三年の長きにおよぶ一つの時代が終わった。今や女帝の孝謙、紫微中台（皇后宮職を改称した一時的な令外の官）による、もと皇后光明を制約する権威は消えた。しかも、これより先の同年二月二日、左大臣橘諸《たちばなのもろ》兄《え》は、「大臣飲酒の庭にして言辞礼なし。稍反状あり。」と密告され、政界からの引退を余儀なくされて致仕していたのである。武智麻呂の子で、広嗣の乱（七四〇）後政界に進出し、光明皇后の信を得て民部卿（七四一）、参議（七四二）を経て大納言（七四九）となり、勢力を強め、橘諸兄と対立を深めていた藤原仲麻呂にとってはまさに好機到来、逆に早くから仲麻呂の進出を恐れ、大伴・佐伯・多治比などの諸氏に呼びかけてそれを阻もうとしていた諸兄の子の橘奈良麻呂らの危機感を深めることとなった。

折柄、同年五月一一日出雲国守大伴古慈斐《こしび》（吹《ふ》負《けい》の孫で当時従四位上。大伴氏では家持より先輩格）が朝廷を誹謗したという理由で解任されるという事件が起こった。

　家持は、諸兄を「大主《おほぬし》」（19・四二五六）と仰ぎ、終始橘家を尊重してきた。若い頃には奈良麻呂らとも親交があった。無論、危機感は奈良麻呂らと同じものがあったろう。彼等からの働きかけもあったかも知れない。古慈斐の解任はそういう危機感と直接の関係があったかどうかは不明である。だが、翌九年六月の橘奈良麻呂の変の事後処理にあたって、土佐国守となっていた古慈斐はそのまま任国に配流されたと続日本紀は記す。この変に大伴家の者としては古麻呂・池主らが加わり杖下に死んでいる。だが、家持は参加しなかった。それに代えて彼は、掲げた長歌を作って一族を喩すのである。

　彼はこの作で、三度び神話の日からの大伴氏の皇室に対する忠誠の歴史をのべ、惜しく、清き祖父以来の名をかりそめにも絶つなと訴えている。これは、相も変わらぬ、家持の伴部的な集団意識である。この古風な意識を彼は終生失うことはなかった。というよりも、作歌をとおしてそれを強化しようと努めていたらしい。だが、客観的にはこの時代の状勢は虚しかった。感覚の上では彼もそれを知っていたと思われる。掲げた歌を作ったと同じ六月一七日、病床にあった家持は、これに続いて次のごとき三首の短歌を作っている。

　うつせみは　数《かず》なき身なり　山川《やまかは》の　清《さや》け
　き見つつ　道を尋ね

　渡る日の　光《かげ》に競《きほ》ひて　尋ねてな　清《きよ》きそ
　の道　またも逢はむため

　泡沫《みつぼ》なす　仮《か》れる身ぞとは　知れれども

なほし願ひつ　千歳《ちとせ》の命《いのち》を
（20・四四六八―七〇）

みな、無常と知りつつ仏道を修めようと念じた作、至りついた家持の生活的な真の境地がここにある。

さて掲げた歌の「高千穂の岳」は何処だろうか。むろんこれは神話の山には違いないが、万葉の頃にはどれをそれと思っていたのだろうか。というのは、今これには二つの候補地があるのだ。その一は延岡から西北に入った臼杵高千穂、第二は小林から南西のえびの高千穂である。もし後者をとるなら、これが万葉南限の地ということになり、家持は、むろん現地を知らないままに、その北限「陸奥山」を詠み（七四九）、いままた南限を詠む（七五六）という結果となったのである。

臼杵高千穂の滝

霧島高千穂神社

北陸

⑤ 北陸・東国西部付近

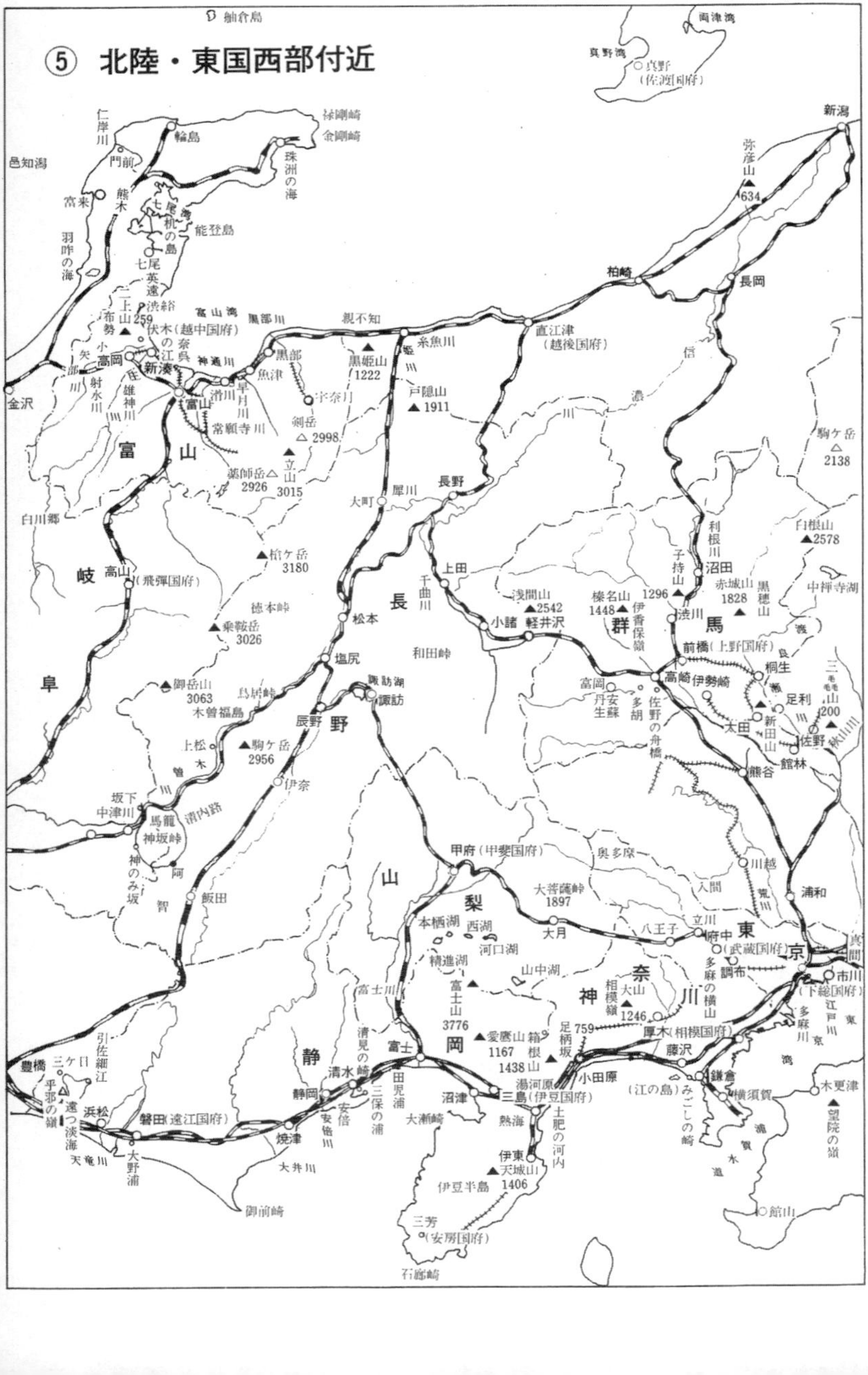
舳倉島
両津湾
真野湾
真野（佐渡国府）
禄剛崎
金剛崎
仁岸川
輪島
邑知潟
門前
珠洲の海
宮来
熊木
七尾湾
机の島
能登島
羽咋の海
七尾
英遠
渋谿
二上山
259
布勢
伏木（越中国府）
奈呉
江
富山湾
黒部川
親不知
新潟
弥彦山
634
柏崎
長岡
小矢部川
高岡
新湊
神通川
射水川
庄川
雄神川
金沢
富山
滑川
早月川
常願寺川
魚津
黒部
宇奈月
黒姫山
1222
糸魚川
姫川
直江津
（越後国府）
戸隠山
1911
剣岳
2998
信
濃
川
富
山
薬師岳
2926
立山
3015
大町
犀川
長野
駒ケ岳
2138
白川郷
槍ケ岳
3180
利根川
白根山
2578
子持山
沼田
岐
高山
（飛騨国府）
上田
千曲川
長
赤城山
1828
黒穂山
中禅寺湖
徳本峠
浅間山
2542
榛名山
1448
1296
伊香保嶺
渋川
馬
乗鞍岳
3026
松本
小諸
軽井沢
群
前橋（上野国府）
渡良瀬川
和田峠
塩尻
桐生
高崎
伊勢崎
三毳山
阜
御岳山
3063
鳥居峠
諏訪湖
諏訪
富岡
丹生
安蘇
多胡
佐野の舟橋
足利
木曽福島
辰野
野
新田山
太田
200
佐野
秋山川
上松
駒ケ岳
2956
木曽川
館林
熊谷
伊奈
坂下
中津川
馬籠
神坂峠
清内路
神のみ坂
阿智
甲府（甲斐国府）
奥多摩
川越
入間
荒川
浦和
山
梨
大菩薩峠
1897
飯田
本栖湖
西湖
大月
八王子
立川
府中
東
（武蔵国府）
京
真間
河口湖
精進湖
調布
多摩の横山
市川
（下総国府）
山中湖
奈
富士川
富士山
3776
相模嶺
大山
1246
神
川
江戸川
多摩川
東京湾
引佐細江
清見の崎
愛鷹山
1167
箱根山
1438
足柄坂
759
厚木（相模国府）
豊橋
三ケ日
静
富士
岡
藤沢
手邪の嶺
遠つ淡海
清水
田児浦
湯河原
小田原
鎌倉
浜松
磐田（遠江国府）
静岡
三保の浦
安倍川
沼津
三島（伊豆国府）
（江の島）
みごしの崎
横須賀
木更津
望陀の嶺
焼津
大瀬崎
熱海
土肥の河内
浦賀水道
天竜川
大野浦
大井川
伊東
天城山
1406
伊豆半島
御前崎
館山
三芳
（安房国府）
石廊崎

二《ふた》上《がみ》山《やま》

射《い》水川《みづがは》　い行き廻《めぐ》れる　玉くしげ　二上山《ふたがみ》は　春花の　咲ける盛りに　秋の葉の
匂へる時に　出で立ちて　ふり放《さ》け見れば　神柄や　そこば貴き　山からや　見が
欲しからむ　皇神《すめがみ》の　裾廻《すそみ》の山の　渋谿《しぶたに》の　崎の荒磯《ありそ》に　朝凪に　寄する白波　夕
凪に　満ちくる潮の　いや増しに　絶ゆることなく　古《いにしへ》ゆ　今の現《をつつ》に　かくしこそ
見る人毎に　懸《か》けて偲はめ
渋谿の　崎の荒磯に　寄する波　いやしくしくに　古《いにしへ》思ほゆ
玉くしげ　二上山に　鳴く鳥の　声の恋《こほ》しき　時は来にけり（17・三九八五―七）

大伴家持

延喜式の頃になって、なお「上一七日、下七日、海路二七日」と記された越中国庁は富山県高岡市伏木町古国府の真宗寺院勝興寺の地一帯を占めていた。ここは、富山湾に臨む伏木港から南西およそ六〇〇m、二上山（二七〇・三m）の東麓の高台で、射水川（現、小矢部川）がその東を廻って湾にそそぐ河岸段丘上である。時として「降りおける雪を常夏に見る」立山連峰を東南に仰ぎ、富山湾の海景に心を晴らす日はあるものの、冬期は「水門《みなと》風」が寒く吹き

北陸

上げ、積雪も多く、彼自身「越中の風土、橙橘あること稀なり」と嘆いたこの北陸辺境の地に、しかも半ば以上の年月を国守として単身赴任のかたちで、独居・寂寥の日々を送り迎えたのは、天平一八年（七四六）閏七月以降、天平勝宝三年（七五一）八月まで、大伴家持の二八歳から三三歳におよぶ満五年間であった。

赴任後二ヶ月、九月二五日には弟書持《ふみもち》長逝の報に接する。この弟は、彼が越中赴任の日、奈良山を越え泉川（木津川）の清き河原まで見送ってくれた。花草花樹を愛でる趣味まで一致した弟であった。「天離る夷」にあって、臨終の場にも臨めなかった家持の痛恨は察するにあまりある。

翌年二月初旬から、今度は家持自身が病床に伏す身となった。幸いにして大事に至らず、二一日には、泉路に臨んだ由の悲緒を暢べる長歌と反歌二首（17・三九六二―四）を作り得る程に回復し、二九日以後には同族で下僚の掾《じょう》（三等官の国司）大伴池主《いけぬし》と、和歌の贈答（17・三九六五―七一）も出来るまでになったが、

咲けりとも　知らずしあらば　黙然《もだ》もあらむ　この山吹《やまぶき》を　見せつつもとな

（17・三九七六）

と、外出不可能をかこつ身であった。

さて、これらの日々、家持は、「眺翫にあらずは、孰か能く心を暢べむ」と言い、「ただ下僕、稟性彫り離く、闇神瑩くことなし、翰を握りて毫を腐し、研に対ひて渇くことを忘る、終日目流してこれを綴れども能はず」（三月五日、池主宛書翰）と記す。詩歌の外は心を暢べる方法がないとし、文才の無いのを嘆く意で、後はむろん謙退の辞であるが、終日机に向かっている姿は察せられよう。同じ日々の反省謙辞が、

幼年いまだ山柿の門に逕らずして、裁歌の趣、詞を聚林に失ふ（三月三日、同書翰）

という一節である。柿は論なく人麻呂だが、山は憶良か赤人か、古来論のあるところである。

　病も癒え、盛んな異境の夏を迎えた家持は、旺盛な制作意欲で、掲げた「二上山の賦」（三月三〇日）、「布勢の海に遊覧する賦」（四月二四日）、「立山の賦」（四月二七日）と矢継ぎばやに作を列ねてゆく。この頃には税帳使としての上京が定まっていたから、都人士に示すべく創作に励んだのであろう。「立山の賦」は次のようなものである。

　天離《あまざか》る　鄙《ひな》に名かかす　越《こし》の中　国内《くぬち》ことごと　山はしも　繁《しじ》にあれども　川はしも　多《さは》に行けども　皇神《すめかみ》の　領《うしは》き坐す　新川《にひかは》の　その立山《たちやま》に　常夏《とこなつ》に　雪降りしきて　帯《お》ばせる　片貝川《かたかひがは》の　清き瀬に　朝夕《よひ》ごとに　立つ霧の　思ひ過ぎめや　あり通《がよ》ひ　いや年のはに　よそのみも　振り放《さ》け見つつ　万代《よろづよ》の　語らひ草と　いまだ見ぬ　人にも告げむ　音のみも　名のみも聞きて　羨《とも》しぶるがね

立山に　降り置ける雪を　常夏《とこなつ》に　見れども飽《あ》かず　神《かむ》からならし

片貝の　川の瀬清く　行く水の　絶ゆることなく　あり通ひ見む

（17・四〇〇〇―二）

「二上山の賦」「立山の賦」を合わせ見るに、長歌では「裾廻の山の渋谿の崎の荒磯」「常夏に雪降りしきて」が、わずかに両山の様態を見せるのみで、これとても作の中心とはならず、人麻呂・赤人ら前期の宮廷歌人が明日香や吉野を歌った儀礼歌のパターンの中に沈んでしまっている。ここに私どもが見るのは、「二上山」

ないし「立山」そのものではなく、家持自身の劣等感の裏返し、優越のポーズでしかない。越中守家持の「山」は、その意欲にもかかわらず、およそこのようなものであった。

二上山を望む

渋《しぶ》谿《たに》の磯《いそ》

ぬば玉の　夢《いめ》にはもとな　相見れど　直《ただ》にあらねば　孤悲《こひ》やまずけり（17・三九八〇）

大伴家持

万葉集の用字には、一字一音の表記をとる場合も、表音だけでなく表意の役割を果たすものがある。掲げた作の「孤悲」もその例で、むろん「恋」の意だが、ある時期の家持は意識的にこの表記をとった。彼が越中守在任中の前半、天平一八年（七四六）七月二五日から天平二一年四月四日に至る満二年半の間（家持二八—三一歳）で、「恋」の意の表記一六例中の一三例までこの文字を用い、これ以前も以後も使用していない。

用いる契機となったのは、越中着任後間もなく贈られた坂上娘女《いらつめ》（家持の叔母で妻の母でもあった）の、

旅に去《い》にし　君しも継ぎて　夢に見ゆ　わ
がかた孤悲の　繁ければかも（17・三九二九）

だったかも知れない。使用を留めるのも娘女の贈歌、

片思《かたおもひ》を　馬荷両馬《うまにふつま》に　負《お》ほせ持て　越辺《こしべ》に
遣《や》らば　人かたはむかも（18・四〇八一）

に応え、思いを述べた三首中の第二首、

常《つね》の孤悲　いまだ止《や》まぬに　都より　馬に
恋ひ来《こ》ば　荷《に》なひ堪《あ》へむかも（18・四〇八三）

北陸

である。この間、彼は妻の大嬢《おおいらつめ》はもとより、弟の書持、同族の下僚池主、そして都・鳥の声・逃げた鷹にまで「孤悲」している。国守は妻を同伴できぬ掟だったし、書持は家持が越中着任後間もなく死んだ。池主には家持自身の大病や税帳使としての上京のため逢うことも少なかった。私は、大伴旅人が大宰帥着任後間もなく妻に死なれ、彼自身も病んでいたことを思い出す。家持もわが身の上に父のそれを重ねていただろう。そして、父が対した山上憶良に比すべき池主だが、彼は憶良のごとき好敵手ではなかった。家持の孤独感はいよいよ深く、しかもそれを文学として高めようがなかった。

掲げたのは天平一九年（七四七）三月二〇日の夜、たまたま恋情をもよおして作った長歌（18・三九七八）の反歌中の一首である。長歌には「常初花」のごとき造語も見え、後半やや盛上がりを見せるが全体に修飾過多で意の通いにくいところもあり、勝れた作とは言いがたい。掲げた反歌も一応のまとまりは見せるが下句が説明的だ。

とまれ、家持の越中守在任中五年間の作歌は長短歌合わせて二二〇首におよび、それ以前一〇年間のおよそ一六五首、以後九年間の約一〇〇首に比してはるかに多い。越中守家持は、何より作歌に熱中していたのである。渋谿の磯を詠んだ家持の作に次の一首がある。

馬並めて　いざうち行かな　渋谿の　清き
磯まに　寄する浪見に　（17・三九五四）

渋谿の陽光

大伴家持像《おおとものやかもちぞう》

春の苑《その》　紅《くれなゐ》にほふ　桃の花　下照《したで》る道に　出で立つ媳嬬《をとめ》（19・四一三九）

大伴家持

大伴家持がその生涯の作歌で咲かせた花は固有の名を挙げたものだけでも二五種を超える。うち一五種は越中守赴任以前からのもの。馬酔木一つだけ（20・四五一二）が解任上京後天平宝字二年（七五八）のもので、残りの九種（山吹・百合・桜・桃・椿・女郎花・くれなゐ・李・堅香子）が越中守時代の花ということになるのだが、これを見ても、高木市之助氏が言われた「是等の花は彼が越中で発見した花である場合よりも却って彼がそこで喪った郷愁の花である場合が多い」ことを肯定せざるを得まい。

天平勝宝元年（七四九）閏五月二六日（家持三一歳）、妻（大伴坂上大嬢《おおいらつめ》）と別れて赴任以来満三年に近い年月が過ぎていた。彼は「庭中の花の作歌一首并短歌」（18・四一一三—五）を作る。なかに「撫子《なでしこ》を　屋戸《やど》にまき生《おほ》し　夏の野の　さ百合引き植ゑて　咲く花を　出で見るごとに　撫子が　その花妻に　さ百合花　後も逢はむと」と歌っているが、これが彼の日常の花。高木氏の「都の甘い思い出を有つうしろ向きの花」がさながらここに咲いている。

彼は（配下の官人達を含めて）ただ自然の花を咲かせるだけでは満足しない。同じ月の九日、官人達が国府五等官の秦石竹《はたのいわたけ》の館に集まり飲宴

大伴家持像

の折、石竹は百合で花縵を造り、高杯にかさねて賓客に捧げた。主客の家持は、

油火《あぶらひ》の　光に見ゆる　我が縵《かづら》　さ百合の花の　笑《ゑ》まはしきかも　（18・四〇八六）

と、造りものの縵に微笑をよせている。

越中守家持が発見した花は、翌年三月二日の、

もののふの　八十娘子《やそをとめ》らが　汲み乱《まが》ふ　寺《てら》井《ゐ》の上の　堅香子《かたかご》の花　（19・四一四三）

であろう。多勢の娘たちが入り乱れて水を汲む寺井（国府寺か、所在不明）のほとり。「汲み乱ふ」のは仏事のためか、したがって当時、当地としては華麗な衣装だったろう。「堅香子」はカタクリ。本州中北部から北海道にかけて山野に自生し、早春花茎を出して紫紅色六弁の一花を垂らす。

　掲げたのはさかのぼって三月一日の作二首のうちの第一首。巻一九の巻頭歌である。この巻が家持の編とすれば、彼の自誇の程が察せられる。中国伝来の「樹下美人図」の短歌による定着。一・三・五句の名詞止が漢詩風である。「𡢽嬬」は妻の坂上大嬢と説く人もあるがどうだろう。

　国庁跡から一キロの西、二上山公園登り口の正法寺一帯は万葉植物園となり、山上には家持像もある。

北陸

二上山頂の大伴家持像

射《い》水《みず》川《がわ》

朝床《あさどこ》に　聞けば遙けし　射水川《いみづがは》　朝漕ぎしつつ　唱《うた》ふ舟人（19・四一五〇）

大伴家持

天平二〇年（七四八）の春、出挙《すいこ》（稲粟などを春、農民に貸与し、秋の収穫時に利息五割で返済させる。ここでは公出挙）のため、管下諸郡巡行の旅にでた越中守大伴家持は、当時当所で目に触れたものによって九首の短歌を作ったが、おそらく意識してのことであろう。最初に、

(1)雄神川《をがみがは》　紅《くれなゐ》にほふ　処女《をとめ》らし　葦付《あしつき》取ると　瀬に立たすらし

(2)鵜坂川《うさかがは》　渡る瀬多み　この我が馬の　足掻きの水に　衣濡《きぬぬ》れにけり

(3)婦負川《めひがは》の　速き瀬ごとに　篝《かがり》さし　八十伴《やそとも》の男《を》は　鵜河立ちけり

(4)立山《たちやま》の　雪しくらしも　延槻《はひつき》の　川の渡り瀬　鐙漬《あぶみつ》かすも（17・四〇二一―四）

と、まさに「川の瀬四態」といった作を連ねている。

「雄神川」は今の庄川、飛驒白川地方の水を集めて北流する。古くは旧雄神村同名の神社の付近から西流し、小矢部市石動《いするぎ》あたりで射水川（小矢部川）に合流していたという。「葦付」は川もずくか。川瀬の石などにつき、苔に似て冬春の間に多い。酢にひたして食べる。「鵜坂川」は今の神通川。富山市西南部に接する婦中町東北端に鵜村があった。その付近を流れるときの

呼び名だろう。「婦負川」も神通川で前の鵜坂川より下流をいった。「延槻の川」は今の早月川。この歌の第二句、「来らしも」、「消らしも」両説がある。家持の作⑴は（7・一二二八）に、⑵は（7・一一四二）によったか。⑴は原作より勝れ、⑵はおよばない。家持もそれと知ってか⑷を作った。⑶もお手本があるかもしれないが、「八十伴の男」の句が効いて鵜飼の殷賑なさまをよくとらえている。⑷にいたって家持の歌はまさに北陸の川に出会った。四、五句の描写がきまり、雪解の様を的確にとらえている。

この行の家持、能登の鳳至郡剣地《つるぎち》に至って、

　妹に逢はず　久しくなりぬ　仁岸川《にぎしがは》　清き
　瀬ごとに　水占《みなうら》はへてな　（17・四〇二八）

と詠む。「水占」はどんなことをしたかわからない。当時、当地の占い法だったのだろう。ここに至って家持らしく「妹」が出た。

掲げたのは、配列からみて、天平勝宝二年（七五〇）三月三日早朝の作であろう。国庁の床に、目覚めたままの姿勢で船歌を聞いている。⑷とは対照的に静寂な歌境に至っている。家持の力量を示す一首であろう。

早月川歌碑（17・四〇二四）

仁岸川（17・四〇二八）

射水川（小矢部川）

布《ふ》勢《せ》の海《うみ》

もののふの　八十伴《やそとも》の緒《を》の　思ふどち　心遣《や》らむと　馬並《な》めて　うちくちぶりの
白波の　荒磯に寄する　渋谿《しぶたに》の　崎《さき》たもとほり　松田江の　長浜過ぎて　宇奈比川《うなひがは》
清き瀬ごとに　鵜《う》川立ち　か行きかく行き　見つれども　そこも飽かにと　布勢《ふせ》
の海に　舟浮けすゑて　沖辺《おきへ》こぎ　辺にこぎ見れば　渚《なぎさ》には　あぢむら騒ぎ　島廻《しまみ》
には　木末《こぬれ》花咲き　ここばくも　見の清《さや》けきか　玉くしげ　二上山《ふたがみやま》に　はふ蔦《つた》の
行きは別れず　あり通ひ　いや年の毎《は》に　思ふどち　かくし遊ばむ　今も見るごと
布勢の海の　沖つ白波　あり通ひ　いや年の毎に　見つつしのはむ

（17・三九九一―二）　大　伴　家　持
仏生寺川の土砂の堆積や中世（一五九六年以降か）・近世と引き続く干拓によって、現在東西二キロあまりの細長い十二町潟を残し一面の水田と化した氷見市南西一帯も、万葉の頃は入り組んだ地形の湖水、「布勢水海」であった。
家持の越中守在任中は、国庁からほど近いこの湖に、晩春・初夏の候、藤波の花の盛りを楽しみ、時鳥を聞く遊覧がしばしば行われたらしく、万葉集は四回の関係歌をとどめている。掲げたのはそのうちの第一回、病癒えた天平一九年（七四九）四月二四日（陽暦六月一〇日）の作である。

この時、家持は国府の役人らとともに馬で国庁をあとにし、海岸ぞいに渋谿の埼、松田江と北上、氷見から東北へ八キロの宇奈比川（今の宇波川）で清き瀬ごとの鵜飼を楽しみ、満足できぬままに布勢の海に船を浮かべ、沖辺を行き、岸を漕いで渚にあじ鴨の騒ぐを聞き、岸辺では梢の花を見て清光を賞め、一転して西空間近に仰ぐ二上山の蔦に思いをはせ、仲間と別れることなく年毎に遊ぼう、今のごとくに、と誓った。

以上、作の展開にそい記してみたが、ここに「心遣らむと」の句のあることに注目したい。彼は第三回遊覧の時にも「木の暗《くれ》　繁き思ひを

見明らめ　心遣らむと」（19・四一八七）と歌うのである。掲げた賦に和した大伴池主の作（17・三九九三―四）は、湖上遊覧の様をのべることより精細で、風光の特色もよく摑んでいるのに、どこか物足りない。家持の作が佳作とは言いがたいが、それなりに詩になっているのは、前者の「うら恋しみと」という姿勢とは異なる、後者の「心遣らむ」、鬱情解放の祈念によるらしい。ともあれ、ここに近代型の詩人が生まれようとしているのだ。

東風《あゆのかぜ》　甚《いた》く吹くらし　奈呉《なご》の海人《あま》の　釣する小舟《をぶね》　漕ぎ隠る見ゆ　（17・四〇一七）

は天平二〇年（七四八）一月二九日の作。「東風」は東北の海から陸に向かって吹く春の強風。この日は陽暦三月七日であった。この語の使用が適切で、北陸の海景をよくとらえている。彼の歌はようやく北陸の海に出会ったのである。以後の家持は、（17・四〇二五）・（同・四〇二九）など、海の佳作を残すことになる。

「布勢の海」を一望するには、布勢円山の式

内布勢神社に詣でるがよい。奥の「御影社」は家持を祭る日本唯一の小社だ。

布勢丸山の御影社

熊木《くまき》のやら

梯立《はしだて》の　熊木《くまき》の沼《やら》に　新羅斧《しらきをの》　落とし入れ　わし　あげてあげて　な泣かしそね
浮き出《い》づるやと見む　わし（16・三八七八）

能《の》登《との》国《くに》の歌

能登半島は民謡の宝庫で、今なお夏祭が盛んである。なかでも能登色の豊かなオスズミ祭は七尾湾を南北に分かつ能登島の伊夜比咩《いやひめ》神社の火祭りだが、これと同系のものに鳳至郡穴水町の美麻奈彦神社、鹿島郡中島町の藤津比古神社のオスズミ祭があるという。

掲げた歌の「熊木」はこの中島町の一部旧熊木村あたりである。この付近は干拓が進められている浅い泥海で、歌の「やら」はこれを指したものだろうといわれている。「新羅斧」は日本海を経て伝わった、その地製またはその様式をとった斧だろう。

歌は噺子詞《はやしことば》をともなって、「熊木のやらに新羅斧を落としちゃって　ワシ　しゃくりしゃくり泣くなよ　浮き出るかも知れんと見ていようさ　ワシ」ぐらいの意だが、左注には、「伝説に、ある馬鹿者がいて斧を海底に落としたが、鉄が沈んで水に浮かぶはずがないのを知らず、この歌を作り、口ずさんで教えとしたという」とある。この伝説はそれとして、事実は大伴家持が管下諸郡（当時能登は越中に属していた）巡行の際（天平二〇年春）、香島《かしま》（七尾市）から熊

木を指して往く時の作という旋頭歌、

とぶさ立て　舟木伐るといふ　能登の島山
今日見れば　木立《こだち》繁《しげ》しも　幾代《いくよ》神びそ
（17・四〇二六）

の「舟木伐るといふ能登の島山」の句からみて、舟大工をからかうといったかたちの民謡だったのだろう。これが歌われた場は、藤津比古神社のそれとは言わぬが、祭の宴席、無礼講に相違ない。家持がこの古風な旋頭歌を作ったのも、こういう祭を意識したからではなかろうか。掲げた歌の採集者も家持だろう。

梯立《はしたて》の　熊来《くまき》酒屋に　ま罵《ぬ》らる奴《やつこ》　わし
誘《さす》ひ立て　率《ゐ》て来なましを　ま罵《ぬ》らる奴
わし
香島嶺の　机の島の　小螺《しただみ》を　い拾《ひり》ひ持ち
きて　石もち　突《つつ》き破り　早川に　洗ひそ
そぎ　辛塩《からしほ》に　こごと揉《も》み　高坏《たかつき》に盛り
机に立てて　母に奉《まつ》りつや　愛《め》づ児の刀自《とじ》
父に献《まつ》りつや　みめ児の刀自
（16・三八七九―八〇）

も同じ「能登の国の歌」だ。

「机の島」には諸説あるが、一般には和倉温泉の海上一キロあまり北西の小島だといわれている。「小螺」はコシダカガンガラ。岩石の周囲をはいまわる。味はサザエに似て、充分食べられるという。

中島付近

愛《あ》発《らち》山《やま》

あしひきの　山路越えむと　する君を　心に持ちて　安《やす》けくもなし（15・三七二三）

狭《さ》野《のの》茅《ち》上娘子《がみのをとめ》

天平一一年（七三九）二月一六日以降（上田敦子氏）その年内であろうか、神祇官の中臣朝臣宅守《やかもり》が蔵部の女嬬（斎宮寮下級の女官）狭野《さのの》茅《ち》（弟《おと》とも）上娘子《がみおとめ》を娶った時、勅断（聖武）によって越前国味真野（福井県武生市東南）に配流された。同年三月二八日石上乙麻呂も久米若売《わくめ》に姧《たわ》けたため、乙麻呂は土佐に、若売も下総国に流されるという事件があり（「続日本紀」、6・一〇二二—三）、これからの類推であろう。宅守の配流も天皇に仕える采女または神に奉仕した巫女であった娘子との道ならぬ結婚のためとするのが一般である。ところが、この事を記した巻15の目録に、「娶りし時」とあって「姧」とも「故」ともなく、流されたのは男の方だけであったこと、都に残った娘子に何らの罪の意識もみられないことなどを根拠に、二人の結婚直後たまたま宅守が配流されたというだけのことではないかと説かれたのが前記上田氏である。

　掲げた作は、その時の二人が「夫婦の別れ易く会ひ難きを相嘆き、各慟情を陳べ贈答する歌六三首」（宅守四〇、娘子二三）と目録にある歌の冒頭、「右の四首、娘子の別るるに臨みて作れる歌」の第一首である。第二首の、

　君が行く　道の長路《ながて》を　繰《く》り畳《たた》ね　焼きほ

ろぼさむ　天の火もがも（15・三七二四）

は、強い情熱が炎となりほとばしっている傑作とされて有名だが、一方では「情熱が過重な技巧によって露出している」（池田弥三郎氏）と指摘され、「純真には遠いものの如く感ぜられる」（土屋文明氏）と評されもしている。

宅守は、都をあとに奈良山・逢阪山を越え、琵琶湖を北に舟航して塩津か海津に上陸、塩津越えないし愛発《あらち》越えをして敦賀に出たのであろう。その山路を思い、険路に向かう夫をまざまざと眼に浮かべ、それを「心に持ちて」という、ありふれた表現のようだが、他の歌には見られない、ずしりと重い一句で受け、「安けくもなし」といい切っているのが第一首だ。この現実感、切実感の表現は、見事に決まったと評してよいだろう。

ところが、この「決まった」が問題なのだ。山本健吉氏などは、これらの作は事件によって誰かが「叙事詩的な連作に仕組んだ」ものとされている。一連全部をとは言わぬが、私もこの見方に同調したい。

疋壇城跡《ひきだじょう》から越前の山を望む

味《あじ》真《ま》野《の》

味真野《あぢまの》に　宿れる君が　帰り来む　時の迎《むかへ》を　何時《いつ》とか待たむ（15・三七七〇）

狭野茅上娘子

越前国府の置かれていた福井県武生市の市街地からおよそ東南六キロの地（越前市池泉町）に味真野神社があり、継体天皇（男大迹《おほど》王）を祭ってある。これは能の「花筐《はながたみ》」を生んだ伝承によったものであろう。それによれば、味真野皇子と呼ばれてこの地にあった皇子は、春の頃武烈天皇の後を継ぐべく急ぎ上洛し、愛人の照日の前に手紙と花筐とを残した。思慕のあまり狂人となった彼女も都に向けて旅立ったが、九月となり紅葉狩の行幸に出た天皇は、途中で一人の女と遭い、手にした花筐から照日の前であると知り、都へ伴ない帰ったという。能は四番目の狂女物ではあるが、天皇関係の作からであろうか、彼女の気丈夫さの故か、格別の品格をもつものとして準九番とし、重くあつかっている。ところで「花筐」とは逆に、中臣宅守《やかもり》が配流されたのもこの野であった。

照日の前は、「君と住む程だにありし山里に、独り残りて有明のつれなき春もすぎま吹く松の嵐もいつしかに、花の跡とてなつかしき」と歌うが、宅守は、

塵泥《ちりひぢ》の　数にもあらぬ　我故《われゆゑ》に　思ひわぶらむ　妹がかなしさ　（15・三七二七）

と知識人らしく自己を卑下して、妻をいとおし

み、

人よりは　妹そも悪しき　恋もなく　あらましものを　思はしめつつ
（15・三七三七）

と愚痴ったり、

さす竹の　大宮《おほみや》人は　今もかも　人なぶりのみ　好みたるらむ　（15・三七五八）

と、男女の問題を真剣に考えようとせず、人嬲りを事としている軽薄な大宮人をなじり、妹の身を案じている。

　掲げたのは、こうしたやり取りがされた四度目、「右の八首、娘子」とある四首目の歌だ。四句目の「時の迎を」は、「迎の時を」とするのが素直だが、叙事詩的に「時」を強調しようとしたのであろう。

　さて、「何時とか待」つ彼女に大赦の事が知らされたのは天平一二年（七三九）六月一五日だったろうか。しかしこの時には、前項でふれた石上乙麻呂などとともに、宅守も許されなかった。その時の彼女の作が、

帰りける　人来《きた》れりと　言ひしかば　ほとほと死にき　君かと思ひて
（15・三七七二）

で、「思いが余り、煮えたぎり溢れて、外へほとばしり出た結果、作り手の意識さえ超えて、芸術の至上境にまで一足とびに昇華してしまった好個な例」（杉本苑子氏）などと評されているがどうだろう。

味真野神社付近

三《み》方《かた》の海《うみ》

若狭《わかさ》なる　三《み》方《かた》の海の　浜清み　い往《ゆ》き還《かへ》らひ　見れど飽かぬかも（7・一一七七）

作　者　不　明

敦賀から国鉄小浜線の客となるか、国道二七号線（丹後街道）を車で走るかして三方郡の美浜町に着くと、ここが三方五湖観光の一方の玄関口で、多くの客はここから久々子《くぐし》湖畔を経て梅丈岳《ばいじょうだけ》で展望を楽しみ水月《すいげつ》湖畔の海山まで一キロの観光バスに乗るか、五湖めぐりの遊覧船で、日向《ひるが》湖（周囲六キロ、水深三八・五m鹹水）をのぞく久々子湖（周囲七キロ、水深二・五m）、水月湖（周囲一四キロ、水深三四m）、菅湖（周囲四キロ、水深一三m、以上半鹹水）、三方湖（周囲一〇キロ、水深五・八m、淡水）とめぐって生倉で下船する一時間余の船旅を楽しむということになる。

掲げた歌の作者はそんな旅を味わったのではなく、「三方の海」も「三方湖」だけを指しているのだろうが、この歌はいかにもポスターやパンフレットに載せるにふさわしい姿をしている。弘法大師一夜彫という片手観音で名高い「三方石観音」にこの歌碑がある。

かにかくに　人は言ふとも　若狭道《わかさぢ》の　後《のち》瀬《せ》の山の　後も逢はむ君

（4・七三七）大伴坂上大嬢《おおいらつめ》

後瀬山　後も逢はむと　思へこそ　死ぬべきものを　今日までも生けれ

（4・七三九）大伴家持は、天平七、八年ごろから途絶えていた家持との恋が復活した同一一年の八月（北山茂夫氏による）以降、家持が聖武天皇の伊勢行幸（一二年一〇月）に従駕するまでのうち、前に「春日山霞たなびき……」（4・七三五）とあることからみて、同一二年（七四〇）の春から夏にかけての贈和の作と思われる。ともに、「後に逢はむ」というための序・枕詞として、おそらく見たこともない「後瀬山」を用いている。歌枕的な意識であろう。どうにもほめようのない歌。家持のそれは大嬢に追従して誇張しただけの愚作である。

「後瀬山」は、若狭国府のあった福井県小浜市、国鉄小浜駅南方の小山で、今城山とも呼ばれている。

小浜で見るべきものは二つ。一つは小浜港から出る観光船で蘇洞門《そとも》に至る二時間のコースだ。うち続く懸崖と大門・小門と呼ばれる海蝕岩の奇形は一見の価値がある。だが、より見落とせないのは古社寺建築と仏像群であろう。とくに駅の南東、遠敷《おにゅう》の里に散在する万徳寺・明神寺・神宮寺、国道一六二号線ぞいの妙楽寺・丹照寺など、時間をかけてゆっくりまわりたい。なお、東大寺二月堂の修二会（お水取り）の若狭井の水はここから地下に送られるのだという伝説の水源地は神宮寺から遠敷川《おにゅうがわ》にそってのぼる鵜の瀬である。

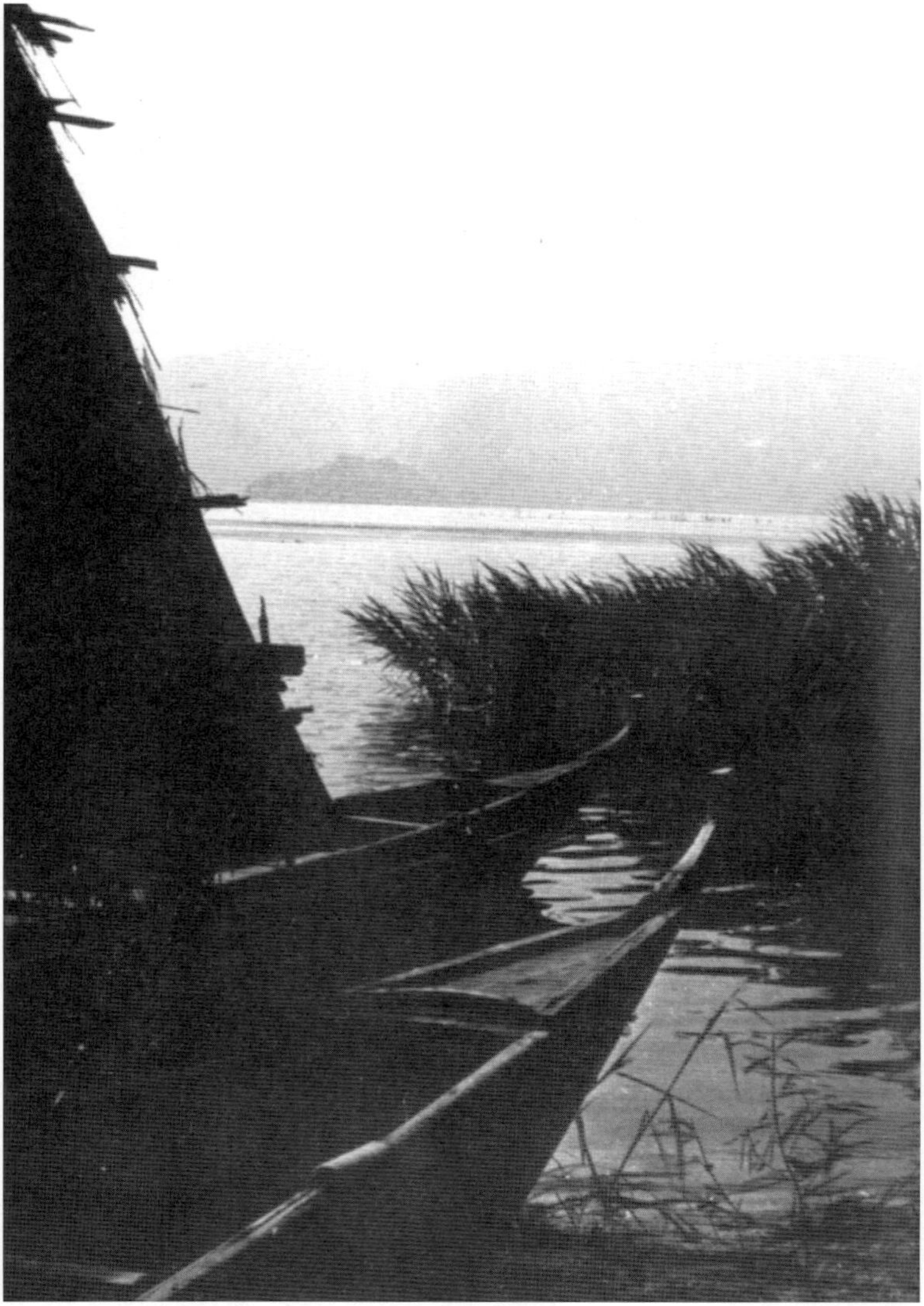

三 方 湖

東国

⑥ 東国東部・陸奥付近

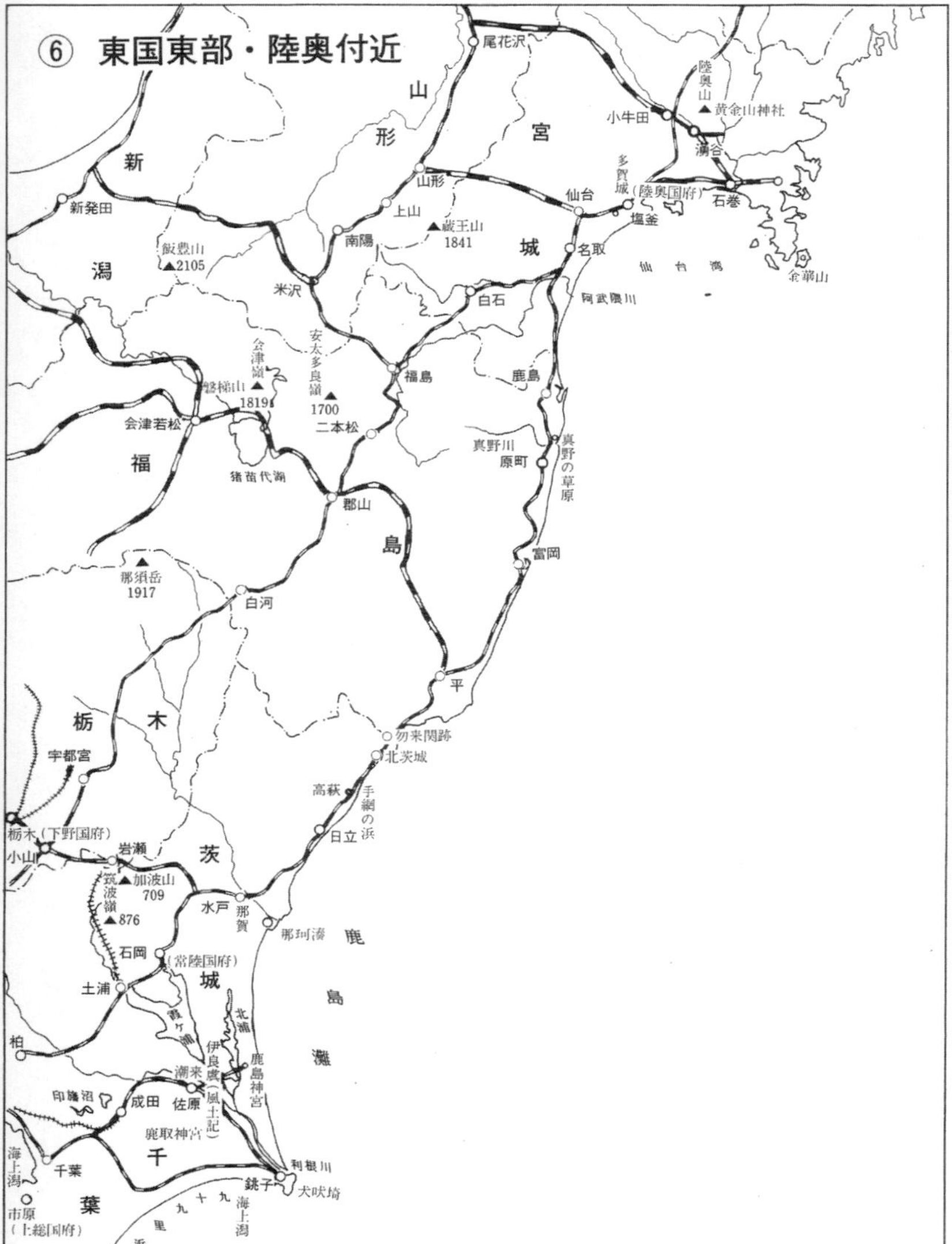

山形
宮城
新潟
福島
栃木
茨城
千葉
尾花沢
陸奥山
黄金山神社
小牛田
涌谷
石巻
多賀城（陸奥国府）
仙台
塩釜
山形
上山
蔵王山 1841
名取
南陽
新発田
飯豊山 2105
米沢
白石
仙台湾
金華山
阿武隈川
会津嶺
安太多良嶺 1700
福島
鹿島
磐梯山 1819
会津若松
二本松
真野川
原町
真野の草原
猪苗代湖
郡山
富岡
那須岳 1917
白河
平
勿来関跡
北茨城
宇都宮
高萩
手綱の浜
栃木（下野国府）
日立
小山
岩瀬
加波山 709
筑波嶺 876
水戸
那賀
那珂湊
鹿島灘
石岡
（常陸国府）
土浦
霞ケ浦
北浦
柏
伊良虞（風土記）
鹿島神宮
潮来
印旛沼
成田
佐原
鹿取神宮
海上潟
千葉
利根川
銚子
犬吠埼
市原（上総国府）
九十九里浜
海上潟

和蹔《わざみ》が原《はら》

かけまくも　ゆゆしきかも　言はまくも　あやに畏き　明日香の　真神《まがみ》が原に　ひ
さかたの　天《あま》つ御《み》門《かど》を　かしこくも　定めたまひて　神《かむ》さぶと　磐《いは》がくります　や
すみしし　わが大王《おほきみ》の　きこしめす　背面《そとも》の国の　真木《まき》立《た》つ　不破《ふは》山越えて　高麗《こま》
剣《つるぎ》　和蹔《わざみ》が原の　行宮《かりみや》に　天降《あも》り坐《いま》して　天の下　治め賜ひ　食《を》す国を　定め賜ふ
と　鶏《とり》が鳴く　吾妻《あづま》の国の　御《み》軍士《いくさ》を　召し賜ひて　ちはやぶる　人を和《やは》せと　服《まつ》
縦《ろ》はぬ　国を治めと　皇子《みこ》ながら　任《ま》け賜へば　大御《おほみ》身《み》に　太刀《たち》取り帯《は》かし　大御
手に　弓取り持たし　御軍士を　率《あとも》ひ賜ひ　斉《ととの》ふる　鼓《つづみ》の音は　雷《いかづち》の　声と聞くま
で　吹《ふ》き響《な》せる　小角《くだ》の音も　敵《あた》みたる　虎か吼《ほ》ゆると　諸人《もろびと》の　おびゆるまでに
捧《ささ》げたる　幡《はた》の靡《なびき》は　冬ごもり　春さりくれば　野ごとに　著《つ》きてある火の　風
の共《むた》　靡《なび》かふごとく　取り持てる　弓《ゆ》弭《はず》の騒《さわき》　み雪降る　冬の林に　飄風《つむじ》かも　い
巻き渡ると　思ふまで　聞《きき》の恐《かしこ》く　引き放《はな》つ　箭《や》の繁けく　大雪の　乱れて来《きた》れ

東国

まつろはず　立ち向ひしも　露霜の　消なば消ぬべく　去《ゆ》く鳥の　競《あらそ》ふ間《はし》に　渡会《わたらひ》の　斎《いつき》の宮ゆ　神風《かむかぜ》に　い吹き惑《まど》はし　天雲《あまぐも》を　日の目も見せず　常闇《とこやみ》に　覆《おほ》ひ賜ひて　定めてし　瑞穂《みづほ》の国を　神ながら　太敷《ふとし》きまして　やすみしし　わが大王の天の下　申し賜へば　万代《よろづよ》に　然《しか》しもあらむと　木綿花《ゆふばな》の　栄ゆる時に　わが大王　皇子《みこ》の御門《みかど》を　神宮《かむみや》に　装《よそ》ひまつりて　つかはしし　御門の人も　白細《しろたへ》の　麻《あさ》衣《ごろも》き　埴安《はにやす》の　御門の原に　茜《あかね》さす　日のことごと　鹿《しし》じもの　い匍《は》ひ伏しつつぬば玉の　夕《ゆふべ》に至《な》れば　大殿を　ふり放《さ》け見つつ　鶉《うづら》なす　い匍《は》ひもとほり　侍《さもら》へど　侍ひ得ねば　春鳥の　さまよひぬれば　嘆《なげき》も　いまだ過ぎぬに　憶《おもひ》も　いまだ尽きねば　言《こと》さへく　百済《くだら》の原ゆ　神葬《かむはふ》り　葬りいまして　朝裳《あさも》よし　城《き》の上《へ》の宮を　常宮《とこみや》と　高《たか》く奉《まつ》りて　神ながら　鎮《しづ》まりましぬ　然れども　わが大王の　万代と　念《おも》ほしめして　作らしし　香具山の宮　万代に　過ぎむと念へや　天の如　ふり放《さ》け見つつ　玉襷《たまだすき》　かけて思《しの》はむ　恐《かしこ》かれども

ひさかたの　天知《あめし》らしぬる　君ゆゑに　日月《ひつき》も知らに　恋ひわたるかも
埴安《はにやす》の　池の堤《つつみ》の　隠沼《こもりぬ》の　行く方《へ》を知らに　舎人《とねり》は惑《まど》ふ　（2・一九九―二〇一）

柿本人麻呂

壬申の年（六七二）六月二四日、吉野を発った大海人《おおあまの》皇子は、夜を徹して東行、奈良県大宇《う》陀《た》、三重県名張《なばり》を経て、伊賀に至って夜明けを迎えた。父挙兵の報に近江を発した高市《たけちの》皇子が、甲賀《こうか》を越えて大海人軍に合したのは三重県柘植《つげ》の山口であった。鈴鹿市山辺に至り大海人の妃（後の持統女帝）の疲労を知ったが、雷鳴・豪雨、休息も充分でないままに進発、四日市市采女町に至り家一つを焚いて暖をとった。二九日早朝、三重郡の朝明《あさけ》川の辺で天照大神を遥拝、戦勝を祈願する。高市皇子は、岐阜県の不破《ふわ》に遣わされ軍事をみ、大海人は桑名に宿をとる。翌日、高市の要請により、妃を留めて、大海人は野上《のがみ》に到着、迎えにでた高市に嘆きかたる。「近江には、左右の大臣。智謀ある群臣があり、共に議を定めている。朕《われ》には幼児あるのみ」と。高市は、袖をたくし上げ、剣を手にして答える。

近江の群臣、多《さは》なりといふとも、何ぞ敢へて天皇の霊《みかげ》に逆《さから》はむや。天皇独《ひと》りのみましますといふとも、臣《やつかれ》高市神祇の霊《みたま》に頼り、天皇の命を請けて、諸将を引率《ひきゐ》て征討《う》たむ。あに防ぐことあらむや。

大海人は高市の手を取り、背を撫《な》で、「慎《ゆ》め、怠るなかれ」と説いて、鞍馬を賜り、軍事総監に任じた。時に高市皇子一九歳。大海人は、沢瀉説五〇歳、田辺幸雄説によれば四三歳前後であった。

提示の歌は、この高市皇子を城《き》の上《へ》（奈良県北葛城郡大塚付近—今所在不明）に仮葬した時（六九六年七月、乱後二五年）のもの。長歌は集中の最長編（一四九句、一云を除いておよそ五四〇字）である。冒頭より「皇子ながら任け賜へば」までは天武天皇（大海人皇子）の行績。以下は乱に臨む高市皇子の英姿を歌い、神宮の神風を力に勝利に至る戦の様を詠み、乱後太政大臣として持統女帝を補佐した功業をのべ、その繁栄も虚しく没したとして葬儀の模様を叙し、生前「万代と思ほしめして」造られた香具山の宮の「万代」を確信し、仰ぎ見偲ぶことを誓って、鎮魂としている。

壬申の戦況を描くことは、書紀天武の条の、時日を明記し、戦況については、勝利はもとより敗北の記述までする具体性、叙事性にはおよばぬが、この作本来の意図——死者生前の功業を歌って鎮魂とする——からみれば上々の作とすべきであろう。

徳《とく》林《りん》寺《じ》

いざ子ども　早く日本へ　大伴の　み津の浜松　待ち恋ひぬらむ（1・六三）

山上憶良

山上憶良が唐に在った時、本郷を憶って作った一首である。時に文武天皇の大宝四年（七〇四）、憶良四四歳であった。大宝元年正月、無位の憶良は遣唐使少録（書記官）となったが、その歳は風浪暴険のため渡海できず、翌年六月二日（陽暦八月一日）船出したのである。気象不順の時期にあえて出航しなければならなかったのは正月大唐宮廷で催される諸蕃朝貢の儀式に出席するためであった。時の遣唐執節使は粟田朝臣真人、その帰国が慶雲元年（五月大宝を改元）七月一日（陽暦八月九日）とある（続日本紀）。憶良の帰朝も同時とみた。

作の第二句、「早く日本へ」は万葉集の本文の文字も日本であって、倭でも夜麻登でもない所から見ると、土屋文明氏の説かれる如く、憶良は「にほん」と訓むつもりだったかもしれない。喩え、訓は「やまと」に従うべきとしても、「倭名を悪み、更めて日本と号す。使者自ら言ふ。国日出づる処に近きをもつて名と為す」（日本伝）という自覚がこの頃からのものであることを思えば、憶良のような、遣唐使という国際的感覚の持ち主の意識としては、「やまと」は倭ではなく、日本でなければならなかったろう。

憶良の誕生は斉明六年（六六〇）、百済が日本に救援を乞うた年だ。白村江の敗戦は天智称制二年（六六三）である。遣唐使の派遣が始まったのは舒明二年（六三〇）で、以来第五回の天智称制四年（六六五）まではほぼ間断なく遣使されたが、以後、憶良も加わった大宝の派遣まで三六年間は事が絶えていたのである。この間、近江大津宮遷都（六六七）、壬申の乱（六七二）、天武没、持統称制（六八六）、浄御原令施行（六八九）、藤原遷都（六九四）、持統退位、文武即位（六九七）、大宝律令制定（七〇一）と、外征の事止んで四十年、内乱を含んで、時代は確実に移っている。この際の遣唐使は、国際的な地位の確立とともに、いやそれ以上に律令制定後の内政充足が期されてのものだった。とすれば、「大伴のみ津の浜松」のかなたに待つ人々もただ家郷の妻子ばかりではなかったはず。おそらく帰朝に臨む宴席であろう、詠みあげる憶良の眸は、望郷の涙に濡れながら、同時に故国に向かう自誇と決意とに輝いていたにちがいない。「いざ子ども」という呼びかけは集中に四・五首はあり、特異なものではないが、憶良の場合のそれは強い自誇と決意の表現だったととれなくもないし、「日本」の文字はそれこそその自覚的な使用と言うべきであろう。

高木市之助先生は、明治二一年（一八八八）二月、名古屋市中区池田町で御誕生、「私ことかねて『時に自ら称す文学の鬼』と申して居りましたが、本日（昭和四九年一二月二三日）終に志を果して、文字通りに、鬼籍に入りましたことを、同学に報告し、同志に深謝いたします」という、生前みずから用意された死亡通知を残して世を去られた。日本文学はもとよりワーズワースなどの英文学さらに絵画にまでにおよぶ一代の碩学であられたが、特に憶良を対象にした御論考が多い。その縁で、昭和四二年一〇月一日、八〇歳の御長寿を祝い、名古屋市昭和区天白町八事の徳林寺境内に建てられた歌碑には、先生御自身のお手で、

夜毛寸我羅　憶良志良夫流爾　雨也万受　庭乃藪椿毛　落知過宜奴倍之

夜もすがら　憶良しらぶるに　雨やまず
庭の藪椿も　落ち過ぎぬべし

の一首が刻まれた。そして、今、同寺に先生御自身も永の眠りについておられるのである。

歌碑除幕式の日の故高木市之助博士
（左側は大内兵衛博士）

桜田《さくらだ》

桜田へ　鶴《たづ》鳴きわたる　年魚市潟《あゆちがた》　潮干にけらし　鶴鳴きわたる（3・二七一）

高市黒人《たけちのくろひと》

「桜田」の故地は、紀伊説もあるが、尾張（名古屋市南区の笠寺台地全部）とする松田好夫氏説によるべきだろう。この台地、いまは一面人家で埋まってしまったが、低地（入海）を隔てて西北に熱田台地を、今はガソリンタンクなどの目立つ、これももと入海を越えて東に鳴海台地を望む地点に位置している。

「年魚市潟」については、⑴笠寺台地東の入海、⑵同台地西の入海、⑶両者を含む一帯の海辺とする三説に分かれ決定をみない。加藤静雄氏は⑴により、「黒人は東から都をさして西へ帰る道を歩いていたのであろう。東海道は冬である。年魚市潟、即ち桜田の方へ鶴が飛んで行く。その鶴の一群を見た時、黒人はこれから渡らねばならない年魚市潟の潮干を想像したのである。旅をする人々が道によせる関心は、道中のすべてを自身の足によらねばならなかった時、今のわれわれでは想像できない位強いものであったろう。潮が干いた。舟が利用できない。これを黒人は意識していないかも知れない。むしろ無意識の中の意識として、年魚市潟の潮干にすぐ思いを馳せたのである。その時、この歌はできた」と、黒人の創作心理にまでたち入って見事な一文を草された。沢瀉久孝氏は「年魚市潟は桜田の西の海岸であるから、鶴は東の方から桜田の方へ行くので、作者も桜田の東にゐるものと考へられる」と、加藤氏と同じ西行説によりながら(2)に従っておられる。

「潮干にけらし」について、安藤直太朗氏は「年魚市潟の満潮時は三里も北の上野古道を通らねばならなかったので潮干のため近道が出来るのを喜んだ」と説き、加藤氏は、「干潟は潮が引いたならばすぐに歩渡りすることが可能であろうか」と反撥し、舟行できない不安を感じたと見る。歩渡りはやはり不可能であろう。が、黒人の関心は、「喜び」や「不安」にあるのではあるまい。彼はひたすら鳴き渡る「鶴」に見入っている。そして二句・四句切れという重厚な形式、五句にリフレーンを置くという簡潔な手法によって、それを造形しているのだ。それこそ、無意識の旅情を深々と内に秘めて……。

名鉄の桜駅で下車、東南に八〇〇mほど上った名古屋市立桜丘高等学校の東側に《年魚市潟勝景》碑のある桜八幡社があり、東北には「基部の幹囲一一m六〇㎝、枝張り南北二〇m、東西二二mで、室町時代までは西、東南が入江となり、この木のもとが渡船場になっていた」という樟の老樹で有名な村上社があり、久松潜一氏筆のこの歌の碑が境内に建てられている。

村上神社の大樟と久松潜一氏筆歌碑（部分）

梶《かじ》島《しま》

暁《あかとき》の　夢《いめ》に見えつつ　梶島《かぢしま》の　磯越す波の　しきてし思ほゆ（9・一七二九）

藤原宇《うま》合《かひ》

作者の宇合は、不比等の第三子で、天武一三年（七八四）に生まれ（契沖説）、霊亀二年（七一六）八月遣唐副使となり二年後帰国、養老三年（七一九）正五位上で常陸守《ひたちかみ》となって、安《あ》房《わ》・上総《かずさ》・下総《しもうさ》の按察使《あぜちし》を兼ねた。この頃、彼は常陸風土記の編集にたずさわり、高橋虫麻呂らに命じて上記諸国の古老による伝承などを採集させたのではないかといわれる。懐風藻、経国集に詩賦七篇、万葉集には、短歌のみだが、六首をとどめる文人でもあった。

「梶島」は、丹後にありとも、また福岡県宗《むな》像《かた》郡玄海町神湊《こうのみなと》沖の勝島かと説かれたが、服部喜美子氏は愛知県幡豆《はづ》郡吉良《きら》町宮崎に近い無人島で今も同名の梶島かと推定された。氏によれば、この歌の成立は、宇合の、常陸守赴任または帰京の途次か、あるいは神亀元年（七二四）式部卿持節大将軍として蝦夷《えぞ》を討ったその折でもあろうか。勝島説は、彼が天平四年（七三二）八月に西海道節度使となり、同六年大宰帥を兼ねたことなどによる推定だが、それなら同様の根拠で梶島説も成り立つだろう。しかもこの一首は、

夢のみに　継《つ》ぎて見えつつ　小竹《しの》島の　磯越す波の　しくしく思ほゆ

（7・一二三六）作者不明を念頭においてのものに相違なく、「小竹島」は愛知県知多郡南知多町の羽豆《はづ》岬に近い篠島《しのじま》とする説（松田好夫氏ほか）がもっとも有力である現在、梶島も篠島に近い三河湾に求めるのが自然であろう。ただ、服部氏は宇合の作を、陸路この島に近い所に立ち寄った折のものとみられたようだが、篠島が、藤原宮跡、平城宮跡から発見された贄付札《にえつけふだ》（篠島から両宮に、鯛・鮫などが献上されていた）のあることによって、万葉時代すでに都人に知られていたことがわかるとしても、篠島――→梶島の連想が生まれるのは、宇合が海路をゆき、篠島・梶島の付近を通ったからと考えるのが自然であろう。国守が海路をゆくのは異様であり、伊勢湾・三河湾の古代航路はまったく知られないのだが。

篠島は周囲五キロ余り、人口三千人の、観光の島。篠島へは師崎《もろざき》・河和《こうわ》からいつも定期船が、梶島へは夏期だけ宮崎海岸からの便がある。

〈追記〉篠島の人口は、平成二七年の国勢調査で千六百余人となっている。

宮崎海岸から望む梶島

安《あ》礼《れ》の崎《さき》

何処《いづく》にか　船泊《ふなは》てすらむ　安《あ》礼《れ》の崎　漕ぎ廻《た》み行きし　棚《たな》無し小舟《をぶね》（1・五八）

高市黒人

人麻呂と同じく、黒人も生没年、経歴など明らかでない。ただ、高市連《むらじ》家は新撰姓氏録に「天津彦根命の一四世の孫、建許呂命《たけころのみこと》の後也」とあるから、族党、近江国、琵琶湖の東岸を本貫とする一族で、黒人もその出身と見てよい（高崎正秀氏）であろう。彼の作として成立年代の明確なものは、この歌〈大宝二年（七〇二）冬一〇月、太上天皇（持統）の三河行幸時の作〉と、その前年、同じ天皇の吉野行幸時の作、

大和《やまと》には　鳴きてか来《く》らむ　呼子鳥《よぶこどり》　象《きさ》の中山　呼びそ越ゆなる　（1・七〇）

しかない。結局、彼は人麻呂と同時代、持統・文武両朝頃の人とみておくほかはないようだ。

「安礼の崎」は、古く静岡県浜名湖の南西、新居《あらい》の出崎説が定説化していたが、土屋文明氏は、愛知県蒲郡市、今、西浦温泉のある御前崎説を出され、この地に御津《みと》磯夫氏筆の歌碑、津之地直一氏の解説碑が建っている。現況からこの付近に「崎」を求めるかぎり此処しかないが、「三河国宝飯郡御馬村下佐脇村論所立会絵図」（延享三年五月のもの、昭和三年波多野忠平氏書写）などによって考証された久松潜一氏の、御津町御馬の南、音羽川の河口説も有力である。ここなら三河国府跡も近く、同じ作者のこの付近での作

である。

らしい、

旅にして　物恋ほしきに　山下の　赤《あけ》のそほ船　沖に漕ぐ見ゆ　（3・二七〇）

との関連も考えられる。

さて、提示の作、昼間「安礼の崎」を漕ぎ廻っていった「棚無し小舟」（底板と根棚《ねだな》だけで、傍板として中棚、上棚を欠くもの）を、夜に至って思いおこし、今は何処に船泊りしていることかと思いやった一首だが、冒頭一・二句に己の関心を示し、思い深く「棚無し小舟」の体言で止めている。これは、夜間、とくに遊離しがちと思われていたという（折口信夫氏）、わが命の行く方を思いみる、沈静した旅情の深さを響かせている。黒人に長歌の作はなく、異伝のあるものを含めても、短歌二〇首がその全作品であるが、人麻呂とならんで万葉第二期の代表作家と評されるのは、彼の作品の高さ、深さの故

音羽川河口付近（引馬野神社の久松潜一博士）

二見《ふたみ》の道《みち》

妹《いも》もわれも　一つなれかも　三河《みかは》なる　二見《ふたみ》の道ゆ　別れかねつる（3・二七六）

高市黒人

万葉集は、「一本に云う」として、この作の次に、

三河の　二見の道ゆ　別れなば　わが背《せ》も
我も　一人《ひとり》かも行かむ　（3・二七七）

を載せているが、これは男の立場での作ではないので諸説は、この二首を夫婦の贈答唱和とみ、「案ずるにここは三河より東なる国に赴《おもむ》かむとせし時によめるなり。抑《そもそも》三河より遠江に到るには、御油より吉田、二川、白須賀、新居、舞坂、浜松を経て天竜川に出づる道と御油より本野原、嵩山、本坂越、気賀、三方原を経て天竜川に出づる道とあり、甲は東海道の大路にて乙は所謂姫海道なり。甲には途に今切の険あれば女子は好みて乙の道に由りけむ故に姫海道といふにこそ。今も黒人は本道を行き妻は姫海道を行かむとするにこそ」（井上通泰氏）という律義な解説も生まれたのだが、舞坂宿と新居宿を結んだ今切《いまぎれ》の渡しは明応七年（一四九八）八月二五日の地震で切れていた。それ以前は険難の地ではなかったようだし、黒人が東国に下ったという何の証拠もない。賀茂真淵は、男は尾張、近江、山城、摂津とめぐって帰り、妻は大和に直行したのだとしているが、男が云々は黒人の歌に出る地名からみた推定に過ぎず、これとて

信ずるに足りない。久曽神昇《きゅうそじんひたく》氏は、前記の道を古道ではないとし、これを豊川市国府町の西南一キロあまりの御津《みと》町広石《ひろいし》に求めておられるが、お説によるとして、そこでの宴席などに、「二見の道」の名に興をおぼえた黒人が夫と妻との立場に身を置いて、即興的に戯笑したのではなかろうか。女の立場の作を「妻の和ふる歌」としていない事情はそんな処にあるのかも知れない。もっとも、黒人には猪名野（大阪府武庫郡）に妻を伴ったらしい作（3・二七九）も見え、（3・二八〇）の黒人作に対して「妻の和ふる歌」一首（3・二八一）もあるが、（3・二八一）は、「和ふる歌」とは見にくい節もある。

ともあれ、彼には妻があり、旅に伴ったこともあるらしいから、「三河の二見の道ゆ……」が妻のものではないと言いきれないが、一・二・二、三・二・一という数字の遊びを、夫婦で器用にやってのけることが、はたしてできたのだろうか。ともあれ、「日本詩歌における客観態度の樹立、自然描写の叙景詩への目は、実に彼によって開けた」（高崎正秀氏）と説かれ、「漂白寂寥の作者」（犬養孝氏）と評される黒人の一面に、こういう戯笑性が見られることは興味深い。

御津町広石の「二見の道」旧景（久曽神昇氏説）

伊《い》良《ら》虞《ご》島《じま》

うつせみの　命《いのち》を惜しみ　波にぬれ　伊良虞《いらご》の島の　玉藻《たまも》刈り食《は》む（1・二四）

麻《を》続《みの》王《おほきみ》

天武四年（六七六）四月一八日、三位麻続王（麻績王）が罪により配流された。王はその系統もわからず、また何の罪によった配流とも知られない。配流地についても、伊勢国伊良虞島（万葉集）・因幡国（日本書紀）・常陸国行方郡板来《いたこ》（風土記）と三所の別伝がある。

この一首、その配流を哀傷した人が、

うちそを　麻続王　海人《あま》なれや　伊良虞の
島の　玉藻刈ります　（1・二三）

と詠んだのを聞き、王が感傷して和えた歌である、と詞書にある。これをそのままに解すれば、「海人なれや」は同情表現だが、詞書を離れてみれば揶揄とも嘲笑ともとれなくはない。その点に注目された高木市之助氏は、人の同情、嘲笑にかかわらず、惜命の一途さを歌う王の作にあふれる、人間性の自然な横溢を強調された。

配流地を万葉集に従って考えるならば、その故地は、愛知県渥美半島先端の伊良湖岬、ないしは三重県鳥羽市に属する伊勢湾内の神島と考えなければなるまい。岬の属する渥美町には麻続王墓と伝える古墳があり、半島でも、昔は、島といった例もあるという根拠からこの岬を万葉の伊良虞の島とみる人が多いが、行政上は古くから三河国に属するこの地を伊勢国とすることが何より不審である。やはり、この島は神島だと思う。沢瀉久孝氏などに従うべきだと思う。

因幡（鳥取県）説を主張されるのは吉永登氏である。氏は、この歌の左注、「一子を伊豆島に流す」に注目され、子供等のそれに比して王の伊勢配流は近きに失するとし、因幡でも近いが、ここは裏日本で気候のよくないこと周知の事実であり、距離が示すほど生易しいところではない、と説かれた。鳥取砂丘東の海岸「田後村《たじり》」の付近である。

地名の「いら」は「エラ」と同じ、海蝕洞を示す語らしい（鏡味《かがみ》完二氏）。伊良湖岬には「日出の石門」が、田後に近い浦富海岸には「竜神洞」などの海蝕洞がある。地名からは、この島を伊勢とも因幡とも決定できない。だが、私どもは、この作に、波荒い太平洋に臨む伊良虞島を予想する必要があろうか、あるいは雲重く垂れ下がった浦富・田後の日本海を思わねばならないのだろうか。ただ深く、都人からは異境と見られた、磯の香濃い漁民の生活の場を思うべきだろう。私はこのあたりに文芸地理学の効能と限界を見ざるを得ない。とともに、文芸における風土論のあるべき姿勢を思うのである。

東国

日出の石門

引佐細江《いなさほそえ》

遠江《とほつあふみ》　引佐細江《いなさほそえ》の　澪標《みをつくし》　あれを頼めて　浅ましものを（14・三四二九）

東　歌（遠江国）

万葉集の巻一四は、「東歌」として、東国の作者不明歌を一括している。この「東歌」の範囲は、「未勘国の歌」（まだどこの国の歌と考え及ばないもの）には「草蔭の安努《あの》」（14・三四四七）のように三重県津市付近かとされる作も含んでいるが、東海道は遠江《とおとうみ》以東、東山道では信濃以東、それに陸奥の歌ということになる。

さて、遠江を行く東海道は浜名湖の南岸「今切れ」に向わずその北岸（猪鼻湖の北）を通った。歌の「引佐細江」は、その引佐郡細江町気賀あたりで、かつて都田川の流れを入れて細江となっていた。「澪標」は「水脈つ串」で、水脈の標示に用いた棒くいである。歌意は、「浅ましものを」に諸説があり決定的ではないが、遠江の引佐細江の澪標は、深みを示して舟の航行の頼り所としたものだが、あなたも、いかにも心深そうに、私を頼らせておきながら、実は、浅い心でしかなかったのね。といった趣で、見馴れた生活の具を素材とした民謡、「怨み歌」で、この付近の駅にでもいた女たち——遊行女婦——の歌であろう。この歌の調子のよさが、彼女たちのそうしたポーズを思わせる。

こういう歌の唱われたままの形はわからない

が、

遠江　引佐細江の　澪標　あはれ澪標　はれ澪標　あれを頼めて　浅ましものを　あはれ浅ましものを

といったものではなかったかと説かれたのは、久米常民氏だった。私の記述は、「催馬楽《さいばら》」の律、「わが駒」によったが、おそらく久米氏の説の如くであったろう。

ところで、これら「東歌」の採録者は誰だったか。高橋虫麻呂説を出されたのは佐佐木信綱氏、「今日見る如き形に編輯したのはやはり家持ではないか」と言われたのは沢瀉久孝氏である。そして山田孝雄《よしお》氏は、東山道に属していた武蔵国が東海道に編入されたのは宝亀二年（七七一）で、万葉集でも東海道に入れられていることを証拠として、集の編集が行われたのは宝亀二年以後とされた（もっとも、武蔵国の東歌の採録はその東山道に属していた頃だったらしいことが地名の片寄りから知られる）。

なお、「東歌」については、『東歌と防人歌』と題する瀬古確《かたし》氏の本（右文書院）が、最近出された。流麗な口語訳も付され、「東国万葉」の案内書となっている。

澪標公園旧景

白羽《しらは》の磯《いそ》（尾奈の峰）

遠江《とへたほみ》　白羽《しるは》の磯と　贄《にへ》の浦と　合ひてしあらば　言《こと》も通《かゆ》はむ（20・四三二四）

丈《はせ》部《べの》川《かは》相《ひ》

天平勝宝七年（七五五）二月、兵部少輔として難波にあり、防人の事に従った大伴家持は、遠江・相模・駿河・上総・常陸・卞野・下総・信濃・上野・武蔵一〇ヶ国の防人引率者（部領《ことりづ》使《かい》）から提出された歌を取捨し集録した。万葉集巻二〇の四三二一以後の歌がそれである。

言うまでもなく「防人」は漢語で、日本語の「さきもり」、辺境を守備する兵士である。九州の北岸や壱岐・対馬を守るものが知られ上記したのもそれだが、風土記によれば出雲などの山陰海岸にも置かれることがあったようだ。制度としては孝徳天皇大化二年（六四五）正月の改新の詔に出るのが最初で、大宝令（七〇一）の軍防令によると、役所を防人司とし、部領使は各国守がその任に当たるのを原則とした。任期は三年で、毎年三分の一を交替させる。国府へ集結して防人集団となる日は二月一日であった。聖武天皇の天平二年（七三〇）、諸国からの防人徴集を停め、東国の兵士だけとすることにして以来変遷はあったがその都度天平の旧制に復した。

ところで、交替日の二月一日、各国の集合地あるいは難波の集結地では集団結成の儀式とその後の宴会が催され、和歌のうたわれることが例になっていたらしい。家持が集録したものを通してみるとこの防人歌成立の場の様相がほぼ推察できる。

第一は儀式ないし儀礼的な性格である。

畏《かしこ》きや　命被《みことかがふ》り　明日《あす》ゆりや　草《かえ》が共《むた》寝む
妹《いむ》無しにして（20・四三二一）物部秋持

は遠江国の国造丁《くにのみやつこのよほろ》（国造は大化以前土地土地の豪族が任じられた地方長官。丁はその使用人で、防人集団の指導的立場にあった）の歌で、巻二〇防人歌の最初に配された一首である。「畏きや命被り」は、勅命を畏んでという大君への服属を誓う表現（言立《ことだ》て）だが、前記一〇ヶ国中駿河と上野を除く八ヶ国の歌中には、「大君の命かしこみ」、「皇御軍」、「大命の命にされば」という詞句が、一国一首以上は、かならず見られる。これには、防人歌が個人の私的で自由な発想によって生まれたものでないこと、部領使などの強制によると否とにかかわらず、公的な契機をもったことが予想されなければなるまい。

第二は宴席の場の様相である。これをみるために、遠江国防人歌の掲げた歌および前記物部秋持の歌を除く全部を配列順に記そう。（家持は、二月六日防人部領使史生坂本朝臣人上が進《たてまつ》った歌一八首中拙劣歌として一一首を捨て、七首を載せた）

(1)我が妻は　いたく恋ひらし　飲む水に　影《かご》
さへ見えて　よに忘られず
（20・四三二二）若倭部身麻呂《わかやまとべのみまろ》

(2)時時《とき》の　花は咲けども　何すれぞ　母とふ
花の　咲きで来ずけむ
（20・四三二三）丈部真麻呂《はせべのままろ》

(3)父母も　花にもがもや　草枕　旅は行くと
も　捧《ささ》ごて行かむ
（20・四三二五）丈部黒当《くろまさ》

東国

(4)父母が　殿《との》の後《しりへ》の　百代草《ももよぐさ》　百代いでませ
　わが来たるまで
(20・四三二六)　生玉部足国《いくたまべのたりくに》

(5)わが妻も　絵に描《か》きとらむ　暇《いつま》もが　旅行く我《あれ》は　見つつ偲《しの》はむ
(20・四三二七)　物部古麻呂《こまろ》

の五首、これが進められたままの配列かどうかはわからない。が、(1)と(5)、(2)と(3)と(4)との間には、深いつながりがあるらしい。例えば、「水に写る妻の姿」から「妻の似顔画」は自然な連想である。(2)、(3)、(4)は「母とふ花」、「父母も花にもがもや」、「父母が殿の後方の百代草」だ。しかも、このうち四三二五と四三二六を除くと類歌の歌い手は出身郡を異にする。だからこのつながりは同一の時処での成立の故に生じたと見るほかはない。これが〈場〉としての宴席を思わせる。つまりこれらの歌は、こういう公的契機による集団の場での、唱われた文芸であったのである。（吉野祐氏による所が多い）

掲げた歌には「白羽の磯と贄の浦のごとく近く向かい合っていたら」と解する人と「白羽の磯と贄の浦がもし近隣地であったら」とする説とがあり、これによって両地の故地推定にも相違が生じた。前者による夏目隆文氏は、浜名湖支湖の猪鼻湖西北端の引佐郡（現、浜松市北区）三ケ日町鵺代《ぬえしろ》を贄の浦だとし、「筆者は、白羽峯の下、旧姫街道の路線の南方、浜崎の辺を白羽の磯と推定する。この地点より対岸の鵺代まで湖上約二百メートル、文字通り呼べば応えんほどの距離に向い合っている。『あひてしあらば言も通はむ』の表現は、まことに適切にして自然に実感される」と説かれた。

尾奈の山から比自（洲）を望む
山頂の歌碑（14・三四四八）は犬養孝氏筆

登呂遺跡《とろいせき》（貧窮問答）

風雑《まじ》り　雨降る夜の　雨雑り　雪降る夜は　術《すべ》もなく　寒くしあれば　堅塩《かたしほ》を　とりつづしろひ　糟湯酒《かすゆざけ》　うちすすろひて　咳《しは》ぶかひ　鼻びしびしに　然《しか》とあらぬ鬚かき撫でて　吾《あれ》を除《お》きて　人はあらじと　誇ろへど　寒くしあれば　麻ふすま引き被《かがふ》り　布肩衣《ぬのかたぎぬ》　ありのことごと　服襲《きそ》へども　寒き夜すらを　われよりも　貧しき人の　父母は　飢《う》ゑ寒からむ　妻子《めこ》どもは　乞ふ乞ふ泣くらむ　この時は　いかにしつつか　汝が世は渡る　天地は　広しといへど　吾《あ》が為は　狭《さ》くやなりぬる日月は　明しといへど　吾が為は　昭りや給はぬ　人皆か　吾のみや然る　わくらばに　人とはあるを　人並に　吾も作るを　綿もなき　布肩衣の　海松《みる》のごとわわけさがれる　襤褸《かかふ》のみ　肩にうけかけ　伏廬《ふせいほ》の　曲廬《まげいほ》の内に　直土《ひたつち》に　藁解き敷きて　父母は　枕の方《かた》に　妻子どもは　足《あと》の方に　囲《かく》み居て　憂ひ吟《さまよ》ひ　竈《かまど》には火気《ほけ》吹き立てず　甑《こしき》には　蜘蛛の巣かきて　飯炊《いひかし》く　事も忘れて　鵺鳥《ぬえどり》の　のどよひ居《を》るに　いとのきて　短き物を　端《はし》きると　いへるが如く　楚取《しもと》る　里長《さとをさ》が声

は　寝屋戸《ねやど》まで　来《き》立ち呼《よ》ばひぬ　かくばかり　すべなきものか　世の中の道

世の中を　憂しと恥《やさ》しと　思へども　飛び立ちかねつ　島にしあらねば

（5・八九二―三）　山上憶良

風まじりに雨が、雨まじりに雪が降る夜だ。どうしようもなく寒い。せめて温《ぬく》もりを得ようとありあわせの糟を湯でとかした酒を啜《すす》る。まともな酒はとても手に入らないんだ。咳《せき》は出る。鼻水はたれる。それでも酒を啜っているうちに良い気持ちになり、昂然とした気分になってきたぜ。ふん、世間の奴《やつ》ら。ふんぞりかえっていやがるけれど、オレを除《お》いて人間らしい人間なぞいやしないじゃないか、とまあ、あるという程もない鬚《ひげ》をなでて得意になってはみるのだが……。うわぁ寒い。徳利《とくり》も底をついてきたか。まったく寒い。麻の衾をひっかぶり、袖無しもあるだけ重ね着しよう。だが何とも寒いなあ。しかし考えてみればオレはまだましな方だ。もっと貧しい連中——両親は飢えて寒かろう。妻子は腹をへらして泣いているだろう。おい。こんな時お前さんは、どう生きているんだいと、男が尋ねる。その返事はこうだ。

天地は広いというけれど、私の為には狭く出来ているのでしょうか。日月は明るいと言いますが、私の為には照ってくださらないのか。誰でもか、私どもだけか。人と生まれるまれな機会を手に入れたのに、人なみに耕作しているものを、綿入れでもない袖無しの海松《みる》のように破れたボロばかりを肩にかけ、低い壊《こわ》れかかった小屋の地べたに藁を解き敷いて、父母は枕側に、妻子は足の方に私を囲んでいる。憂い歎くカマドには火気も立たず、コシキには蜘蛛が巣をはっている。飯《めし》をたく事も忘れてうめき声をだしている。こんな所へ、ひどく短い物のさらにその端を切るという諺《ことわざ》のとおり、苔杖《むち》を持った里長の声は、寝所まで来て、税を納めろと呼び続ける。こうも仕方のないものでしょうか。この世に生きるということは。

先進中国の文学に貧を歌うものは多い。憶良もまたそれらから学ぶところがあっただろう（西郷信綱氏）。問答体の例も『文選』の冒頭以下の賦にも多い。同じく憶良はこれらから暗示を得たに違いない（小島憲之《のりゆき》氏）。だが、この両者を結びつけ、「貧窮問答歌」を作り上げたのはやはり憶良の手柄というべきだろう。

「貧者」の姿には下級官僚らしいものが描きつくされている。「われを除きて人はあらじと誇ろ」うあたりには、中国まで渡って新知識を身につけてきた、憶良自身の自誇がうかがわれる。諸家の説く如く、この作の中心は「答者」の訴えにあるが、だからといって「問者」の具象性が失われているとは言えまい。答えが答えになっていないと説く人がある。「前半において寒夜を描いたのは、非常に効果的だが、肝心の後半に、これに呼応することがないのは物足りない」（武田祐吉氏）の類だ。それは一応そのとおりだろう。だが、それが一般に「問答」というものの宿命だと言えはしないか。それぞれに違った生活を持ち生き方を持つ他人どうしの話し合いがそんなに見事にかみ合うはずがないではないかと、そんな弁護も成り立ちそうである。あるいはまた、「問者」は、「答者」の返答をではなく、「訴え」を引き出す役割を果たしているのだと説く人もいるかも知れない。時代は下るが、中世の「能」のワキ・シテの問答などこういう種類のものが多い。それなら、ヨーロッパの演劇論でいう「ドラマ性」が果たして弱いものに終わってしまっているだろうか。だが、本当に「答者」の返事は、「問者」の問とかみ合っていないだろうか。これについて高木市之助氏は説かれたことがある。答は問に呼応してはいない。むしろ噛み合っている。即ち反撥し、対抗しているのだと。お説のとおりならば、そして「問者」に諸家の説かれるごとく、作者自身をモデルとして写したようなところがあるならば、ここで憶良は、誰よりも自己に向かって反撥しているわけである。ところで、この作、左注に「山上憶良頓首謹上」とだけあって「筑前守」とないところから、その解任(天平三年七月以降か)後の作であろうと言われている。むろん、しばしば反駁の歌を奉った大伴旅人はいない、その死は同年七月二五日である。憶良はこれをおそらく知っていただろう。とすれば、旅人に向けていた矛先を今は自己に向けている。批判精神の極まるところというべきであろう。憶良もついにここに到達したのである。

(写真は本書402ページ)

三《み》保《ほ》の浦《うら》

庵原《いほはら》の　清見《きよみ》の崎の　三保《みほ》の浦の　寛《ゆた》けき見つつ　物思ひもなし（3・二九六）

田《た》口《ぐちの》益《ます》人《ひと》

和銅元年（七〇八）三月一三日（陽暦四月一二日）、従五位上田口益人が上野《かみつけ》守に任じられた。この赴任の途中、「清見の崎」（静岡県清水市興津《おきつ》清見寺《せいけんじ》町磯崎、現、静岡市清水区）に立ち、対岸の三保の崎との間の入海を見ての作である。

庵原・清見の崎・三保の浦と地名をつらね、イホ・ミホの頭韻をきかせ、ヤ行・マ行の母音、流音（ラ・マ・ナ行の音）を句の上に置き、脚韻「ノ」を繰り返すことによって、見事に、この浦の寛かさを造型し得た一首だ。

清見寺町にある同名の寺は、明治のロマンチスト高山樗牛（「平家雑感」などの評論、小説「滝口入道」の作者）の胸像などがあり、富士を望む好風の地でもある。三保の崎は能の「羽衣」で知られた観光地だが、「ドイツ・オーストリア以南の地中海沿岸の北部地域に起源がある」（水野祐氏）といわれ、四つの伝播経路のうち、「中央アジアからあるいはインドから迂回して中国に西から伝播し、さらにそれが北方に拡がり朝鮮半島を経て、日本列島に波及した」（同氏）と説かれるこの著名な「羽衣伝説」は、風土記成立の頃には既に日本に到達していたのであろうか。逸文ではあるが、「昔、神女あり、天より降り来りて、羽衣を松が枝に曝しき。漁人、拾ひ得て見るに、その軽きこと言ふべからず、いはゆる六銖の衣か織女が機中の物か。神女乞ひしかども漁人与へざりき。神女、天に上らむとすれども羽衣なし、ここに遂に漁人と夫婦となりき。けだしやむを得ざるなり。その後、ある日、女羽衣を取り、雲に乗りて去り、その漁人もまた登仙したりといふ」（本朝神社考）とある。

能「羽衣」で、漁夫の「いや、この衣を返しなば、舞曲をなさでそのままに、天にや上り給ふべき」に答えた天女のことばの「いや、疑ひは人間にあり、天に偽《いつはり》りなきものを」の凛とした響きは、平手打ちをくってなお快い簡潔的確かさであり、能文芸の持つまさに能的な（劇的といってもこの場合よい）言語性を示している。

なおこの後田口益人は、下り一四日の規定を意識してか旅を急ぎ、

　昼見れど　飽《あ》かぬ田子の浦　大君《おほきみ》の　命《みこと》
　恐《かし》み　夜見つるかも　（3・二九七）

と歌う。この「夜」の旅の特異さを指摘する人が多い。

登呂遺跡復元模型

三保の松原から三保の崎を望む

富士《ふじ》の柴山《しばやま》

天《あま》の原　富士の柴山　木の暗《くれ》の　時移《ゆつ》りなば　逢はずかもあらむ（14・三三五五）

東　歌（駿河国）

　万葉集での駿河はやはり富士の国である。海道を旅した山部赤人や高橋虫麻呂（3・三一九―三二一）がこれを歌っただけでなく、国人もまた富士を歌った。東歌中の駿河歌六首のうち四首までが直接富士を歌った、あるいはそれに寄せて歌ったものである。

　だが、国人の富士の歌は、旅行者のそれとは、山の捉え方が違っている。後者の場合は、赤人長歌の霊峰にせよ反歌の秀峰であるにせよ、景観としてのそれであったが、国人にとってそれは「柴山」であり、木の暗にみる時の移りをおそれる、愛人との出逢いの場所でもあった。掲げた歌はそれを示すが、この歌それだけの価値しかないのではない。見ようによっては集中の名作の一つなのである。

「天の原富士」と無限に高い大空の富士を仰いだ作者は、「柴山」とそれをとらえて限りなく続く労働の苦しさを思い、「木の暗の時移りなば」と時間に転じ、「逢はずかもあらむ」と、わるくすれば時（彼または彼女とともにあるという有としての）を失って、全くの無に帰してしまう虚しさを思っているのだ。空間の無限性をそのまま時間の無に転じて、虚しさの象徴としているのである。むろんこれは「見ようによっ

東国

ては」であり、作者の意図（民謡の「誘《さそ》い歌」か）とは係わりのない理解の仕方ではあろうが、文芸は作者の意図だけのものでもないだろう。

稿をもとに戻して、この作に続く、

不尽《ふじ》の嶺の　いや遠長き　山路をも　妹がりと言《へ》ば　けによはず来ぬ

（14・三三五六）

さ寝《ね》らくは　玉の緒ばかり　恋ふらくは　富士の高嶺の　鳴沢《なるさは》のごと

（14・三三五八）

なども、富士とその周辺の風土性をよく表現している。

富士周辺とは何処か。田辺幸雄氏は、「横走駅（御殿場付近）から富士と愛鷹山《あしたかやま》との間に達し、一気に西南に下って一日で柏原駅または蒲原駅に出る近道を想定し、この裾野の長い路が三三五六の山路。『柴山』もこの途中、須山の上部から山口・十里木《じゅうりぎ》、さらに勢子辻《せこつじ》、今宮付近のそれをいうか」と指摘された。

駿河国の防人歌としてもっとも切実なものは、

吾ろ旅は　旅と思《おめ》ほど　家《いひ》にして　子持痩《こめちや》すらむ　わが妻《み》かな

（20・四三四三）玉作部広目

であろう。武田祐吉氏は、初め「子持」を育児とみられたが、後に「子をはらんでいること」と訂された。どちらにせよ、子持ちで働き得ぬ妻を後に残す夫の愛情が、わが旅の苦悩と対比して、よりかなしく打ち出されている。

十里木付近

富士《ふじ》の高嶺《たかね》

天地《あめつち》の　分《わか》れし時ゆ　神さびて　高く貴き　駿河《するが》なる　富士の高嶺《たかね》を　天《あま》の原　ふり放《さ》け見れば　渡る日の　影もかくらひ　照る月の　光も見えず　白雲も　い行きはばかり　時じくそ　雪は降りける　語り継《つ》ぎ　言ひ継ぎ行かむ　不尽の高嶺は

田児《たご》の浦ゆ　うち出でて見れば　真白にそ　不尽《ふじ》の高嶺に　雪は降りける

（3・三一七―八）　山　部　赤　人

反歌に詠まれた田児の浦は、名勝というよりはヘドロ公害で知られた現在の田児の浦（富士市）ではなく、続日本紀の天平勝宝二年（七五〇）の記事中に廬原郡多胡浦浜とあることから見て「興津町《おきつまち》（現、静岡市清水区）の東、薩埵《さった》峠《とうげ》から倉沢、由比、蒲原、岩淵一帯あたりまで弓状をなす入海をさした」（沢瀉久孝氏）ものと見てよいであろう。この範囲内で富士の見えるところは、薩埵峠を越えたあたりから由比付近までと、蒲原東方の七難埵としかない（犬養孝氏）ところから二説が生まれ、前者（西から来て薩埵峠をおりきった海岸から北へ十二、三町）とするのは森本治吉氏、後者によるのが土屋文明氏である。「うち出でて見れば」からは、西からの途次、最初の印象と見るべく、前者に従うべきであろうが、にわかにどちらとも決定し難い。

さて、この長歌、「天地開闢より説き起して富士の壮大、高貴を語るに日月と雲雪とを以つてし、単純簡潔に叙し終つてをり、富士の作として、また赤人の長歌として第一の佳品に推さるべきものである」（沢瀉氏）と言われるが、観念的、形式的で写実性に乏しい事を非難する声も聞こえる。これにつき犬養氏は、「長歌・反歌ひと組で、有機的な美の構造をつくりあげているものであって、長歌で富士の悠久な神性を、実体をふまえながらもちょうどモンタージュのように日・月・白雲・雪を配して観念的な賛歎をとげれば、反歌では逆に現実的な写実によって富士の美景を描きあげる。長歌が空間性を背後にして時間性をもって統一すれば、反歌では時間性は背後になって空間性を表面にうち出す趣きである」と説かれ、「しかも時間性から空間性への転換のかぎは長短の表現の中に含められている」として「長歌の中で、日と月と白雲とは『影もかくらひ』『光も見えず』『白雲もい行きはばかり』とすべて否定的表現なのに、雪だけは『時じくぞ雪は降りける』と肯定されているところこそ、『田児の浦』の反歌一首を生むだいじな契機として見のがせない。こうして反歌で、『ま白にぞ……雪は降りける』の白雪の富士の実景が描かれるのだ。しかも、上二句に出会いの地点と行動とをはっきりさせることによって、見られる『不尽の高嶺』の雪はいよいよ映発の度を加えて、ま白の秀峰として作者の感動といっしょに躍り出てくるのだ」と、解釈の極地をゆく如き名解をしておられる。赤人も、後世に、かかる知己を得たことを何よりの喜びとしているであろう。

酒匂《さかわ》川から富士山を望む

足《あし》柄《がら》山《やま》

足柄《あしがら》の　彼面此面《をてもこのも》に　さす罠《わな》の　か鳴《な》る間しづみ　児ろ我紐解《あれひもと》く（14・三三六一）

東　歌（相模国）

この歌、そのまま訳すと、「足柄山のあちこちに仕掛けた罠が鳴る音の静まるのを待って、あの子と私とは紐を解くことだ」となり、山野での男女の交わりを歌ったものということになる。「罠の」の「の」を「……のように」とし、ここまでを比喩の序詞とみて、「人々の噂がおさまった後に」とも訳せるが、どちらにしても肉感的な歌だ。

ところで、当時の東海道は御殿場から竹之下へ出、足柄峠（七五九ｍ）を越えて神奈川県の関本に達していた（御殿場から乙女峠・仙石原・碓氷峠を経て関本に至るのをより古道とする説もある）から旅人も多くこの峠を越えた。相模の東歌は一二首中足柄を歌ったものが七首（同名の山を歌ったもの三首、箱根山二首、土肥の河内一首、足柄小舟を歌うもの一首）の多きに達するのはこの街道すじに臨んでいたからであろう。

足柄《あしがり》の　直間《まま》の小菅《こすげ》の　菅枕　何《あ》ぜか枕《ま》かさむ　子ろせ手枕《たまくら》（14・三三六九）

も露骨な誘い歌だ。「直間」は断崖のことで、この歌のいう直間は南足柄市の壗下《まました》付近であろう。この他相模の東歌には、万葉集中ただ一首、温泉の湯のわく様を比喩に、

足柄《あしがり》の　土肥《とひ》の河内《かふち》に　出づる湯の　よにもたよらに　子ろが言はなくに
（14・三三六八）

と歌った一首があり、この湯は湯河原温泉とされ、いまそこに万葉公園ができて、この歌碑も立てられている。

鎌倉の　見越《みごし》の崎の　岩崩《いはくえ》の　君が悔《く》ゆべき　心は持たじ
（14・三三六五）

ま愛《かな》しみ　さ寝《ね》に我《あ》は行く　鎌倉の　美奈の瀬河に　潮満つなむか
（14・三三六六）

も耳に残る作だ。「見越の崎」には稲村ケ崎、小動崎《こゆるぎみさき》その他の説があって不明。「美奈の瀬河」はいまの稲瀬川だという。当時の海道は鎌倉から三浦半島を南東に下り、観音崎の走水付近から海路千葉県の木更津市あたりに渡ったのである。

相模の国の防人歌は家持によって八首中の五首が捨てられたが、採録された三首中の一首、

大君の　命《みこと》かしこみ　磯にふり　海原《うのはら》わたる　父母を置きて
（20・四三二八）丈部造麻呂

は、「白羽の磯」の項（本書309ページ）でのべた防人全体の意識を総合するような歌である。

足柄神社から峠（左）を望む

望《うま》陀《くだ》の嶺《みね》

望陀《うまくだ》の　嶺《ね》ろの笹葉の　露霜の　濡れてわきなば　汝は恋ふばそも（14・三三八二）

東歌（上総国）

東歌相聞の部の配列は、遠江・駿河・伊豆・相模・武蔵ときて上総・下総……となっている。この配列は奇妙に思われる。武蔵から東路の果てとされた常陸へは上総を経る必要はない筈だ。この点に疑問を持たれ、前項に記した、走水付《はしりみず》近から海を渡り上総国の国府（市原市）に達する海上路線を想定されたのは土屋文明、田辺幸雄の両氏であった。上総側の上陸地は何処とも言えぬが、集中に、上総の国の歌としては掲げた歌と同じ山名の出る一首とだけが集録されており、東歌の大部分は街道ぞいかその近隣地の歌と見られるから、これもそう考えて、かつての望陀郡《もうだぐん》の海辺で船着場としてふさわしい、今の木更津あたりとしてよいのではなかろうか。この東南に望陀の地名が残っており、飛鳥時代のものと推定される長さ一一〇m、幅五〇～七〇mの周濠をめぐらした前方後円墳で、発掘の際五個の金鈴《きんれい》が発見されたことからそう呼ばれるようになった金鈴塚をはじめとする古墳も多く、走水から海を渡った折、倭建命に代わって入水したという弟橘姫《おとたちばなひめ》伝説にも富んでいる。

「望陀の嶺」は木更津市の東部太田山公園のあたりから小櫃《おびつがわ》川の両岸に低く連なり川の名と同じ小櫃付近まで続く丘陵をいうのであろうが、

いまどのあたりと指すことは出来ない。
「出来ない」といえば、この歌も四・五句が解しにくく、まだ定解を示すことが出来ないのである。無理を承知で、「こうして別れたら、望陀の嶺の笹葉が露霜に濡れているように、涙にぬれてお前は、私を恋しく思うだろよ、きっと。」ぐらいの意としておこう。

夏麻《なつそ》引《び》く　海上潟《うなかみがた》の　沖つ渚《す》に　舟は泊《とど》めむ　さ夜更《ふ》けにけり　（14・三三四八）

は、巻十四東歌巻頭の歌で、「右一首上総国歌」とある。都人の作に類型歌が多く、方言も用いられていないところから、「東方諸国を旅した都人の歌」（武田祐吉氏）とする説もあるが、「船人の誦した鎮魂歌」（田辺幸雄氏）とすべきだろう。「海上潟」の故地は、東京湾に面する市原市（上総国府の所在地に近い）の養老川河口付近とする説と太平洋岸の屏風ケ浦・九十九里浜あたりと見る説とがある。

道の辺《べ》の　茨《うまら》の末《うれ》に　延《は》ほ豆の　からまる君を　離《はか》れか行かむ
（20・四三五二）　丈部鳥《はせべのとり》

は上総国の防人歌として心に残る一首だ。「からまる」を起こす上句の比喩が農村の生活をさながらに見せ、「君」（主君とする説もあるがやはり女だろう）の可憐さをのぞかせる。

太田山にて

真《ま》間《ま》

葛飾《かつしか》の　真間《まま》の浦廻《うらみ》を　漕ぐ船の　船人《ふなびと》騒く　波立つらしも（14・三三四九）

東　歌（下総国）

「葛飾の真間」は、江戸川の東、古く下総の国府がおかれた今日の市川市国府台の南の崖下一帯の沖積地である。いま、この付近は中川や江戸川が押し流した土砂のため海からはるか遠くなっているが、万葉の頃には、掲げた歌でも知られるように、江戸川河口にのぞむ入江であった。

京成電車の真間駅の北方七、八〇〇m、東西に流れる真間川を渡って左に折れると「手児名霊堂」につく。境内入口に立て札があり、「昔、真間の里に手児名という美しい乙女が住んでいた。麻衣に青衿をつけ、髪も結ばず履物もない粗末な身なりであったが、錦をまとった都人よりもなお美しく見えた。手児名は水を汲むために毎日欠かさず清水のわく丘の麓まで往来していた。この美しい乙女を見て里の若者は先を争い彼女を嫁にと申し込んできた。手児奈はこれを知り、身体は分けることが出来ても心は分けられないと、遂に玉藻咲く入江に身を投げ命を終った。彼女が汲んだ清水のほとりには葦が茂っていたが、その葦も美しい彼女を傷つけまいと片側には葉を出さなかった。その葦は今も片葉の葦と呼ばれて残っている」と記されている。これは高橋虫麻呂の作（9・一八〇七―九）

により想像を加えたものだろうが、終末の部分がほほえましい。だが、この話虫麻呂によるまったくの創作ではなかった。

葛飾の　真間の手児名《てこな》を　まことかも　我
に寄すとふ　真間の手児名を
（14・三三八四）

葛飾の　真間の手児名が　ありしかば　真
間の磯辺《おすひ》に　波もとどろに
（14・三三八五）

など二首の下総歌のあることがそれを示している。

鳰鳥《にほどり》の　葛飾早稲《わせ》を　饗《にへ》すとも　その愛《かな》し
きを　外《と》に立てめやも　（14・三三八六）

は、神に新穀をささげる新嘗の夜は神の訪れを待って男を近づけないのが習いではあるけれど、あの愛しい人を外に立たしておくわけにはゆかないという、女の立場で歌ったものだが、その実は男が作った戯れ歌だろうか。

足《あ》の音《と》せず　行かむ駒もが　葛飾の　真間
の継橋《つぎはし》　止《や》まず通はむ　（14・三三八七）

「継橋」は水中に柱を立て板を重ね継いだ橋だからその上を行くと大きい音をたてた。以上四首、みな手児名伝説にかかわりのある作かもしれない。

旅と言《へ》ど　ま旅になりぬ　家の妹《も》が　着せ
し衣に　垢《あか》つきにけり
（20・四三八八）占部虫麻呂

は下総国防人歌の一首である。

真間の井

多《た》麻《ま》川《がわ》

多麻川に　晒《さら》す手作《てづくり》　さらさらに　何そこの子の　ここだ愛《かな》しき（14・三三七三）

東　歌（武蔵国）

多摩川は、西多摩郡雲取山の奥雁坂峠《かりさかとうげ》の東南から流れ出、上流を市の瀬川、丹波川といい、武蔵平野の南辺を流れて羽田で海に入る。下流を六郷川というが、この歌の歌われたのはかつて武蔵国府のおかれた現在の府中市南方の多麻河原あたりだろう。当時この付近で政府に貢納するための布晒し（調布）が盛んだったことは今にその名を残すところが多いことから知られる。

歌は「晒す手作り」の音をうけて「さらさらに」（こんなにもこんなにも）を起こす序詞とし、「どうしてこの子（娘）がやたらと可愛いのだろか」といった意。調布は冬の河原での労働だから辛いはずのものだが、それがこんなに明るいのは、作者はともかく、実際の唱い手が手足に皹を切らして布を晒す女たち自身だったからではなかろうか。彼女たちはこんな気持ちでいてくれる男のあることを夢みて労働に耐えた。この「慰め歌」（励まし歌）という性格と、集団労働とがこの明るい歌（民謡）を生んだのであろう。

武蔵国の東歌は九首、うち五首は当然ながら広大だった武蔵野を歌っている。

武蔵野《むざしの》の　草葉諸向《くさはもろむ》き　かもかくも　君が

まにまに　我は寄りにしを　（14・三三七七）

草葉は風にいくらでも向きを変えます。そのようにあなたがどうあろうと、わたしは頼りきっていましたのに、と、男の不実をなじる姿勢を見せた歌。序詞が武蔵野の風土をとらえている。

恋しけば　袖もふらむを　武蔵野の　うけらが花の　色に出《づ》なゆめ　（14・三三七六）

の「うけらの花」は今のオケラの花。菊科の宿根草本でアザミに似た花を咲かせる野生種である。むろん武蔵野特有のものではないが、万葉集ではこの野のほかには、どこかわからぬ安斉《あせ》可《か》潟（14・三五〇三）にしか咲いていない。歌はそれを比喩の序詞にして「顔色には出さないように」と言ったもの。この歌に続く「或る本の歌」、

いかにして　恋ひばか妹に　武蔵野の　うけらが花の　色に出《で》ずあらむ

は前の歌と一対の問答歌であろう。

わが背子《せこ》を　何《あ》どかもいはむ　武蔵野の　うけらが花の　時なきものを　（14・三三七九）

は定解がないが、土屋文明氏は「トキナキは男の愛撫がといふ意かも知れぬ。さうした露骨なものも、民謡には、別段めづらしくもあるまい」と説かれた。まさに武蔵野的な野性美をみせたものと言ってよかろう。

松平定信筆と伝えられる歌碑

多麻《たま》の横山《よこやま》

赤駒を　山野《やまの》に放《はが》し　捕《と》りかにて　多麻《たま》の横山　徒歩《かし》ゆか遣《や》らむ（20・四四一七）

宇《う》遅《ぢ》部《べの》黒《くろ》女《め》

防人集団結成の儀式またはその後の宴席に、防人だけではなくその妻なども加わったらしいことは、

防人に　行くは誰が背と　問ふ人を　見るが羨《とも》しさ　物思《も》ひもせず（20・四四二五）

わが背なを　筑紫は遣りて　愛《うつく》しみ　帯《えび》は解かなな　あやにかも寝む（20・四四二八）

ほか数首の「昔年の防人歌」があることからも知られるが、天平勝宝七年（七五五）に家持が取捨した防人歌のうち、武蔵国のものは採録歌一二首中半数の六首を妻の歌が占めているのは注目すべきことだろう。

　このうちの一首、服部呰女《はとりのあさめ》の歌（20・四四二二）は四四二八の歌の「筑紫は」を「に」、「えび」を「おび」としただけのものだ。これは防人歌が当人の実作ではなく古歌の誦詠で差し支えなかったことを示す。したがってこれらの歌の左注に記された「右一首妻服部呰女」などというのは作者を示すのではなく、当面は唱い手を指したものと見るべきで、これが防人歌の実態であった。

　掲げた歌は、「赤毛の馬（あるいは「私の馬」）を山野に放牧しておいて、夫が防人に召される

ことになったからといってすぐには捕えられず、多摩の横山を徒歩で越えさせねばならないのか」と嘆いた一首だ。これについて田辺幸雄氏は「この妻にとって、多摩の横山は、自分が実感として受けとり得る地域の極限を示しているようだ。多摩川を渡り、あの青い丘の連なった横山を越えて、と地の果を見る思いで、横山を感じているのである」と印象深い解説をされた。横山は今の多摩丘陵、川の南岸に低く連なっている。この歌を刻んだ歌碑が八王子市真覚寺の裏山に建ち、万葉植物園も出来ている。

軍防令には、「およそ防人に向ふに、もし家人奴婢および牛馬の行かむと欲する者有らば聴《ゆる》せ」とある。母を伴った話が『霊異記』にあるが、万葉集では行を共にした家人も奴婢もいない。

(1)草枕　旅行く背なが　丸寝《まるね》せば　家《いは》なる我は　紐解かず寝む
(20・四四一六)　椋椅部刀自売《くらはしべのとじめ》

(2)草枕　旅の丸寝の　紐絶えば　我《あ》が手と付けろ　これの針《はる》持し
(20・四四二〇)　椋椅部弟女《おとめ》

(1)は貞操の誓いか、無事の帰郷を祈るまじないか。だが、「丸寝せば」とあるので、労苦を共にしようとする心だろう。(2)は下句が利いて、煤けた顔をしているかも知れない妻の愛情を感じさせる。

家ろには　芦火たけども　住み好けを　筑紫に至りて　恋しけもはも
(20・四四一九)　物部真根《まね》

遠くかすむ多麻の横山（府中市にて）

鹿島《かしま》の神《かみ》

霰《あられ》ふり　鹿島《かしま》の神を祈りつつ　皇御軍《すめらみいくさ》に　我《われ》は来にしを（20・四三七〇）

大舎人部千文《おほとねりべのちふみ》

遠くへ旅立つことをいまに「鹿島立ち」という。これは防人として筑紫へ向かう常陸人が鹿島の神に参り、此処から長途の旅に出たことに起源するといい、毎年鹿島神宮で三月九日に執行される午前の祭典の「祭頭祭《さいとうさい》」は、防人祭《さきともり》の変わったものだと伝えている。神宮の祭神は武甕槌《たけみかづち》大神、神話で葦原中津国を平定した直接の功労者である。

ところで、この歌の結句の「を」について沢瀉久孝氏は「をはヨの意の助詞であるが、ヨよりも嘆きの意がこめられてゐると見るべきであらう」と述べられた。同じ作者に、

筑波嶺の　さ百合《ゆる》の花の　夜床《ゆとこ》にも　愛《かな》しけ妹そ　昼も愛しけ（20・四三六九）

のあることを思うと、なるほどとうなずける。

常陸国の防人歌は（難波津で歌われたものの集録らしいが）一〇首中の三首、東歌では一二首中の一一首までが筑波山《つくばさん》（八七七ｍ）の名を出している。それほどこの山は常陸の山だった。

筑波嶺に　雪かも降らる　否をかも　愛しき子ろが　布乾《にのほ》さるかも（14・三三五一）

は、「筑波山に雪が降ったのかな、違うかな。可憐なあの子が布を乾しているのかな」と歌う。一見意味は明瞭のようだが、実際歌い手の見て

いるのは雪か布かという疑問があり、布としても、「筑波山麓の聚落の生業として白布を雪とまがふまで干し並べるさま」（土屋文明氏）か、「村の処女たちが山に籠って、禊ぎのための白い斎服を脱いでは乾し脱いでは乾し」て五月処女《さをとめ》となるそのさま（山本健吉氏）なのかわからない。だが、たとえ山本説によるとしても、持統天皇の「天の香具山の歌」（1・二八）との差は注目しなければならない。それは天皇の眼で白い布を、いや香具山を見ている。これは「愛しき妹」の労働を思っているのだ。これには天皇と庶民という距離はない、他日は自分も筑波山で柴を刈る男の立場である。

筑波嶺の　彼面此面《をてもこのも》に　守部《もりべ》据《す》ゑ　母い守《も》れども　魂《たま》ぞ逢ひにける　（14・三三九三）

は、「筑波山のあちこちに番人が置いてある。そのように母が番をしているのだけれど、魂があい許しあった仲なのだ」という。いつの世でも若者にとって娘の母は苦手だったのだろうが、これは母権制の名残だろうともいわれる。

鹿島神宮奥宮

筑波《つくば》の山《やま》

鷲の住む　筑波の山の　裳羽服津《もはきづ》の　その津の上に　率《あとも》ひて　少女《をとめ》壮士《をとこ》の　行き集《つど》ひ　かがふ嬥歌《かがひ》に　人妻に　我も交らむ　我が妻に　人も言問へ　此の山を　領《うしは》く神の　昔より　禁《いさ》めぬ行事《わざ》ぞ　今日のみは　めぐしもな見そ　言《こと》も咎《とが》むな

男《を》の神に　雲立ちのぼり　しぐれ降り　濡れとほるとも　我帰らめや

（9・一七五九―六〇）高橋虫麻呂

藤原宇合《うまかい》が常陸守だった頃――養老三年（七一九）赴任――だろうか、虫麻呂は三度筑波山に登り、一度は登らなかったことを惜しんだ歌を残した。

登った一度は暑熱の候、都から検税使としてやってきた大伴卿（旅人であろうか。正四位下、五四歳）について「熱けくに　汗かき嘆き　木の根とり　うそぶき登」（9・一七五三）った。いつもは登ることを許されぬ「男の神」（男体山、八七一m）にも登り、「女の神」（女体山、八七七m）の加護もうけて「時となく雲居雨降る筑波嶺」も晴れあがり、見たいと思っていた国土の素晴しさも細かく見せてくれた。喜んだ虫麻呂は汗まみれの衣を脱ぎ家にいるかのようにうちとけた気持ちで遊んだ。この長歌は、「打靡く　春見ましゆは　夏草の　茂

東国

くはあれど　今日の楽しさ」と、彼の得意な体言で結ばれている。

一度は秋、それも末のことらしい。嶺に登って「尾花散る志筑（東麓、恋瀬川の流域）の田ゐに雁がねの寒く来鳴」を聞き、「新治の鳥羽の淡海」（西方にあった淡水湖）に、「秋風に白波立」つ景を大観して「旅の憂」をなぐさめた（9・一七五八―九）。

掲げた歌の時も同じ秋であった。山の「裳羽服津」《凹地で水のある処――古くは筑波神社東南の夫女《ぶじょ》が原と伝え、「男体・女体の鞍部、御幸が原などかも知れない」（犬養孝氏）ともいわれる》のほとりで催された嬥歌《かがひ》に集まったのである。嬥歌（歌垣ともいう）は、

それ筑波岳は、高く雲に秀で、頂は西の峯さかしく高く、雄の神と言ひて登らしめず。ただ東の峯は四方磐石にして、昇り降りは険しく屹《そばだ》てるも、その側に泉流れて冬も夏も絶えず。坂より東の諸国の男女、春の花の開くる時、秋の葉の黄《もみ》づる節、相携ひつらなり、飲食《をしもの》を持ち来て、馬にも歩《かち》にも登り、楽しみ遊ぶ。（中略）俗《くにひと》の諺にいはく、筑波峯の会に、妻問ひの財を得ざれば児女とせずといへり。（『常陸風土記』）

とあり、〈歌争い〉をして配偶を求めあう行事であった。（「倉橋」の項、本書42ページなど参照）

さて、嬥歌に加わった彼は、「人妻に我も交らむ我が妻に人も言問へ」など、この解放的な行事に浮かれている。むろん、東国人の男の立場での作だが、彼もまた解放を欲するひとりではあったろう。

筑波山（西山麓にて）

児《こ》持《もち》山《やま》

児《こ》持山《もちやま》　若楓《わかかへるで》の　もみつまで　寝もと我《わ》は思《も》ふ　汝《あ》は何どか思ふ（14・三四九四）

東歌（未勘国）

この歌は本書でとりあげた東歌中ただ一首「未勘国《いまだかんがえざるくに》」（まだどことも考えおよばない国）のものだが、この山は鴻巣盛廣氏説などにより、渋川市の北にある子持山（一八二八m）とみてよかろう。第二、三句の解には、夜が明けるまで（折口信夫氏）、老年になるまで（武田祐吉氏）、月のものがあるまで（土屋文明氏）などの諸説があるが、黄葉するまでという通説に従っておこうか。この様に上句は曖昧だが下句の口語的発想の素朴さは捨て難い。山の東麓子持山神社境内に、現代の歌人をして、

切崖《きりぎし》の碑面ひびわれて叫ぶがに「若楓のもみつまで寝む」

と歌わしめたこの歌碑がある。

さて、上野国の東歌は他国のそれを圧して二五首の多きを数えるが、うち伊香保にかかわる歌は一〇首を越える。「伊香保ろに天雲い継ぎ」（14・三四〇九）、「伊香保風夜中吹きおろし」（14・三四一九）などこの山をよくとらえているが

(1)伊香保の　八尺《やさか》の堰塞《ゐで》に　立つ虹《のじ》の　顕《あらは》ろまでも　さ寝《ね》をさ寝てば　（14・三四一四）

(2)伊香保嶺に　雷《かみ》な鳴りそね　わが上《へ》には　故は無けども　児らによりてそ

（14・三四一二）

の(1)は集中ただ一首「虹」の語が出る歌、(2)の「雷」はこれこそよく上州、上野国の風土をあらわしている。

上つ毛野　佐野の舟橋　とり放《はな》し　親は放《さ》くれど　我《わ》は離《さか》るがへ　（14・三四二〇）

の「舟橋」（平時には船をならべて板を渡し、水が出ればとり外すことになっていた橋）は、群馬県高崎市の上佐野、下佐野あたりの烏川に掛っていたとするのが定説で、遺跡地に下る古道（鎌倉街道）の辻に文政一〇年に立てた板碑形式の歌碑が立っているが、これは、後に下野領に入った佐野市を流れる秋山川、あるいは渡良瀬川に掛っていたとする説もある。ともあれ、この歌、その舟橋を取り外して親は二人の仲を放こうとするけれど、私は決して離れないよといった男女の誓い歌だろう。それにしても、親に対する抵抗の姿勢を見せているのが「毛野国」の歌らしい。これも前項で説いた歴史風土の持つエネルギーのあらわれだろうか。

上つ毛野　安蘇《あそ》の真麻《まそ》群《むら》　かき抱《むだ》き　寝《ぬ》れど飽かぬを　何《あ》どか我がせむ　（14・三四〇四）

は、謹厳な沢瀉久孝氏をして「男をしてかうした歌を歌はせる事が出来たら女人冥加ありと云へようか」と評さしめた歌である。

東国

児持山歌碑

三《み》毳《かも》の山《やま》

下《しも》つ毛野《けの》　三《み》毳《かも》の山の　小楢《こなら》のす　ま愛《ぐは》し子ろは　誰《た》が笥《け》か持たむ（14・三四二四）

東　歌（下野国）

「三毳山」（二二九ｍ）は栃木県佐野市東部にあって、佐野市と藤岡市とに編入されている。連山から離れ、南北三キロにおよんで平野に起伏する。山の木は今も主に楢だという。そこで「小楢のす」を「小楢のように」ととり、その若木がつややかで美しいようにとして「愛し子」にかかるとみるのが通説だが、「こなら」を小楢、子ならの掛詞とし、「その名のように美しい」とする谷馨氏説もある。また結句は他のすべての東歌と等しく、一字一音式で、「多賀家可母多牟」とあり、契沖は「高くか待たん」としたが鹿持雅澄以来「誰が笥か持たむ」（誰の食器を持つか、誰の妻になるだろうか）と訓むのが通説となった。――「誰が来か待たん」（土屋文明氏）説もある。

布多富我美《ふたほがみ》　悪しけ人なり　阿多由麻比《あたゆまひ》　我がする時に　防人に指《さ》す（20・四三八二）　大伴部広成

は、下野国《しもつけのくに》の防人歌である。「布多富我美」には諸説あったが、倭名類聚鈔の郷名、都賀郡の条に「布多・高家・山後……」とあることから、これを国府所在地の郷名とみて栃木県下都賀郡国府村とした大日本地名辞書により、ホガミはオオカミで大守、つまりは下野守のことだとする武田祐吉氏説は動くまい。「阿多由麻比」も種々いわれているが「病気」には違いない。つまり広成は病中の身を防人に指命した国守の強引さを「悪しけ人なり」と断じたわけだが、防人歌の性格からしてこんな非難がまともに出来たはずはない。家持も宴席、無礼講の冗談とうけとって採録したのだろう。それにしても、このように端的に上司を難詰する歌声は、防人の歌からはもとより、万葉集四五〇〇首のこの歌を除くどこからも聞こえてこない。とすればこの冗談を可能にしたものは何だったたか。

いま推量するに、これはどうやら毛野国の歴史風土の持つエネルギーだったらしい。試みにこの国の地図を広げてみよう。この国の西と北とは一〇〇〇mないし二〇〇〇mを越える山脈に囲まれている。国の大半が山地と高原で占められている。ために耕地は少なく、嵐は激しく水流も急で、次項にいうごとく、まともな橋もかけがたいほどであった。この風土に育てられた国人は独立反骨の精神に富む。大和政権の支配下に入ったのも他国よりは遅れ、その後も中央から派遣された国守が国人の抵抗には手を焼いた記録もある。平安中期に天慶の乱の平将門を、徳川末期に国定忠治を生んだのがこの歴史風土だ。私は、この国の防人歌の表に「今日よりは顧みなくて……」（20・四三七三）を、裏にこの歌をおいて、毛の国の文学を考えることを常としている。

三毳山（安蘇山）

千曲《ちくま》の河《かわ》

信濃《しなの》なる　千曲《ちぐま》の河の　細石《さざれいし》も　君し踏みてば　玉と拾はむ（14・三四〇〇）

東　歌（信濃国）

常陸国府（石岡市）を出て塩尻へ向かう東山道は、高崎、松井田から碓氷峠を越え、小諸から千曲川ぞいに上田に出て南西に折れ、松本に至った。信濃国府はもと上田市古里地域の千曲川下位段丘面におかれたらしい（藤岡謙二郎氏）が、平安時代になって松本市内に移ったといわれる（桐原健氏）。この歌の「千曲の河」は小諸から上田あたりを流れるそれを指したのであろう。

一首は、その「千曲川の細石に過ぎなくとも、あなたが踏まれたからには、私は宝石として拾おうと思います」というので、まことに清純な少女の歌声を聞く思いがする。民間信仰を云々する人もあるが、そこまで感じとろうとするのは詮索に過ぎるだろう。

信濃路は　今の墾道《はりみち》　刈株《かりばね》に　足踏ましなむ　沓《くつ》はけ我が背　（14・三三九九）

塩尻を過ぎて中津川に出る東山道には二道があった。一つは塩尻をあとに辰野、伊那、飯田と天竜川ぞいを南下、その後清内路《せいないじ》峠（一一九二m）か神坂峠（一五九五m）を越えて中津川に出るもの、いま一つは鳥居峠を越え木曽福島、上松と木曽川ぞいに下り、馬籠《まごめ》峠へ出るものである。ところで続日本紀の和銅六年（七一三）

七月の条に「美濃信濃二国の堺、径道険阻にして往還艱難なり。仍って吉蘇路を通す」というのはどの道だったろうか。例えば「越地方の工ゾを制するための軍事目的によって直線コースの木曽川ぞいを急遽開削したのではないか」と見る説もあり、「延喜式の駅家も、天竜川の西岸から阿知に至り、御坂を越えて坂本（中津川）に出ることになっている」と証拠をあげて、古い神坂越えならぬ清内路越えの開削をいうのだとする田辺幸雄説もある。今日、神坂峠には古代祭祀の遺跡、遺物が大層多く発見されているが、清内路峠には何らそれらしきものもないといわれている。いずれにせよ、開削の功労者は当時美濃守であった万葉歌人笠朝臣麻呂（後に出家して沙弥満誓、本書294ページ参照）で、彼はその功により封七〇戸、田六町を賜っている。

とまれ、この歌はその道の開削中ないし直後に歌われたものであろう。切り株で足をきっと突くでしょう、沓を足にはかせなさい。私の大事な人よという。一見やさしい妻の歌声だが、これもそんな妻がいてほしいと夢みる開削労働者達によって歌われたものかもしれない。

信濃防人歌三首のうち、その切実な嘆きの故にかくべつ共感をよぶのは次の一首であろう。

からころむ　裾《すそ》に取りつき　泣く子らを
置きて来《き》のや　母《おも》なしにして
（20・四四〇一）他田大島《おさたのおおしま》

小諸付近の千曲川（懐古園にて）

安太多良《あだたら》の嶺《みね》

安太多良《あだたら》の　嶺《ね》に伏す鹿猪《しし》の　ありつつも　我は至らむ　寝処《ねど》な去りそね
（14・三四二八）東　歌（陸奥国）

「安太多良の嶺」は、いうまでもなく、今の福島県安達郡二本松市の西の安達太良山（一七〇〇m）である。万葉の頃から良い弓材の産地としても知られていたらしく、

陸奥の　安太多良真弓《まゆみ》　弦著《つるは》けて　引かばか人の　我を言《こと》なさむ
（7・一三二九）作者不明

陸奥の　安太多良真弓　弾《はじ》き置きて　撥《せ》らしめきなば　弦《つら》はかめかも
（14・三四三七）東歌

などと歌われている。

ところで、万葉集の北限の歌はどの歌というべきだろうか。ただ名前だけならば論なく次項で述べる「陸奥山」なのだが、そこでも言うように、作者の大伴家持は当時越中守で、現地は見ていないはずだし、恐らく生涯その地を踏んではいまい。掲げた歌にしても、安達太良山を日頃かけまわっている猟人の歌だといい切ってしまえるものでもなかろうが、それにしても、この歌の作者は鹿や猪の生態を知っている。つまり、この歌は、安達太良の山に伏す鹿猪がいつでも寝処を変えないで寝るように、何時も変わらず私はあなたの所に行こうと思う、どうぞあなたも寝処を変えないでください、と訴えて

いるのだが、鹿猪の生態をよく捉えている。その意味で地方性のある作といってよいだろう。この点に注目すれば、万葉集の北限地は「安太多良山」とすべきだろう。

会津嶺《あひづね》の　国をさ遠《どほ》み　逢はなはば　偲《しの》ひにせもと　紐結ばさね

（14・三四二六）東歌

「会津嶺」は磐梯山《ばんだいさん》（一八一九m）であろうといわれている。歌は、「会津嶺の国が遠くなってしまって逢えなくなったら思い出にしようと思う。紐を結んでおくれ、ね。お願い。」といった意味で、何のためにか、国を離れて旅行かねばならない男の立場の歌だろう。すっきり口訳しかねるところが残るが、それが「かえって地方人の作らしい味を出している」（武田祐吉氏）ともみられる。これも万葉の北限に近い山といってよかろう。

筑紫なる　にほふ児ゆゑに　陸奥の　香取娘子《をとめ》の　結《ゆ》ひし紐とく

（14・三四二七）東歌

「陸奥の香取」の故地は不明。下総の香取神宮とかかわりのある地名だろう。「筑紫の美しい女のために、香取娘子が結んでくれた紐を解くことだ」と男の浮気心を告白したような歌だ。万葉集の分類どおりこれも東歌なのだろうか。陸奥から筑紫に転任させられた官吏の歌とでも見る方が自然だろう。

〈追記〉磐梯山は活火山であるため、平成二二年一〇月に三角点を新設して計測し直した結果、高さが一八一六mと改められた。会津富士とも称され、日本百名山に選ばれており、福島県のシンボルの一つとなっている。

安太多良山（二本松にて）

陸奥山《みちのくやま》

天皇《すめろき》の　御代栄えむと　東《あづま》なる　陸奥山《みちのくやま》に　黄金《くがね》花咲く（18・四〇九七）

大伴家持

天平一五年（七四三）一〇月一五日、紫香楽《しがらき》宮滞在中の聖武天皇は、「菩薩の大願を発して盧舎那仏金銅像一軀を造り奉らむ……」との詔を発した。これが世にいう奈良の大仏、東大寺盧舎那仏の起源である。「国銅を尽して象を鎔かし、大山を削りて以て堂を構へ……」という構想の大きさは事の容易ならぬことを思わしめた。天皇あるいはその背後にあって事を画策した藤原仲麻呂（当時参議）は、二〇年余り前の養老四年（七二〇）にはその活動を禁圧した行基《ぎょうぎ》を起用、彼の力を得て民間の土豪、有力農民などへの寄進勧誘の行動をおこした。その後、奈良還都のため紫香楽甲賀寺の予定は東大寺にと変更されたが、準備の進むなかで悩みの種は造仏に必要な黄金の不足であった。掲げたのは天平勝宝元年（七四九）五月一二日の、当時越中守だった大伴家持の「陸奥国より金を出せるを賀く詔書の歌一首並びに短歌」（18・四〇九四―七）の結びの短歌であるが、同年四月一日、陸奥の国守百済王の敬福《きょうふく》が管下の小田郡から黄金が出土したと九百両を貢したのを祝って、同月一四日天皇は左大臣橘諸兄以下百官を伴って東大寺に行幸。この折、勅をうけた諸兄が宣べた詔が、「三宝の奴と仕へ奉る天皇……」である。

そして同日の第二の詔、従三位中務卿石上朝臣《いそのかみの》乙麻呂《おとまろ》宣の中に、「大伴佐伯の宿祢は、常もいふごとく天皇朝守り仕へ奉ること顧なき人どもにあれば、汝たちの祖どものいひ来らく、海行かば水浸《みづ》く屍《かばね》、山行かば草生《む》す屍、王の辺《へ》にこそ死なめのどには死なじ、と言ひ来る人どもとなも聞し召す。ここをもて遠天皇の御世を始めて、今朕が御世に当りても内の兵とおもほしめしてなも遣す……」（続日本紀）とあるのに感動したのが家持で、前記の作を生むことになった。この長歌は、出来栄えはともあれ、百七句に及ぶ長編で、家持の作としてはむろん最長、柿本人麻呂の高市挽歌（2・一九九）、作者不明の竹取翁歌（16・三七九一）に次ぐ大作である。

掲げた歌の「陸奥山」の故地は宮城県遠田《とおだ》郡涌谷《わくや》町黄金迫《こがねばさま》付近といわれ、今、当地に黄金山神社があり、境内に山田孝雄《よしお》氏筆のこの歌碑が建っている。

むろんこの歌を作った頃の家持は、この万葉北限の地を踏んではいない。だが、彼の没した桓武天皇の延暦四年（七八五）八月二八日には持節征東将軍として同じ宮城県にいたのである。六八歳の彼に三七年前の感動の蘇る日があっただろうか。

東国

雨の黄金山神社

万葉集概説

『万葉集』は現存する日本最古の歌集で、記載をそのまま信ずるなら、巻二巻頭の仁徳皇后磐姫《いわのひめ》の歌から巻二〇の巻末にある因幡守大伴家持の淳仁朝の天平宝字三年（七五九）正月の歌まで、およそ四百数十年にわたる歌集ということになるが、推古以前のものは伝承的で信ずるにたりないとみれば、舒明朝（六二九―六四一）以後一三〇年ほどの歌を集めたものということになる。

学者はこれを平城遷都（七一〇）を境として前期・後期に区分し、さらに全体を、

第一期　舒明朝から壬申の乱（六七二）まで
第二期　壬申の乱以後奈良遷都まで
第三期　奈良遷都から天平九年（七三七）頃まで
第四期　天平一〇年以降天平宝字三年（七五九）まで

と、歌風の変化に注目して、四期に区分している。

第一期は、集団的・非個性的な古代歌謡の域を脱して、個性的な和歌が誕生してくる時期である。歌謡的な偶数句型（5・7、5・7、……・……、……・……）のあとに一句（七音）が加わって創作的な奇数句型の長歌が作られるようになるのもこの時期、さらにその長歌に短歌（5・7、5・7、7）が添えられる（反歌と呼ばれるのは後になってからであろう）のもこの時期である。古代国家の建

設期らしく、歌人は皇室関係者に多く、舒明・皇極・天智天皇、中皇命《なかつすめらみこと》（舒明皇后＝皇極または孝徳皇后＝間人皇女《はしひとのひめみこ》）、倭大后《やまとのおおきさき》（天智皇后）、大海人皇子、額田王などの名があげられているが、意識的な歌人としての第一人者は女流の額田王である。

第二期は、第一期をうけてさらにそれが整備されてゆき、複雑な表現技法への努力が積みあげられていった。和歌史上最大の歌人である人麻呂は、長歌・短歌という形態的な点からみても、雑歌・相聞歌・挽歌という様式的な面においても、飛躍的な業績を残し、枕詞・序詞・対句等の修辞技法をも完璧なものとした。むろんその背後には天武・持統朝という古代国家の充足期がある。両天皇・人麻呂のほか、高市黒人・長意吉麻呂《ながのおきまろ》などがこの時期の代表歌人といってよいだろう。

第三期は、古代国家の完成期であり、衰退に向かう時期でもある。大宝律令の制定、公布がそれを決定的なものとした。その結果、個性分化がいよいよすすみ、人麻呂のごとき時代を代表する歌人はもはやあらわれる余地がなくなった。われわれは、ここに、人生派・社会派歌人として大伴旅人・山上憶良、伝説・物語歌人として高橋虫麻呂、叙景歌人として山部赤人などを見るのである。この期の一般的傾向といえば、上記の歌人、特に虫麻呂に代表される、伝説・物語への関心の深まりだろう。歌人として上記のほか、笠金村・車持千年《くらもちのちとせ》などの名があげられる。

第四期は、大まかに言って古代国家の衰退期である。絢爛たる天平文化の背後に深刻な権力闘争が続く。この陰鬱な空気の中で、歌は感傷化し、歌人は繊細な心情を詠むようになってゆく。大伴家持の歌のもつ憂愁感はやはりこの時期を代表するものだ。主な歌人としてこの期には、家持のほか、大伴坂上郎女（むしろ第三期の人というべきか）・湯原王・笠女郎などの名が想起される。

現在、『万葉集』はマンヨウシュウと読むことに一応定められているが、マンニョウシュウと読むべきだとする説もある。『古今和歌集』の仮名序には「万えふしふ」とあり、古くはマヌエフシフまたはマニエフシフと読んだかも知れない。

『万葉集』の名義については、諸説あるが、これを整理すると、⑴歌の数に関わるとするもの、⑵年代に関わるとするものの二類に分けられる。⑴には、「万の歌の集」とする説と、「多くの紙数の集」とみるものとがあり、⑵にも、「万世の後まで伝われと祝福したもの」とする説と、「天皇家の御代万歳を予祝したもの」とみる説とがある。撰者・成立年代についても未だ定説はないが、⑴平城天皇勅撰説と、⑵大伴家持の私撰説とが古くから行われてきた。どちらにしても、『万葉集』は、一時に一人の撰者によって完成したものではなく、長い年月をかけ多くの人々の手を経て二〇巻となったもので、その間、大伴家持が大きく関わっていることはほぼ確認されている。

集の原本は伝わらないが、現段階では、巻一六までとそれ以後とでは編集法に大きな相違があり、ここに断層があるとする説が有力になっている。巻一六までは、「雑歌」、「相聞」、「挽歌」など部立てがされているが、巻一七以降はただ大伴家持の歌日記ともいうべきものに過ぎないとするのが根拠の一つである。

集は、詩文はむろんのこと、題詞・左注は漢文で記されているが、歌は和語を漢字で表記している。これを例示すると、

一、漢語そのままのもの　餓鬼《がき》・法師《はふし》・過所《かそ》・五位《ごゐ》

二、正訓　国《くに》・家《いへ》・人《ひと》・天地《あめつち》・草枕《くさまくら》

三、義訓　古昔《いにしへ》・光儀《すがた》・未通女《をとめ》・山下《あらし》

四、万葉仮名を用いたもの

(1)一字一音　(イ)許己呂《こころ》・奇里《きり》（以上正音）　(ロ)吉《き》・欲《よ》（以上略音）

(2)一字二音　念《ねむ》・越《をち》

(3)一字一訓　(イ)八間跡《やまと》・名津蚊為《なつかし》（以上正訓）　(ロ)市《ち》・常《と》（以上略訓）

(4)一字二訓　夏借《なつかし》・鶴鴨《つるかも》（助動詞と助詞）

(5)二字一訓　嗚呼《あ》・五十《い》

などがあり、「戯書」に、二二《し》・八十一《くく》、追馬《そ》喚犬《ま》、山上復有山《いで》などがある。さらに、「万葉仮名」では「いろは仮名」では区別できない書き分けがされている。「上代特殊仮名遣」といわれるものがそれで、エ・キ・ケ・コ・ソ・ト・ノ・ヒ・ヘ・ミ・メ・ヨ・ロとこれらの濁音、ギ・ゲ・ゴ・ゾ・ド・ビ・べにあたる万葉仮名はそれぞれ二類に書き分けられているのである。例えば、四段活用の動詞「行く」の已然形語尾「ケ」は気・既などで表記されており、命令形に用いられる家・計・鶏などの表記は絶対にされていない。これらは母音の相違で、前者をkëであらわし乙類、後者をkeであらわし甲類と呼んで区別することになっている。意味もむろんこれによって相違する。例えば「上《カミ》」と「神《カミ》」のミはそれぞれ可美、可未と区別されているのである。

集中の歌体とその歌数は、長歌体二六五首・短歌体四二一〇首・旋頭歌体六三首と、仏足石歌体・連歌体各一首（数字は概数）で、短歌体の圧倒的な優勢を示している。

集の写本としては、平安時代の書写本五本（桂本・金沢本・藍紙本・天治本・元暦校本）、鎌倉時代のもの六本（尼ヶ崎本・嘉暦伝承本・伝壬生隆祐本・西本願寺本・紀州本・春日本）あり、「西本願寺本」は二〇巻完備の写本として、現在多くの書物がこれを底本として用いている。

集の批評が開始されたのは、越中守大伴家持が天平一九年（七四七）三月三日に大伴池主に贈った作の前書きに「幼年未だ山柿《さんし》の門に逕《いた》らず」といったのに始まるとも見られるが、『古今和歌集』の序で紀貫之が「人麻呂は赤人が上に立たむことかたく、赤人は人麻呂が下に立たむことかたくなむありける」と評して以来とすべきであろうか。

研究史の最初におくべきは、村上天皇の天暦五年（九五一）、梨壺の五人に訓を付けることが命じられたことであろう。この時、集の大部分の歌に訓が付いた。これを〈古点〉とし、以下平安時代から鎌倉初期にいたる藤原道長など諸家の訓を〈次点〉といい、残りの一五二首に加点して万葉歌には一応すべてに訓が付けられたが、その加点者仙覚《せんがく》（一二〇三―一二七二以降）の訓を〈新点〉と呼ぶことになっている。注釈的研究書の主なものとしては、江戸時代以前に万葉集注釈（仙覚）、万葉集代匠記（契沖）、万葉考（真淵）、万葉集燈（御杖）、万葉集略解（千蔭）、万葉集古義（雅澄）などがあるが、手に入りやすい現代の全釈書としては、口訳万葉集（折口信夫）、評釈万葉集（佐佐木信綱）、万葉集全註釈（武田祐吉）、万葉集評釈（窪田空穂）、万葉集私注（土屋文明）、万葉集注釈（沢瀉久孝）、現代語訳対照万葉集（桜井満）などがあり、全釈に近い頭注をもつものとして、日本古典文学大系中の万葉集、日本古典文学全集中の万葉集、さらに日本古典集成中の万葉集などがあげられる。

万葉関係略年表

（凡　例）

一、この年表は、雄略天皇の即位(四五六年)から平城天皇の崩御にいたるまで、およそ三七〇年間の万葉作歌関係略年表である。

二、時期の区分は、通説によって四期とし、万葉以後を加えた。

三、〇印内の算用数字は万葉集の巻数、漢数字は『国歌大観』の番号である。なお、本書で説きおよべなかった作についても、読者の便を図って、記しておいた。

四、作歌に直接の関係があると思われるものは上記の番号につづけ、参考事項は、改行して、三字下げて記入するのを原則とした。

第一期

代	天皇	年号	西暦	作歌(参考事項)
21	雄略	一	四五六	①一 雄略、泊瀬朝倉宮に即位 聖婚儀礼より出た仮託の作か
			四七八	倭王武、宋に上表文、六国諸軍事安東大将軍の号をうく(宋書)
26	継体		五二二	司馬達等ら帰化す
28	宣化	三	五三七	⑤八七一―五　大伴狭手彦らの任那救援(大伴旅人らの回想歌)
29	欽明		五六二	任那の日本府滅ぶ
33	推古	一	五九二	推古、明日香豊浦宮に即位
		二	五九三	聖徳太子摂政
		三	五九四	三宝敬礼の詔(仏教興隆)
		九	六〇〇	第一次遣隋使(以下同代に五回)
		一六	六〇七	法隆寺創建(百済観音像)釈迦三尊像 (六二三) 夢殿観音像(六三四)
		二九	六二〇	「天皇記国記臣連伴造国造八十部并公民等本記」撰録
34	舒明	一	六二九	①二 舒明、明日香岡本宮に即位(蘇我氏擁立) 国見の歌(年代不明)も仮託の作か
		二	六三〇	第一次遣唐使

代	天皇	年号	西暦	作歌(参考事項)
35	皇極	一	六四二	皇后明日香板蓋宮に即位し皇極となる 蘇我入鹿執政
		四	六四五	中大兄らクーデターで入鹿を誅殺(六月)、天皇記国記等焼失
36	孝徳	大化一	六四五	孝徳即位(六月一四日)中大兄皇太子、中臣鎌足内臣となる。難波長柄豊碕宮に遷都(一二月)
		二	六四六	大化改新の詔、薄葬礼により古墳減少
		五	六四九	②九一―二　比良御幸時、中大兄・鏡王女の作か 蘇我石川麻呂失脚
		白雉三	六五二	最初の班田収受
		四	六五三	中大兄ら孝徳を難波に置去り明日香に還る
		五	六五四	孝徳豊碕宮に没す(一〇月)
37	斉明	一	六五五	皇極重祚し斉明となる。板蓋宮(六五五)岡本宮(六五六～)
		四	六五八	②一四一―二　有間皇子の変、紀伊護送中の作歌か
		七	六六一	①八　百済救援のため筑紫へ行幸(一月)その途次の額田王の作、①一四―五も同時の作か 斉明筑紫朝倉宮に没し、皇太子称制(七月)
	(天智)称制	二	六六二	
			六六三	白村江の敗戦(百済滅ぶ)
			六六四	対馬、壱岐、筑紫に防人と烽火をおき、筑紫に水城築堤
		五	六六五	この年以後帰化の百済人を各地に配置
		六	六六七	①一七―八　近江大津宮に遷都時(三月)額田王の作
38	天智	七	六六八	①二〇―一　蒲生野従猟時(五月五日)額田王、大海人皇子の作 高句麗滅ぶ、天智大津宮に即位、大海人皇太弟となる 近江令制定(六七一施行)。近江崇福寺創建

第二期

代	天皇	年号	西暦	作歌（参考事項）
		八	六六九	鎌足没に際し藤原姓を賜わる。遣唐使（第六次）
		一〇	六七一	大友皇子太政大臣となる（一月）。鐘鼓をうって時刻を報知することはじまるという ①二五　吉野入（一〇月）の時の大海人皇子作歌か ②一四七―五五　天皇没時（一二月）に際し皇后らの挽歌
39	弘文	一	六七二	壬申の乱（六月―八月）
40	天武	二	六七三	⑲四二六〇　天武天皇明日香浄御原宮に即位、大伴御行ら関係歌 鸕野讃良皇女立后
		四	六七五	①二二　十市皇女伊勢参赴（二月）吹黄刀自の作歌 ①二三―四　麻続王配流関係作歌 諸氏上の民部、家部を廃止（部曲撤廃）。諸国の芸能にすぐれた者を貢上
		五	六七六	諸国に金光明経、仁王経を配布。国司任用の制を定める
		七	六七八	②一五六―八　十市皇女急死（四月）高市皇子作歌
		八	六七九	①二七　吉野行幸時（五月）天皇作歌か 六皇子の盟
		一〇	六八一	草壁皇子立太子（二月）帝記、旧辞を録す
		一二	六八三	大津皇子朝政を聴く。諸国の境界を定む
		一三	六八四	八色の姓制定
		一四	六八五	親王諸王十二、諸臣四十八の位階を定む
	（持統称制）	朱鳥一	六八六	②一五九―六一　天武没（九月）皇后らの挽歌 皇后称制 ③四一六　大津皇子謀反（一〇月賜死）大津作歌 ②一〇五―六、一六三―六　大伯皇女関係作歌
		三	六八九	②一六七―七〇　草壁皇太子没（四月）人麻呂作歌 ②一七一―九三　舎人作歌 浄御原令施行（六月）
41	持統	四	六九〇	持統明日香浄御原宮に即位。紀伊行幸（九月）
		五	六九一	①三八―九　吉野行幸、人麻呂作歌か
		六	六九二	①四〇―二　伊勢行幸、人麻呂留京作歌 ①四五―九　軽皇子阿騎野従猟か（冬）人麻呂作歌 ③四一七―九　河内王没（四月）手持女王作歌
		八	六九四	①五〇、③二六八　藤原宮へ遷都（一二月）関係歌作者不明
		一〇	六九六	②一九九―二〇二　高市皇子没（七月）人麻呂作歌
42	文武	一	六九七	文武（軽皇子）藤原宮に即位（四月）
		二	六九七	薬師寺完成（薬師三尊像六八七）
		四	七〇〇	②一九六―八　明日香皇女没（四月）人麻呂作歌
		大宝一	七〇一	大宝律令制定（八月）翌年諸国へ頒つ。大学国学の設置。首皇子誕生 ⑨一六六七　紀伊行幸（一〇月）―持統同行―関係歌作者不明
		二	七〇二	第七次遣唐使出発（七月）　山上憶良少録として参加 ①五七　参河御幸（一〇月）長奥麻呂作歌、①五八　高市黒人作歌 持統没（一二月）
		慶雲一	七〇四	①六三　遣唐使帰朝（七月）憶良帰朝か、在唐時の作（飢饉、疫病流行し社会不安。行基活躍）

第三期

代	天皇	年号	西暦	作歌（参考事項）
43	元明	二	七〇五	大納言定員二人、中納言三人の制
		三	七〇六	①六四　難波行幸時志貴皇子作歌 食封の制を定む。諸臣の山野占有を禁ず
		四	七〇七	遷都の討議。文武没(六月) ①七六—八　元明即位(七月)元明、御名部皇女作歌か
		和銅一	七〇八	③二九六—七　田口益人上野国守赴任途次の作歌 ②二〇三　但馬皇女没(六月)穂積皇子関係作歌 藤原不比等右大臣となる。出羽郡設置 この頃法隆寺再建か。和同開珎の鋳造
44	元明	和銅三	七一〇	①七八　奈良遷都(三月)天皇作歌。①七九—八〇作者未詳歌も同じ時の作
		五	七一二	①八一—三　長田王作、山辺の御井の歌 「古事記」撰上。出羽国を置く
		六	七一三	⑭三三九九　吉蘇路を通すこの前後の作か 「風土記」撰上の令
	元正	霊亀一	七一五	草壁の皇女、氷高即位して元正天皇となる ②二三〇—二　志賀皇子没笠金村作歌 百姓の逃亡を取締る。長皇子・穂積皇子没
		養老一	七一七	第八次遣唐使(吉備真備、玄昉ら)
		二	七一八	大伴家持誕生か(七一六、七一七、七二〇説)
45	聖武	三	七一九	美濃国養老行幸。長屋王大納言、旅人中納言。養老律令。元興寺を平城京に移す 藤原宇合を常陸守とし、安房、上総、下総を管せしむ(七月)、高橋虫麻呂下官として従い作歌か。初めて按察使をおく
		四	七二〇	大伴旅人が隼人を討つ。「日本書紀」撰上 藤原不比等没。行基の活動を禁圧する
		五	七二一	山上憶良ら退朝後東宮(後の聖武)に侍す 長屋王右大臣。元明上皇没
		六	七二二	良田百万町歩開墾計画。民間の宗教運動たかまる
		七	七二三	⑥九〇七—一二　吉野行幸(五月)、笠金村作歌 観世音寺造営(二月)、満誓(笠麻呂)長官となる。三世一身法公布。太安万侶没
		神亀一	七二四	文武第一皇子の首即位して聖武となる(二月)母は藤原宮子 ⑥九一七—九　紀伊行幸(一〇月)山部赤人作歌 長屋王左大臣
		二	七二五	⑥九二〇—二、⑥九二三—五　吉野行幸、笠金村、山部赤人作歌
		三	七二六	⑥九三五—七、⑥九三八—四一　伊南野行幸、笠金村、山部赤人作歌
		四	七二七	⑥九四八—九(授刀寮に散禁の時)作者不明(一月) 大伴旅人この年末大宰帥となり赴任か(翌年始め説あり)、これより前、山上憶良筑前国守。渤海使はじめて出羽に来朝、翌年帰国
		五	七二八	大伴旅人の妻没(四月頃)金光明経頒布

代	天皇	年号	西暦	作歌（参考事項）
				⑤七九三〈凶問に報へ〉大伴旅人作歌(六月廿三日) ⑤七九四―九九〈日本挽歌〉、⑤八〇〇―一〈惑へる情を反さしむる歌〉、⑤八〇二―三〈子等を思ふ歌〉、⑤八〇四―五〈世間の住み難さを哀しむ歌〉山上憶良作歌
		神亀六	七二九	③四四一　長屋王の変(二月)倉橋部女王作歌、③四四二も作者不明の同時作。⑤八一〇―一〈日本琴の歌〉大伴旅人作(一〇月七日、藤原房前宛進上) 光明立后。藤原武智麻呂大納言
		天平二	七三〇	⑤八一五―四六〈梅花の宴〉大伴旅人、山上憶良ら作歌(一月一三日) ⑤八五三―六三〈松浦川遊覧〉大伴旅人作歌 ⑤八六四―七　吉田宜の関係作歌、⑤八六八―七〇　山上憶良の関係作歌 ⑰三八九〇―九　大伴旅人兼大納言となり上京、先発の従者らの作歌 ⑥九六三―四　坂上郎女の関係作歌 ⑤八七六―八八二　山上憶良送別作歌(一二月六日) ⑥九六五―六、九六七―八　遊行女婦児と大伴旅人との贈答歌 ③四四六―五〇　上京途次大伴旅人作歌 薬師寺東塔建立。興福寺五重塔建立
		三	七三一	⑤八八四―五　大伴熊凝関係、麻田陽春作歌、⑤八八六―九一　同山上憶良作歌　⑤八九二―三〈貧窮問答歌〉山上憶良作歌はこの年か 大伴旅人没(七月)参議制新設
		四	七三二	⑥九七三―四　東山山陰西海節度使任命、天皇作歌(聖武または元正) ⑥九七一―二　西海節度使藤原宇合を送る高橋虫麻呂作歌
		五	七三三	⑤八九四―六　第九次遣唐使出発(四月)〈好去好来歌〉山上憶良作歌(三月一日)。⑨一七九〇―一　同遣唐使の母作歌 ⑤八九七―九〇三〈老身重病辛苦、児等を思ふ歌〉山上憶良作歌(六月三日)。〈沈痾自哀文〉なども同じ頃成立か 山上憶良没か ⑥九九四〈初月の歌〉大伴家持作歌はこの年か 「出雲風土記」成立。橘三千代没

第四期

代	天皇	年号	西暦	作歌（参考事項）
	聖武	天平六	七三四	⑥九九六〈御民われ〉海犬養岡麻呂作歌。⑥九九七―一〇〇二　難波宮行幸(三月)山部赤人ら作歌 朱雀門で歌垣(二月)。大地震(四月)
		七	七三五	③四六〇―一〈尼理願の死を悲嘆〉大伴坂上郎女作歌。 諸国疫病流行(八月)新田部親王、舎人親王没
		八	七三六	⑮三五七八―七二二　遣新羅使(六月出発)大伴三中ら作歌。⑥一〇〇五―六　吉野行幸(六月)山部赤人作歌。⑧一五六六―九〈秋の歌〉大伴家持作歌(九月)。⑥一〇〇九　葛城王賜姓橘諸兄となる

		(一一月)聖武作歌か
九	七三七	遣新羅使帰朝(大使病没、副使三月に入朝)諸国大疫。藤原四卿(房前、麻呂、武智麻呂、宇合)相次いで没す 鈴鹿王知太政官事、橘諸兄大納言
一〇	七三八	⑰三九〇〇〈独り天漢を仰ぎて〉大伴家持作歌(七月七日)。⑧一五八一—九一　橘奈良麻呂の宴(一〇月一七日)大伴家持、書持、池主ら作歌 ⑥一〇一八〈自嘆歌〉元興寺僧作歌 阿部内親王立太子。橘諸兄右大臣。巡察使派遣
一一	七三九	⑥一〇一九—二三　土佐国配流石上乙麻呂作歌(三月)。⑮三七二三—八五　中臣宅守越前配流か(一月以後)宅守、狭野弟上娘子贈答作歌。③四六二—七四〈亡妾悲傷〉大伴家持、書持作歌(六月)⑧一六一九—二〇〈竹田庄訪問〉大伴家持、坂上郎女作歌(八月)。⑥一〇二八　高円野遊猟(大伴坂上郎女作歌)
一二	七四〇	⑥一〇二九—三六　大宰小弐藤原広嗣謀反により伊勢行幸(一〇月)大伴家持ら作歌 難波宮行幸(二月)。恭仁宮造営移都(一二月)
一三	七四一	⑰三九〇七—八〈三香原新都〉境部老麻呂作歌(二月)。⑰三九〇九—一三　贈報歌、大伴家持、書持作歌(四月二日、三日) 国分寺建立の詔(三月)。藤原仲麻呂民部卿 能登国を越中に併合(一二月)。
一四	七四二	大宰府を廃止(一月)。紫香楽宮行幸(八月)
一五	七四三	⑥一〇四〇〈藤原八束家の宴に安積親王出席〉大伴家持作歌。 橘諸兄左大臣、藤原仲麻呂参議(五月)墾田永世私財法(五月)。大仏発願の詔(一〇月)
一六	七四四	③四七五—七、四七八—八〇　閏正月一三日安積親王没、大伴家持作歌(二月三日、三月二四日) 難波を都とす(二月)。甲賀寺に盧舎那仏の体骨柱建立。平城還都(五月)。造仏挫折。 大宰府復活(六月)。天皇難波で重態
一八	七四六	⑰三九二二—六　元正上皇の御在所にて肆宴、橘諸兄・葛井諸会・大伴家持ら作歌(一月)。⑰三九二七　大伴家持越中守となり赴任(七月)大伴坂上郎女送別作歌。⑰三九四三—五五　家持館の集宴に家持ら作歌(八月七日)。⑰三九五七—九〈弟書持の死を感傷〉大伴家持作歌(九月二五日)
一九	七四七	⑰三九六二—七七　大伴家持病み、池主との贈答(二月二〇日より三月五日に至る)。⑰三九七八—八二〈恋緒を述ぶる〉家持作歌(三月二〇日)⑰三九八五—七〈二上山の賦〉家持作歌(三月三〇日)。⑰三九九一—四〈布勢水海遊覧賦〉家持作歌、池主和歌(四月二四、二六日)。⑰四〇〇〇—五〈立山の賦〉家持作歌、池主和歌(四月二七、二八日)。⑰四〇〇六—一〇　家持税帳使となり上京、家持、池主作歌(四月三〇日—五月二日)⑰四〇一一—一五〈放逸せる鷹を夢に見て感悦〉家持作歌(九月二六日) 越中国の土豪礪波臣志留志、米三千石碩を盧舎那仏の知識に奉る(八月)。東大寺大仏鋳造開始(九月)

代	天皇	年号	西暦	事項
		二〇	七四八	⑰四〇一七　家持作歌(一月二九日) ⑰四〇二一―九　家持出挙の為諸郡巡行作歌(春) ⑱四〇三二―五五　橘家の使者田辺福麻呂、家持来訪関係作歌(三月二三―二六日) 藤原豊成大納言、同仲麻呂正三位(三月) 元正没(四月)
46	孝謙	天平二一 天平感宝一 天平勝宝一	七四九	⑱四〇八五　東大寺僧平栄越中来訪の宴家持作歌(五月五日) ⑱四〇八六―八　奏石竹館の宴〈白百合の花の歌〉家持他作歌(五月九日) ⑱四〇九四―七〈黄金出土賀歌〉家持作歌(五月一二日) ⑱四一〇六―九〈尾張少咋教喩歌〉家持作歌(五月一五日) ⑱四一一三―五〈庭中の花を見て〉家持作歌(閏五月二六日) 孝謙(母、光明子)即位(七月)。藤原仲麻呂大納言兼紫微中台。石上乙麻呂中納言。橘奈良麻呂参議
		二	七五〇	⑲四一三九―四〇〈春苑桃李花の歌〉家持作歌(三月一日)。⑲四一四三〈堅香子草花の歌〉家持作歌(三月二日乃至三日)。⑲四一五〇〈船人の唱を聞く歌〉家持作歌(三月三日)。⑲四一五四―五〈白き大鷹を詠む歌〉家持作歌(三月八日)。⑲四一六〇―二〈世間の無情を悲しむ歌〉山上憶良追和、家持作歌。 ⑲四一六九―七〇〈家婦の為、京の尊母に贈る〉家持作歌(三月)。⑲四一八七―八、⑲四一九九―二〇二　布勢水海遊覧家持ら作歌(四月六日―一二日)。 ⑲四二一一―二〈処女墓歌追和〉家持作歌(五月六日)。坂上大嬢在越中(前年越中に下ったか)
		三	七五一	⑲四二四八―五〇　少納言となり越中守解任(七月一七日)、家持関係作歌 孝謙東大寺に行幸(一月)。聖武上皇病む 「懐風藻」成立
		四	七五二	⑲四二六九―七二　橘諸兄の宅に聖武上皇行幸、上皇・諸兄・家持ら作歌(一一月八日) 大仏開眼(四月九日)。孝謙、仲麻呂の田村弟を行在所とする
		五	七五三	⑲四二八五―七〈大雪拙懐を述ぶる歌〉家持作歌(一月一一日) ⑲四二九〇―二〈興によりて作る歌〉家持作歌(二月二三―二五日)。⑳四二九五―七〈高円野に上りて作る歌〉池主、家持ら作歌(八月一二日)
		六	七五四	⑳四二九八―三〇〇　大伴の氏族ら家持宅で賀宴、池主ら作歌(一月四日)。⑳四三〇四　諸兄の山田御母の宅の宴、家持作歌(三月二五日)。⑳四三〇六―一三〈七夕の歌〉家持作歌。⑳四三一五―二〇〈秋野を憶ふ拙懐〉家持作歌 家持兵部少輔(四月五日)。鑑真来朝。鳥毛立女屏風成る
		七	七五五	⑳四三三一―三、⑳四三九八―四〇〇、⑳四四〇八―一二〈防人の情を歌ふ〉家持作歌(二月八日、一九日、二三日) ⑳四三二一―七　遠江国(二月六日)、⑳四三二八―三〇　相模国(二月七日)、⑳四三三七―四六　駿河国(二月九日)、⑳四三四七―五九　上総国(二月九日)、⑳四三六三―七二　常陸国(二月一四日)、⑳四三七三―八三　下野国(二月一四日)、⑳四三八四―九四　下総国(二月一六日)、⑳四四〇一

万葉以後

代天皇	年号	西暦	作歌（参考事項）
			一三　信濃国(二月二二日)、⑳四四〇四―七　上総国(二月二三日)、⑳四四一三―二四　武蔵国(二月二九日)
淳仁	八	七五六	⑳四四六五―七〈族を喩す〉、⑳四四六八―七〇〈病臥、修道を欲す〉家持作歌(六月一七日) 橘諸兄致仕(二月)。聖武没(五月)、遺品を正倉院に納む。遺詔して道祖王を皇太子とす
	天平勝宝九 天平宝字一	七五七	⑳四四八一、⑳四四九二　大原今城宅の宴、家持作歌(三月四日、一二月二三日)。⑳四四八三、⑳四四八八―九〇　三形王宅の宴、家持作歌(六月二三日、一二月一八日) 諸兄没(一月)。皇太子道祖王を廃す(三月)大炊王立太子(四月)。仲麻呂紫微内相(五月)。養老律令施行(六月)。橘奈良麻呂の乱(七月)、大伴古慈斐ら任国土佐に配流、豊城左遷
	二	七五八	⑳四五一五　家持因幡守(六月一六日)〈送別宴〉家持作歌(七月五日) 淳仁即位(八月)、仲麻呂大保となり恵美押勝と呼ぶ
	三	七五九	⑳四五一六　因幡国庁で饗宴、家持作歌 唐招提寺建立
淳仁	天平宝字四	七六〇	光明皇太后没
	六	七六二	天皇と孝謙太上天皇と不仲
	七	七六三	恵美押勝暗殺計画発覚、藤原宿奈麻呂の官位剝奪
	八	七六四	大伴家持薩摩守となる。恵美押勝の乱 淳仁廃され、光謙重祚して称徳となる
48 称徳	天平神護二	七六六	道鏡法王となる
		七六七	大伴家持大宰小弐となる
	神護景雲三	七六九	和気清麻呂配流
49 光仁	宝亀一	七七〇	志貴皇子、春日宮天皇と贈称
	二	七七一	武蔵国を東山道から東海道に編入
	三	七七二	藤原浜成『歌経標式』を撰上
	五	七七四	大伴家持、相模守のち左京大夫兼上総守となる
	七	七七六	大伴家持　伊勢守となる
	一一	七八〇	〃　参議となりのち右大弁兼任
50 桓武	天応一	七八一	山部親王即位。早良親王立太子 大伴家持兼春宮大夫となりのち左大弁となる
	二	七八二	因幡守氷上川継謀反、家持連坐して解任。赦されて参議春宮大夫に復官、さらに兼陸奥按察使鎮守将軍となる
	延歴二	七八三	大伴家持中納言となる
	三	七八四	〃　持節征東将軍となる。長岡京遷都
	四	七八五	家持の進言により、陸奥国に多賀・階上二郡をおく。家持没(八月二八日) 藤原種継暗殺さる。家持連坐、名を除かる
	一三	七九四	『続日本紀』撰修。平安京に遷都
51 平城	延暦二五 大同一	八〇六	種継事件処分者赦され、家持従三位に復す
	二	八〇七	『古語拾遺』撰上
52 嵯峨	弘仁一	八一〇	平城太上天皇、平城遷都を企画、剃髪入道
53 淳和	弘仁一五 天長一	八二四	平城太上天皇崩御

皇室系図

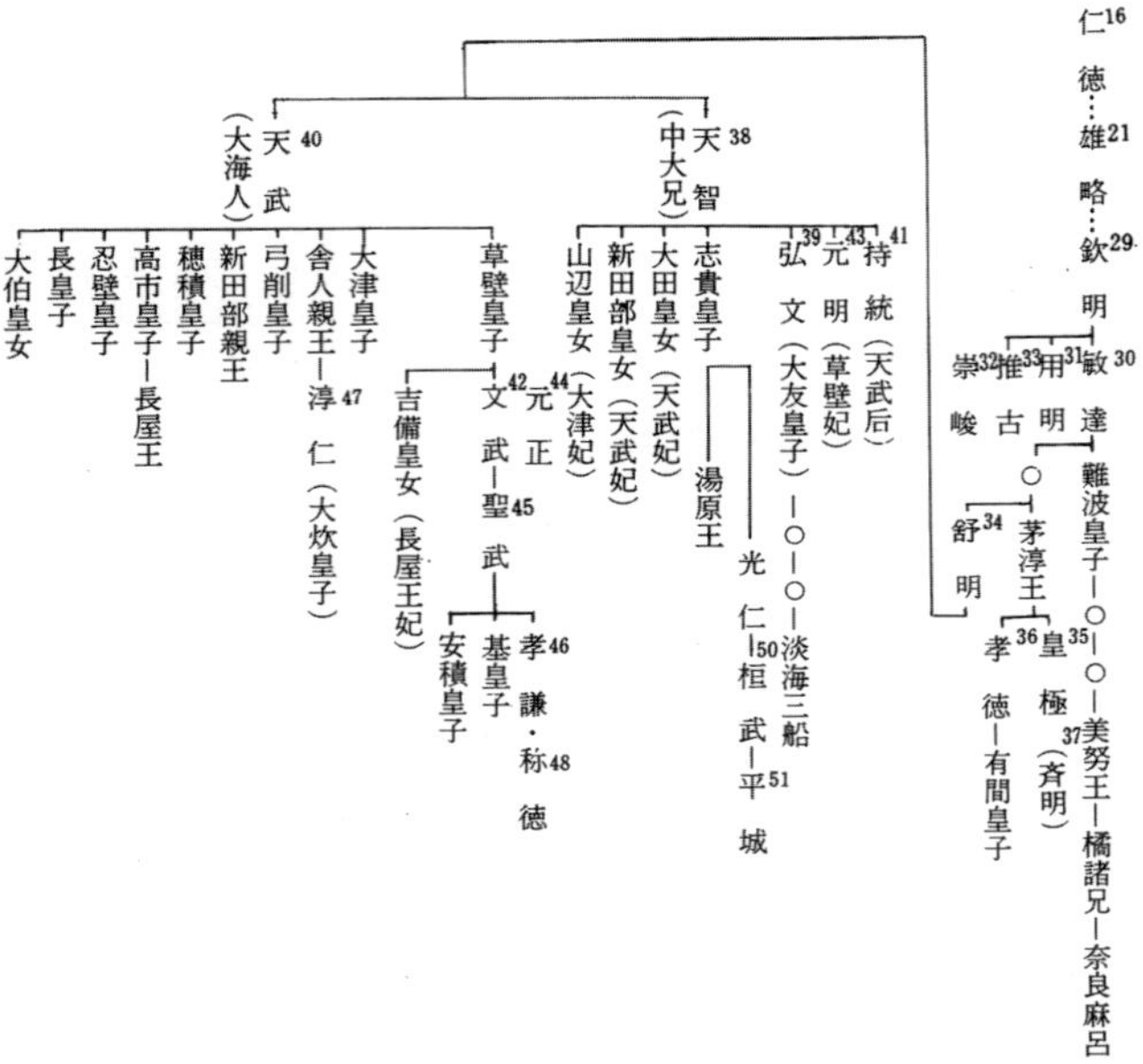

藤原氏系図

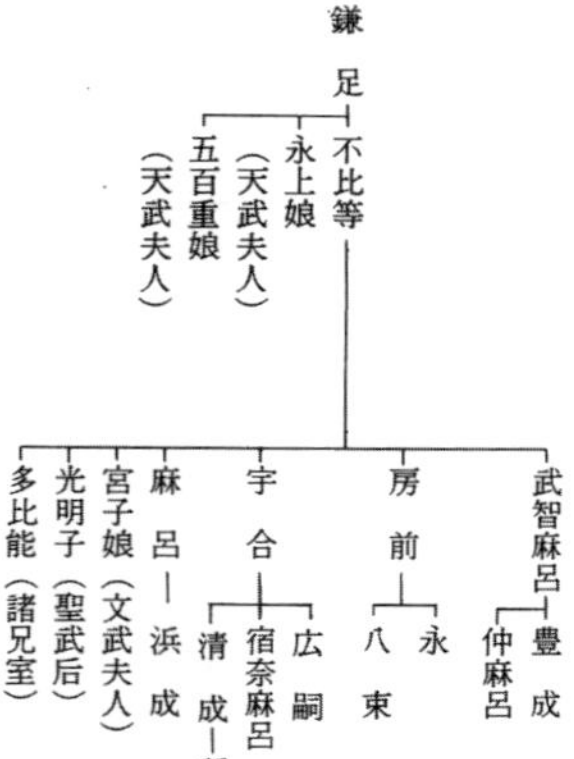

大伴氏系図

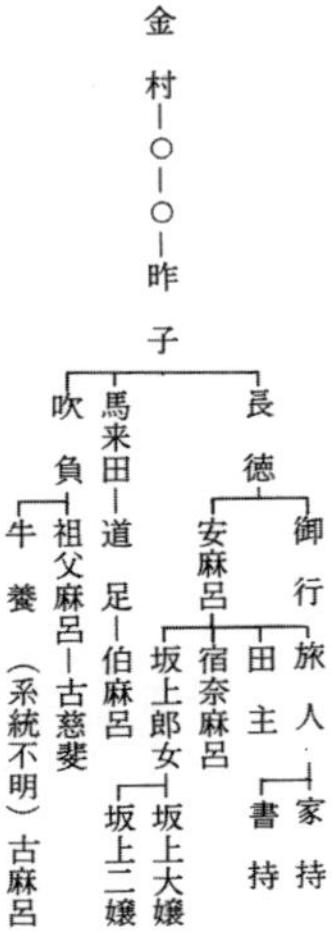

後　記

昭和四十年代の後半、父の紹介で名古屋市内の高校教諭をされていた著者に初めてお目にかかることができ、そのざっくばらんなお人柄にとても親しみを覚えたことを五十年近く経ったいまでも鮮明に記憶しております。ほどなくして著者は専門の万葉学を生かし、愛知淑徳短期大学で教鞭をとられることとなり、その直後に成ったものが本書です。

著者はお得意のカメラ片手に週末や春休み・夏休みなどを利用されては、万葉のふるさとである各地を持ち前の健脚で尋ね歩いては、各地写真の数々を撮りためてこられました。それらは現在になってみると、どれもが今日では伺うことの出来ない貴重な自然風景写真ともなっており、万葉学を研究する人にとっては勿論のこと、一般の人々にとっても大切な記録写真となっております。

新しき令和の御代を寿ぎながら、本書を参考にして一人でも多くの方が「万葉のふるさと」を訪ね歩いていただけますことを願い、ここに新版として上梓した次第です。

令和元年五月吉日

代表取締役社長　三　武　義　彦

あとがき

この書物は、高等学校を卒業してゆく諸君の将来の問題提起書ともなり、時にはグループ旅行の案内にも成るようなものをという要望を考慮してなった、一種の万葉解説書あるいは入門書というべきものである。過去二〇数年にわたる講義や論文、さらには旅行記の類まで、原型を捨てがたく、すこし手を加えて載せることにした結果は、ご覧のように、文体も整わず内容も多岐にわたって不統一の感はまぬがれず、恐縮のほかはないが、それがかえって、多彩な『万葉集』の姿そのものと多様なその読み方（研究方法）とを示す結果となったと、自ら慰めている。

『万葉集』は、歌集であって、それ自体が歌っている。後世の私どもはこれに深く聞き入るべきであり、いたずらに私の歌（抒情）をつけ加えることは避けなければなるまい。この想念が、私に、観賞よりは解釈をと思わせた。その上で、私は、既に千年を越えた万葉研究の歴史の中で、戦後の動向である、万葉の文芸そのものを人間が創造した「形」ととらえ、歴史風土をその環境として客観的に把握しようとする態度を見失うことのないように努めたつもりである。

この物語の解説書ないし入門書的な性格は、学会に益するところ少なしとしか思えないが、一面御批判を乞いたいところもないではない。書名を『万葉のふるさと』としたのは書院の求めに応じたので、副題を「文芸と歴史風土」とした所以である。

なお、本書の引用歌は、多く沢瀉久孝氏の『万葉集注釈』の書き下し文によったが、諸説を考慮して改めたところもある。各歌の下に記した数字は、言うまでもなく、万葉集の巻数と国歌大観の番号である。

私も恩師友人に恵まれたひとりで、大学時代の恩師、折口信夫・武田祐吉・久松潜一先生、序文をいただくお約束になっていた高木市之助先生、たびたび御講演をうかがい、時には大著『万葉集注釈』のための旅にもお供した沢瀉久孝先生、御著書に対する見当はずれの讃辞まで素直に喜んでくださった久米常民先生、堀内民一氏などの今は亡き方々、しばしば御著書を御恵送くださり、本書にも幾度も引用させていただいた犬養孝先生、美夫君志会会長の松田好夫先生ほかの諸先生（本文では敬称をすべて氏に統一させていただいた）、さらには会の常任委員・会員諸氏、朝日女性サークル・紫苑会・えんグループの皆さん、同僚・学生・生徒の諸氏、諸君等々、この機会にお礼を申し上げるべき方々があまりに多い。そして、私は、この小著によって、さらに多くの師や友人を持つことになるだろう。

写真の旅、万葉の故地踏査の旅も、もう二〇年を越えた。その度ごとに、下手な解説をお聞き下さる諸会の皆さん、同伴して機材の一部を分け持ってくれる妻にも感謝したい。

最後になったが、この書物は、右文書院主三武達氏の長く温い友情なしには日の目を見ることがなかったかも知れない。同氏、およびこの書物の刊行に直接御尽力いただいた御令息義彦氏に、心からなる感謝をささげたい。

昭和五三年五月

稲垣富夫

人名索引（万葉歌人を除く）

あ行

か行

さ行

た行

な行

は行

著者紹介

稲垣富夫（いながき・とみお）

1921年、三重県四日市市に生まれる。1945年、国学院大学文学部国文学科を卒業後、四日市経済専門学校教授・愛知県立瀬戸高等学校・同名古屋西高等学校教諭を経て、愛知淑徳短期大学専任講師となる。

万葉研究「美夫君志会」常任委員。朝日女性サークル・紫苑会・えんの会講師。上代文学・中世文学（能）専攻。著書に『草木万葉百首』（右文書院）、詩集に『万葉人』があるほか、万葉写真個展（2回）などを開いた。

新版 万葉のふるさと—文芸と写真紀行

令和元年七月三日　印刷
令和元年七月十日　発行

著者　稲垣富夫
装幀　鬼武健太郎
表紙写真　石川博一
発行者　三武義彦
印刷・製本　株式会社文化印刷

〒101-0062 東京都千代田区神田駿河台一—五—六
発行所　株式会社 右《ゆう》文《ぶん》書《しょ》院《いん》
振替　〇〇一二〇—六—一〇九八三八
電話　〇三（三二九二）〇四六〇
FAX　〇三（三二九二）〇四二四

＊印刷・製本には万全の意を用いておりますが、万一、落丁や乱丁などの不良本が出来いたしました場合には、送料弊社負担にて責任をもってお取り替えいたします。

ISBN978-4-8421-0806-3 C1092

（本文）クリーム金まり 72.5 キロ